特价

峰回路转

一位总经理的企业管理艺术

徐鸣 著

上海大学出版社

图书在版编目(CIP)数据

峰回路转:一位总经理的企业管理艺术/徐鸣著.
—上海:上海大学出版社,2018.12
ISBN 978-7-5671-3386-0

Ⅰ.①峰… Ⅱ.①徐… Ⅲ.①长篇小说-中国-当代 Ⅳ.①I247.5

中国版本图书馆 CIP 数据核字(2018)第 288871 号

责任编辑　黄晓彦
助理编辑　邹亚楠
封面设计　缪炎栩
技术编辑　金　鑫

峰 回 路 转
一位总经理的企业管理艺术
徐　鸣　著
上海大学出版社出版发行
(上海市上大路99号　邮政编码200444)
(http://www.press.shu.edu.cn　发行热线021-66135112)
出版人:戴骏豪

*

江苏句容排印厂印刷　各地新华书店经销
开本890mm×1240mm　1/32　印张9.5　字数230 000
2019年1月第1版　2019年1月第1次印刷

ISBN 978-7-5671-3386-0/I·512　定价:35.00元

序 一

感谢朋友徐鸣相邀来为他这部小说写序。

细细读过整部小说,30个章节既前后呼应又各成体系。小说以其独特的叙述方式,细致入微地刻画了一位空降民营企业成为其职业经理人的原外企高管的心路历程;塑造了一位有着一腔热血,兼具丰富电气、金融知识且极具管理经验的外企高管,应朋友之邀,放弃原本令人羡慕的职位和优厚待遇,离开舒适、熟悉的工作环境和不断上升的事业,转而接手一个濒临倒闭但又曾经在业界小有名气的民营企业的经历。小说的主人公希望通过自己的不懈努力和全新的外企管理理念,来扭转这个民企的命运并完成其自我价值的另一个飞跃。

整部小说中既有复杂的人际关系,又有激烈的人物内心冲突,还充分展示了外企与民企的文化差异。而如何做好一个民企的职业经理人?民企的企业经理人真的可以是企业的一把手吗?怎么建立一个民企的企业文化?民企的道路到底在哪里?都是作者在小说中试图探讨的问题。

这是一部既具故事性又有知识性和实用性的值得仔细研读的小说。整部小说的创作都是作者在繁忙的工作之余,利用零星的碎片时间完成的,但篇篇都浸透了作者心血,彰显了其睿智以及丰富的人生阅历。小说中有许多情节都是作者亲身经历与艺术加工的结合。

作者为中国"文革"后第一批大学本科生。在他的职业生涯中,既经历了 20 世纪 90 年代中期我国国企、事业单位历史上最大规模的结构调整,因为实行减员增效而导致的大批员工的下岗潮,也经历了因为及时转型而享受到了外企进入中国后高速发展的欣欣向荣;既有步步艰辛成为外企高管后自我价值的实现,也有艰难转型步入民营企业生存的种种不易。在作者 30 多年的职业生涯中,涉猎电气、金融、新能源等诸多行业,其身上的经历跌宕起伏,非常人可以比及。在其众多爱好中,写作也只是其中之一。本书亦仅是其丰富人生轨迹中极其微小的一部分,牛刀小试!

希望大家可以从小说中看到作者因运筹帷幄而峰回路转的决心和艰辛!

高海燕
2018 年 7 月 29 日

序 二

　　生命的道路上无论多么忙碌,不妨忙里偷闲让自己停一停、静静心,回头看看最初的起点,向前望望最终的归宿,然后带着一个从容的自己,在漫漫的人生道路上砥砺前行。

于　丹

　　7月中旬时,徐鸣希望我能为他刚创作完成的小说写个序。坦诚而言,我还从来不曾给人写过序,为人写序其实是件很为难的事,写得好与不好,都会有说法。

　　拿到书稿后,稍微翻了几页,我就被精彩的内容吸引了,一口气读完了它,引发了不少感慨:它和时下过于现实化和理想化的职场小说不同,切入点独特,描写主人公由外企到民企后的艰难曲折经历,像一幅幅徐徐展开的画卷,一点一点让你沉了下去。

　　这些年,我也看过不少职场小说,这本书能吸引我读下去,说明有其独特之处。让我觉得有趣的是,作为管理者的他,没有经过专业的文学训练,却能凭着记忆,用自己的亲身体验,把用阅历攒下的经历累积成文字,组成了文章。这些小文章,构成了职场错综复杂的大文章。有机会把这些文章编在一本集子里,实属不易。

书中,使用的语言朴素,没有漂亮的修辞手法,却写出了精彩的内容,拜服。

书中的主人公虽然是一个企业管理者,但他有许多美好的品质,追求理想的韧劲和骨子里的人文情怀。生存难,发展累,梦想远,做企业领导并不如常人所见的那样光鲜亮丽,有时很纠结,有时很沉重,有时很古板,有时很较真。

有关职场的文章很多,由在职的总经理自己执笔写就的职场管理小说却不多见。他随着岁月的流逝,呈现出鲜活的模样,而不是只有生命的苟延和染霜的银发。

是为序。

陈正亚
2018年5月29日

自　序

　　一直想用文字来记录自己过往的职场经历,把自己失败的、成功的经历都写出来。但始终未曾轻易动手开始写,唯恐有始无终,虎头蛇尾:花费时间、精力后,未竟完成,终成遗憾。直到今年春节,和曾经的同事高海燕小姐相聚聊起往事,透露出想用笔记录下过往工作经历的想法,得到她的赞同和鼓励,于是满怀激情,把蠢蠢欲动的想法付诸行动。

　　本书结合自己在职场中,作为总经理在管理工作中遇到的各种坎坷经历,以及在工作中如何化干戈为玉帛的经验而创作。因初次涉猎长篇文学创作,历时几月时间搜肠刮肚,对我而言可谓呕心沥血,希望拙作能给读者带来一点"悦读"体验。

　　本人在写作过程中,得到了家人、朋友、同学、同事等的支持和帮助。曾经的同事高海燕小姐,身居海外,为本书提供了诸多精彩事例,还对文稿做了纠正工作;上海大学的戴建英老师对本书的章节和文中的措词提出了很多宝贵建议。

　　我希望这是一部励志的书、予人启迪的书、催人奋进的书、值得一读的书!

徐　鸣
2018 年 5 月 29 日

目 录

1　上任第一天 …………………………… 1
2　人事经理 ……………………………… 10
3　寻觅人才 ……………………………… 20
4　冤家路窄 ……………………………… 28
5　销售会议 ……………………………… 38
6　小试牛刀 ……………………………… 45
7　第一个订单 …………………………… 52
8　融资 …………………………………… 60
9　降伏"刺头" ………………………… 69
10　发现人才 …………………………… 76
11　国企之殇 …………………………… 84
12　商标之争 …………………………… 92
13　盘活"烂账" ……………………… 106
14　"知识产权" ……………………… 119
15　加薪风波 …………………………… 127

16	没有规矩不成方圆	137
17	官司输了	147
18	采购招标猫腻	157
19	企业文化	169
20	建立生产管理体系	178
21	团建活动	187
22	猎头猎物	194
23	奖金风波	205
24	银行授信	215
25	因小失大	225
26	经营异常	238
27	打工"游击队"	249
28	违章建筑	261
29	参展	270
30	一把手	281

1 上任第一天

"听说新任总经理今天报到,来了没?"人事主管赵倩轻扣桌子,低声问。

人事部经理王雯玲将手指从键盘上收回来,指指隔壁,轻声说:"来了,宋副总进了总经理室,可能要和新来的总经理见面吧。"

"怎么样,听说年纪和前任差不多,50岁左右,会不会很难相处?"赵倩的表情严肃,急切地问。

王雯玲忍不住轻轻一笑,说:"我看你真是一朝被蛇咬,十年怕井绳,新来的总经理看上去笑眯眯的,挺和气的模样。"她拿起员工登记表晃了晃,映入赵倩眼帘的是一手漂亮的钢笔字——工整地写着秦阳的简历。

赵倩小嘴一撇说:"空降总经理,终于落地了,以后就得跟着他混饭吃,不了解一点情况能行么?"

王雯玲还没答话,手机就响了,接听之后说了一句:"说曹操,曹操就到,通知我们现在开会。希望老天保佑,这次遇到的是个好伺候的主。"

上海帕古电气公司是马来西亚帕古电气集团公司所属的独资公司,曾经是中国排名前十的外资电气公司,在国内享有很高声誉,成立于1994年,投资1.5亿元人民币,注册资金4000万元人民币。公司以生产制造40.5 kV及以下开关配电设备为主业,经过十几年的持续发展壮大,公司技术力量雄厚,数控工艺和试验设备完善。帕古的产品广泛应用于电力、石油、化工、钢铁、天然气、海事平台、建筑、制造、轨道交通、机场等行业。

来到会议室,王雯玲看到坐在中间位置的中年人:身穿深蓝色西装,面容和蔼可亲,戴着金丝边眼镜。王雯玲推测他便是新任的总经理秦阳。此刻他正对着陆续进来的员工,露出礼貌的笑容。在他的右座是中等身材、五官平凡、眉毛浓黑、前额有点谢顶、眯缝着双眼的副总经理宋怀山。王雯玲有点惊讶,原本应该坐在秦总左座的是销售部总监李康,今天却坐着一位衬衫皱巴巴、领带歪斜的生产部经理莫丹先。

今天,是秦阳来到上海帕古公司走马上任的第一天。公司经营不善,在马来西亚总经理不谙中国市场行情的管理下,销售业绩持续下滑,市场份额急剧下降;另外,公司内部管理层拉帮结派、明争暗斗,管理混乱不堪,公司已经持续两年亏损。马来西亚帕古电气总公司在2010年只能忍痛割爱,将上海帕古电气有限公司以4000万元人民币低价挂牌出售,最终被广东的一家上市公司中标摘走。而秦阳就是在这个时候被好友、这家上市公司副总裁杨中看中并说服,委派他出任上海帕古电气公司总经理职务。于是,秦阳直接空降,前来任职。

在来帕古之前,秦阳已经对公司的情况作了多方了解:公司各部门内部的矛盾早已经根深蒂固,财务管理缺失和库存管理混乱,原生产部经理拉帮结派、私接业务,营销业务员虚报谎报销售提成,吃回扣现象严重。虽然换了总经理,但管理层原班人马不变,秦阳此时走马上任,处境相当微妙。

秦阳知道,他也无需太过担心,他的优势在于自己是集团公司委派的、是有集团公司撑腰的、是完全可以掌控大权的总经理。然而他的劣势也很明显:一来对公司的环境不熟悉,缺乏人脉;二来单枪匹马,身无援兵。面对如此陌生、复杂的环境,重新开展工作,其难度可想而知。

今天,是秦阳首次和全体中层管理人员见面。

会议室坐落在厂房车间东侧的办公区域二楼内,80平方米大小的空间,宽敞明亮,椭圆形桌子两边各摆放着8把可以升降高度的椅子,中间是椭圆形的凹槽,槽里面是电器插座和电脑网线接口,中间摆放着几盆散发着幽幽清香的兰花,桌子边上根据秦阳要求摆放着与会者的姓名台卡,整个会议室布置得温馨得体。

一抹阳光从窗外射入,会议室内温暖如春。王雯玲款款步入室内,快速扫了一下好奇和期盼的参会人群。此刻,会议室内已经坐满了人,大家正在窃窃私语。

公司的变故,使得员工们人心惶惶、忐忑不安。连日来,大家私下最关心的是新来的总经理何许人也。

看到秦阳一行人落座后,刚刚还在窃窃私语的各个部门经理迅速装模作样地坐了回去,一副虔诚聆听的样子,等待秦阳的开场白。

此时,秦阳没有马上说话,他瞄了一眼前排台卡上的名字,没有一个认识的人。这时,又有人进场,秦阳朝着最后进来的人点点头,仍未开口。他希望等副总宋怀山正式介绍自己后再开始自己的发言,这样才显得有气场。

副总宋怀山转头请示秦阳:"会议可否开始?"秦阳下意识地点了下头。

但宋怀山没有马上宣布开会,而是拿出了一张签到纸,对大家说:"开会前请大家签到。"等大家逐一签完字后,他告诉秦阳:只有销售总监李康出差没有出席,其余人都到了。

会议正式开始。宋怀山站起来对大家说:"我们热烈鼓掌欢迎新来的总经理秦阳先生给我们讲话。"倾刻,一阵噼里啪啦的掌声响彻了整个会议室。秦阳站起身,朝大家鞠了个躬,面带微笑:"我叫秦阳,新来乍到帕古公司,从今天开始我们就是一家人了,请大家多多支持!"秦阳简单说完后扭头对宋怀山说:"请各位经理们先自我介绍一下。"秦阳并不想先说很多客气的话,他要看看情形后,再有针对性地讲话。

宋怀山看着坐在他左边的莫丹先说:"莫经理,从你开始吧。"

听到宋怀山点名,本来正悠然自得斜靠椅子的莫丹先,很快坐直了身子站立起来,秦阳朝他挥了挥手示意他坐下,莫丹先坐下后道:"莫丹先,生产部经理,负责全公司的生产计划。我们盼星星盼月亮终于把总经理盼来了,现在公司有了新的带头人了,听说秦总来自世界500强BTT公司,人脉资源广泛,管理能力超强,一定会带领帕古电气创造奇迹。"

莫丹先说话时眼睛不时瞄向秦阳,看他的反应,想得到秦阳回应。

看到莫丹先说话的语气和神态,秦阳锁紧了眉头,对他的印象并不好。听说这小子平时仗着掌握着公司的生产大权,经常颐指气使、专横跋扈、为所欲为,大家都很反感他。前任总经理对他放任不管,他任职期间公司生产业绩毫无起色。据说前任走了,他听说由新的总经理接管的消息,便在办公室里坐立不安,私下打听新来的总经理情况,他担心自己的乌纱帽会否被摘下。说出口的一番恭维话,希望博得秦阳的好感。

秦阳第一次和莫丹先打照面,又是在这样的场合,他客客气气地说:"莫经理客气了,我们大家一起努力。"轮到宋怀山副总经理介绍:"鄙人不是上海人,是上海人说的乡下人,来自西北西安,原来在西电工作了 20 年,这次比秦总早到帕古电气一个月时间,也是一位新人,也请大家多多关照。"

副总经理宋怀山,年龄 50 岁不到,头发已经稀疏,一口黄斑牙,似乎烟瘾不小。说起话来,眼睛滴溜溜地转,看起来资格很老,一幅胁肩谄笑的模样。随后,几位经理逐一作了简短的自我介绍。

这时秦阳瞥见了三位漂亮女性,她们都是公司管理层的负责人:理着精干短发、端庄大方的人事经理王雯玲,扎着两根马尾辫显得热情洋溢的财务经理王丽丽,长发披肩、眼睛妩媚动人的商务经理高晓芳,她们年龄都在三十七八岁之间,打扮时尚、得体。能面对这样的人文工作环境,秦阳犹如看到了雨后的彩虹,心情略微轻松了些许。

等大家介绍完毕,秦阳站起来走到玻璃白板面前,拿起一支水性笔,在白板上写下了自己的名字,然后对大家说:"我叫秦阳,秦始皇的秦,太阳的阳,我父亲给我起这个名字的寓意是告诉我要有秦始皇的胸怀,要有太阳光一样的正能量。我希望进入新的大家庭,给公司带来阳光,给帕古带来正能量,只要大家一起努力,公司一定会大有发展。"说完名字,秦阳又在白板上写下了:上海开关厂,BTT 集团。他转过身:"这是我的两段工作经历,前十年在上海开关厂工作,后十年在世界 500 强 BTT 工作。我大学毕业后进入上海开关厂,从一名电气设计工程师开始做起,一直做到设计科长再到总设计师。我设计的电气产品几乎包含了所有的电气产品:高压电气、中压电气、低压电气和自动化产品。改革开放后,我从国企跳槽到世界 500 强 BTT 集团公司,从底层的营销工程师开始做起,经过十几年的摸爬滚打,工作有了起色,离开 BTT 时,我已经是一名中国 BTT 高级战略总监。我告诉大家这些并不是想要炫耀我的经历,我想告诉大家我是一名地地道道的电气行业的资深专业人士,集团选中我来担任帕古公司的总经理,更注重的是我的履历和我的工作经验。对我而言,新的工作更有挑战性,在准备进入帕古公司之前,我已经对公司目前所有产品的优缺点作了详细的了解。我有信心把公司搞好,我更希望把我的经验、我的资源带给帕古电气公司,和大家一起,扎扎实实地、脚踏实地地将公司的业务搞上去,研发出更多更好的产品,使公司重振旗鼓,重现帕古电气昔日雄风!"

一阵急促的敲门声响起来,打破了会议室的安静。宋怀山开门出去,问了一下后,表情严峻地走回来对秦阳说:"工人们知道你总经理今天到了,要你去车间回答他们的问题,好像场面还不小,要不要下去?"宋怀山眨巴着眼睛,试探性地问。其实他心里清楚工人的要求,是一时半会儿解决不了的。

"今天的会议先到这里。"秦阳宣布会议结束。随即带着秘书晓燕、副总经理宋怀山,和前来的工人一起走向了车间。

8000平方米的车间位于办公楼的左边,是和厂区连在一起的一个整体。他们一行从二楼的办公区下了楼,径直朝车间的方向走去。只见车间的中央黑压压的,站了一大批穿着帕古电气制服的工人,估计有两百多人。大家在大声地嚷嚷着,秦阳听不清楚他们说什么。走到车间门口,秦阳听到了有人在嚷着要活干、要发工资,叫着要吃饭、要养家糊口……喧闹声此起彼伏,声音从空旷车间里传来回荡在耳边,经久不息。见秦阳一行迎面走来,工人们自觉地让出了一条路。

他们直接走到了工人的中间。"大家听我说,今天总经理第一天上岗,请大家给他解决问题的时间。大家先回去上班。"宋怀山板着脸呵斥着,他想给秦阳一个印象:我是在帮你秦总挡着工人。

秦阳挥手阻止了宋怀山。他放开了嗓子:"大家好,我是秦阳,今天是第一天上任,借这个机会,想了解一下情况和工人们的想法,大家有什么问题可以一个一个说。今天说不完,明天、后天继续说。我来这里的目的就是要和大家一起把这个公司搞好,你们有问题就尽管说出来,我会认真听取,不用急,不用抢。"

"我先说!"一名45岁左右、穿着工人制服,整件衣服只扣了一粒纽扣的人率先站了出来,宋怀山对秦阳耳语:他是车间工人沈奎山。

"秦总,我们已经三个月没有发工资了。我们家里要吃饭,小孩还要上学呢!什么时候可以把工资发给我们?"

"还有工人已经半年没有活干了。拿最低的基本工资,没有奖金的话,我们是无法生活的。请总经理告诉我们什么时候可以有活干,我们今天一定要知道什么时候发工资!"

秦阳看了一眼沈奎山:中等身材、个子不是很高、脸上长了很多粉刺。一看就是个性冲动、又爱聚众闹事的人,他的问题很有煽动性和蛊惑性。工人们听了他的提问后,再一次大声地叫嚷起来。

"还有什么问题?请大家继续说。"秦阳依旧不紧不慢,用柔和的目光看着大伙。

"原来食堂里吃午饭都是免费的,现在还要我们出钱吃饭,我们又没有工资和奖金,什么时候可以给我们饭吃啊?"一名女职工提问。

"我有一个问题,"一名约50岁开外胖胖的女职工走了出来说:"我们已经五年没有发工作服了,我们要换新的工作服。""她是清洁工洪梅宝。"秘书晓燕告诉秦阳。

"公司仓库里的铜排断货了。请公司及时采购铜排,不然的话我们就没办法工作了。还有断路器铸件也断货多时,再不补充的话,有了订单也没有办法交货的。"生产部经理莫丹先不知什么时候也到了车间,他大声提了问题。

这时的喧闹声似乎轻了些。秦阳往前迈了一步,放开嗓门对工人说:"今天在这种场合和大家见面,我很意外,但是刚刚听了大家提的很多很好的问题,很是欣慰,这是你们对我的信任。你们所提的这些问题,我可以很负责地告诉你们,请放心,没有一个问题是不能解决的。但是我要告诉大家,解决这些问题,需要时间,需要你们和我一起努力来完成。目前公司只是遇到了暂时的困难,我有信心和大家一起并肩作战,走出困境!需要告诉大家的是,我会马上安排人事部门做好统计工作,工资在几天以内一定发给大家,这是经过集团董事会讨论通过的,在我来之前就和董事长谈好的条件。所以请大家放心!借此机会我说几句心里话。我离开外资企业,不是来享受的,是希望和大家一起,共同把帕古电气公司搞好。来之前就公司目前的状况已作了了解,我很有信心,大家一起努力,用最短的时间使公司扭亏为盈。我们公司每年的业绩曾达到2亿元人民币,辉煌的历史足以傲视所有国内的世界500强外资企业。这些成绩都是你们工人、技术人员一起努力的结果。近几年为什么会业绩下降、工资发不出,当然有公司内在的原因和新公司收购方交接过程当中产生的一些问题。公司在管理上没有做到位,在产品结构上滞后,新客户开拓方面欠缺,业务跟不上,在生产过程当中所有的设备更新换代落后,甚至你们看到转盘、冲床、剪刀车等主要设备被搁置。我们现在要做的就是要尽快地找到客户、尽快地恢复生产、尽快地产生盈利,这样才能把大家的奖金发出来,这是我要说的实话。今天开始,大家有什么新思路新创意,或有什么困难、想法,欢迎随时到办公室找我谈。"

秦阳侃侃地说完这些,长长地叹了口气,贸然来到这里,在未完全弄清楚这个公司实情的情况下,就答应了老杨的提议,出任公司的总经理,似乎显得有些冲动。

"秦总已经把话讲得很清楚了,还有问题就请你们收集好,派代表来谈。大家散了吧!"宋怀山不失时机地帮秦阳解围。

"走吧走吧,有秦总帮我们就有希望了。"只见一位理着平顶头、看上去淳朴老实的干部模样的人边说着边率先离场,"他叫李明生,是车间副主任。"宋怀山对秦阳介绍着。此刻因为工人得到了比较满意的答复,开始慢慢散去。

秦阳明白,在他上任第一天,这是有人想给他一个下马威,尽管有惊无险地被他化解了,但是他忖度幕后到底何许人。相信有朝一日,一定会水落石出。

2 人事经理

第二天早晨,秦阳匆匆梳洗完毕,喝了杯牛奶,就去了车库,开着日制丰田凯美瑞去了公司。从市中心开车到航中区的帕古电气公司,估计要花一个小时。路上,想到自己现在的选择,他没有感到后悔,他知道他的人生经历需要积累厚度,也需要"归零"。他清醒地知道,他努力改变着自己,都是为了某个可能带来掌声和名利的标签,但是,这个标签也可能给他带来烦恼,让他不能安逸在舒适区里挥洒自如。

这次,是他独立管理一家中型电气公司,对他来说,这是一个考验自己的机会,他要抓住这个机会,充分展示他的管理才华和能力。

昨天,第一天上任就碰到了棘手的难题,秦阳从来没有见过这样的场景和遇到这样的"待遇",这种情况,以前只是在电影或电视剧当中见到过。

秦阳开车速度不是很快,路上有点堵,花了一个小时,八点整到了公司。关上车门,拔下车钥匙放在包里,刚想走,被个子矮矮的驾驶班长老宋喊住了:"秦总,你把车钥匙交给我,我去把车洗一洗,把油加加满,以后加油洗车您就交给我好了。"秦阳边把钥匙交给老宋边说:"加95号汽油,加完油把车钥匙交给晓燕就可以了,谢谢了。"他心里清楚,现在他是这个公司的一把手,这些小事有人会帮他去做。

秦阳进了办公室后,马上要晓燕通知人事部经理王雯玲,十分钟后到总经理办公室来见他。他要尽快把全公司的人员情况摸清楚。

他打开手提电脑,首先查看了公司的组织架构图,一目了然的金字塔式结构。最上面的是总经理,以下是副总、业务总监,再是总经办、财务部、人事部、技术部、销售部、商务部、质量部、生产部、售后服务部等九个部门,从属关系清晰,是目前国内外资企业采用最多的矩阵式管理模式。秦阳感叹:毕竟原来是外资企业,公司的结构设置还是很规范的。

轻轻的几声敲门声响起,晓燕推门进来说:"秦总,王经理来了。""请进。"秦阳看到跟在晓燕身后的王雯玲,马上站起来说。

王雯玲具有标准职业女经理人独有的成熟气质,加之稳重老练,使人第一次见到她,就会对她心生好感。秦阳感到她身上有种教师常有的特质,会使人想到学校里威严又博学多才的女老师。

"秦总,我们是九点上班,您来得这么早,早饭吃过了吗?"王雯玲很关心地问道。

秦阳用手指着椅子说:"你也来得很早嘛,请坐。"

总经理办公室内有一张老板台。有一个三人沙发和一对单人沙发,还有一张小会议桌,可以容纳六个人开会。房间很大,足足有50平方米。秦阳没有请王雯玲坐在沙发上,他请她在小会议桌旁坐下。

"秦总,我对房间布置提个建议好吗?"王雯玲刚一坐下就说了她的意见,看来她没有把他当陌生老板。秦阳很喜欢这样的开门见山,说道:"好啊,有什么 Good idea?"

"这个老板台我建议可以换个位置。原来总经理桌子就是坐西朝东放的。我建议你改成坐北朝南。一方面座位需要靠墙,寓意背后有靠山,另一方面符合风水习惯,还有呢,原来那个总经理坐在这个方向,为公司带来很差的业绩。我建议您把这个位置重新换个方向。"看秦阳还没有回答,她接着说:"你要是同意的话,我下午就安排人过来把房间重新布置一下。"

王雯玲睁着她那双明亮的眼睛期待地看着秦阳,她想要知道秦阳对她的建议是什么反应。

"哦,好啊,就按你说的做,你去安排人来改变一下布置,我不想违反风水规律。"秦阳很赞成她这个提议,他想表示一下对她的良好印象,不假思索地答道。

听到秦阳毫不犹豫地回答,王雯玲感到很欣慰。她对在世界500强公司历练过的管理人员都有很高的评价。在她的心里,她真的希望秦阳的到来可以给帕古公司带来颠覆性的改变。想到自己将近九年在帕古公司的付出还没有显著成绩,她对秦阳的到任有着很高的期望。

这时,秘书晓燕泡了两杯龙井茶进来,每人面前放了一杯后,悄悄地退出了办公室。

"王经理,我请你来有两件事。第一,我想先听你从人事角度介绍一下现在每个部门的情况和整个人员结构情况。第二,我想请你带我到公司各部门和车间去转一圈。我想熟悉一下整个公司的情况。你来帮我介绍,可以吗?"

秦阳注视着王雯玲的面部表情和反应,通过对王雯玲第一天的观察,知道她是很专业的人事经理,所以,他想快速了解整个公司的情况,最好的方法就是听听她的意见。

"好的,我先从我们人事部门说起吧!"王雯玲被秦阳看得脸有点微微发热,她下意识地拿出了记事本,翻开后继续说:"人事行政部有四个人。我是人事兼行政经理,还有一个人事主管。总经理秘书晓燕也算人事部的,还有一个人是网管。我们有两件工作,一个是分管公司的人事招聘、绩效考核、工资和社保。另外我们还负责整个公司的行政工作,包括食堂管理、保安、门卫和清洁工的管理。并且还负责公司电脑耗材设备的采购和安排各种类型的团建工作等等。"

王雯玲说到这里停顿了一下,她看到了秦阳在认真地做着笔记,继续说道:"其他部门的情况是这样的:销售部有八个人,一个总监,两个销售经理,一个主管和几个销售人员,现在业务人员基本上没有什么业务。有一个老的销售经理叫王红,他每年会带来几百万元的订单。其他几个销售员基本没有订单,他们只有一些小修小补的订单,没有什么大的业务。"

"业务员的收入是基本工资加提成吗?能否详细说一下?"秦阳开始提出他所关心的问题,他想了解一些细节,而工资是人事部最清楚的。

"公司原来是外资企业结构,整个业务员工资分为5级,业务员是1级,销售主管是2级,销售经理是3级,销售总监是4级,每一级还有两档不同的工资,整个公司其实有10级工资。这里的业务员都是按照级别领取工资,业务做到了还有额外的业务提成,具体提成是由业务部门自己考核,没有归到我这里来。"说起工资体系,王雯玲如数家珍似的清楚道来。

"销售部的绩效考核是怎么考核的?不和工资挂钩吗?"

"销售部由于有业务提成,所以他们是独立考核的,绩效考核是以提成多少为基数来进行考核的,和其他部门绩效考核不同。我曾经多次希望销售部绩效考核纳入公司绩效考核,但是每次都被李总否定了。"王雯玲说到这里,表情严峻,她对李康明显很不满意。

"李总的工资多少?"秦阳问。

"2万元,另外,他开车,还有每月2000元的补贴。实际是2.2万元。""业务员都有车贴吗?"秦阳问王雯玲。王雯玲说:"经理以上开车的人都有车贴,商务部的高经理也有。其余的人都没有车贴。"

秦阳满意地点点头,说:"继续吧。"

"技术部有十个人,正副经理和八个设计员。现在能够出设计图纸的人不多,技术部的人大多数是从中专毕业的,还没有一个大专以上毕业的工程师。所以他们在设计图纸的时候,经常产生很多错误,造成车间工人生产时不能依赖技术部出的设计图。"

"秦总,听说您去BTT之前是上海开关厂的,那里人才济济,您能去挖几个技术人才过来吗?"王雯玲看了秦阳一下,很热切地希望得到秦阳的反应。

秦阳知道,帕古公司要解决的首要问题是人才问题,所以他接着她的话说:"先让我联系一下,我也很久没有和原来公司的人联系了。"

"继续介绍一下其他部门。"秦阳想更多地从她嘴里了解公司的情况。

"质量部有四个人,一个经理,三个员工。经理陈年原来是从售后服务部提上来的,他是李康推荐给总经理的,总经理让他当了质量部经理,但是,他对每个产品生产过程的质量检验基本都不懂,公司也没有生产过程质量检验,出厂的质量检验基本上形同虚设。他只听莫丹先的话,莫说可以了他就盖章放行,造成出厂的产品质量问题很多,到目前为止可以说公司基本没有质量把控。我建议去找一个合格的人来把他换掉。"提到质量部时,王雯玲给秦阳的感觉有点气愤。秦阳在笔记上将质量部画了个圆圈。

"另外就是生产部。生产部经理就是这次带人闹事的莫丹先。其实,他原本就是一个工人,由于和前任总经理关系比较好,总经理让他当了生产部经理。这个人其实就是一个工头,也不懂什么生产管理。现在经常带着人,打着维修的旗号,拿着公司的一些设备如便携式铜排机等,以及一些原材料到外面去干私活。名义上说是修理实际上是赚外快,然后他们几个人分。这种事情他现在做得很多。因为他经常外面有些活干,所以那些想赚钱的人都喜欢跟着他。他在工人中还是有一定的话语权的。这个人要当心,他心术不正,又是一个搅屎棍。如果您要把生产秩序搞好的话,他会是一个麻烦,我建议首先要对这个人进行调岗,但是要充分考虑好了才能动手,这个人对车间生产的影响会很大,搞不好会有混乱现象出现。"

"既然他有这么大的能量,有没有可能给他多加点工资,把他争取过来?"秦阳知道,这种人虽然是刺头,但是很有号召力,如果能为自己所用的话,可以解决生产上的大问题。

听到秦阳这样说,王雯玲有点意外,她说:"秦总,您的意思我明白,但是这个人劣迹斑斑,留他在公司会坏您大事的!"王雯玲语气更加气愤地说:"最近公司经常出现大量铜排被偷窃的事件,这几天我又听说仓库里四台开关柜专用的微机综合保护器 SPAD 被偷了。每台的价格 5 万元呢!"

"现在查到是谁偷了吗,仓库里没有监控吗?"

"仓库里没有监控的,整个公司都没有监控,我提出了好几次要求装,你的前任不同意装。"

"这是一个事件,很严重的刑事犯罪事件了,公司理应严查,我们一起花点时间先把这个问题解决掉。"秦阳很严肃地告诉王雯玲,必须先把这个漏洞堵上。

"还有保安和门卫都要换掉,莫丹先和车间的人经常带材料出厂,又不开出门条,说是带去修理用的,其实就是偷窃。"王雯玲补充了一句。

秦阳越听越感觉这个公司有问题。要想尽快改变公司的现状,必须要杀一儆百,他心中已经有了初步设想,但是,他仍不露声色地说:"我们继续,财务部呢?"

"财务部变化不大,我们原来有一个财务总监。这个财务总监是马来西亚人。前任老板走的时候他也跟着一起走了,现在的王经理只是财务总监下面的一个财务经理。财务部现在还有四个人。一个出纳,两个会计,一个财务经理。财务管理用的是用友软件,还有技术和仓库用的是ERP系统,都是原来马来西亚公司留下来的软件。现在公司的业务不是很多,财务部这些人已经绰绰有余了。"

"介绍一下财务经理的情况。"秦阳知道,财务经理对总经理来说意味着很重要的角色。

"王经理是中专毕业,她在这个公司工作的时间很长,对公司内部财务方面是比较了解的,"说到这里,王雯玲停顿了一下说:"不过以后你要对这个人格外当心和重视。她会打小报告,而且还会看风向。如果她看到在你头上还有人可以指挥你的话,她马上会去拍那个人的马屁,她打小报告是没有底线的。"

听到这里,秦阳的眉头开始慢慢皱了起来。

"最后还想说一下,商务部高经理现在和销售部有点矛盾。销售部的李康希望把商务部纳入销售部统一管理。但商务部和销售部是平级的,本来前任总经理也打算把商务部放到销售部去,但是这个工作还没开始他就被撤了。我的看法是商务部负责定价,业务的报价包括提成和回扣,这些工作总经理要直接管理,而不是由销售部的李康一统天下,商务报价和销售应该分开。"

听着王雯玲如数家珍地叙述着公司的情况和她对相关人员的评价,秦阳从心里很感激她。他知道对一个只来了一天的总经理可以说出这些话来,那是需要勇气和充分信任才能做到的。他听她说得差不多了,于是热情地伸出手说:"谢谢你,给我介绍得这么详细。"

王雯玲见秦阳如此热情,她也大方地和他握了握手。

"今天我就先了解到这里,你带我去公司各个部门走走吧!"说着秦阳把握着的手放开了。

"好的,走吧!"通过和秦阳的谈话和看他的反应,王雯玲心里感觉很踏实。

两人一起走出了办公室,秦阳发现和她走在一起显得自己很矮,就问:"王经理你有多高?在你面前我几乎成了小矮人了。"秦阳打趣地说。

"我1.72米,估计还没有你高,不过我穿的鞋跟高了看起来高,本来女的就显得高嘛!"王雯玲很注意给秦阳面子。

他们首先来到了销售部,销售部位于办公楼一层靠大门右侧的办公室,另一侧是公司电气产品展示区。走进销售部后,秦阳看到里面空间很大,有十几张开放式办公桌,还有两个单独的办公室,其中一个是销售总监李康的。外面有几个业务员坐在办公桌前正忙着。

"秦总来看看大家。"王雯玲很职业地告诉大家,业务员们见到秦阳进来,都站了起来。

"请坐吧,继续忙你们的事,我只是来和大家认识一下。"

"哎,秦阳,真的是你!我还以为是同名同姓呢!"秦阳朝声音望去,原来是他认识好几年的丁箐,她35岁左右,留着短发,长得有点胖,今天见到秦阳,她有点意外也有点激动,脸色微微泛红。秦阳以前在地铁公司投标的时候经常见到她。

"原来你也在这里上班,你好啊!"秦阳很热情地和丁箐打着招呼说。

"你现在是我们的总经理,我们又是老熟人了,你要多给我加点工资哦。"丁箐开起了玩笑。

"我尽力而为。"秦阳走到了丁箐跟前说。初来乍到,在人生地不熟的公司里有一个老熟人,秦阳感到很开心。

"你们李总在吗?"王雯玲问丁箐,"李总不在公司,有事找他吗?我可以通知他。"

"不要了,我只是过来看看大家。"秦阳回答道。

"你们忙吧,我们还去看看别的部门。"秦阳不想在这里耽搁太久,向大家挥了挥手就和王雯玲一起离开了销售部。

秦阳和王雯玲一起来到了生产部,还未走近经理办公室,一声声怒吼从门缝内传出:"你是干啥吃的?谁告诉你开关铸件不好用的?你知道修理电站工期有多短吗?这些开关铸件都是去抢修用的,你知道?你眼睛不会长在后脑勺吧?还是被大便糊住了?我×××!"

声音像一阵阵惊雷,在整个办公室里回荡,骂声极为粗俗,比街头巷尾的骂战有过之而无不及。要不是亲耳听到,秦阳实在难以相信一个堂堂外资企业的部门经理会骂出这样的话来。听到这种骂声,王雯玲就拉着秦阳,直接离开了生产部办公室。"现在不要去理他,这时候去见他,他会越发疯狂骂人的。我带您去看看厂区和车间还有仓库吧。"王雯玲建议说。

秦阳跟着王雯玲来到车间里。已经是午饭时间了,车间里静悄悄的,工人们都去吃饭了,秦阳告诉王雯玲,不用帮他介绍了,他看着机器设备,反过来给王雯玲一一做起了介绍。王雯玲很佩服地说:"您和前任总经理不同,他不懂技术,您是这方面的专家,产品和技术您都懂,我很看好您呢。"秦阳很谦虚地说:"我也要重新了解和适应这里的环境以及技术和产品。你要多提醒我哦。"

忙了一上午,两人已饥肠辘辘,于是一起走向食堂。食堂共有两层,其中,一层是工人食堂,二层是包房。工人食堂六人一桌,每人一荤两素,还有一大碗汤摆放在桌上,米饭则任用。200多个工人同时用餐,整个环境极为拥挤。从外面望去,排队吃饭的人很多,声音此起彼伏,喧闹不已。"我们就和工人们一起吃饭吧。"秦阳想感受一下食堂饭菜的质量,他打了碗白饭,搞了点红烧肉和青菜,一碗海带汤。王雯玲端着盘子回到餐桌,扫了一眼秦阳的菜,说:"这么简单?你可以再多加几个菜。你的前任总经理吃的是小锅菜。这里工人标准是10元,每次就扣工人2元的餐费,其余8元由公司补贴,吃多吃少都是这标准。"

秦阳说:"10元就能吃到这么多品种的菜,说明你们行政部管理工作很不错。这也是我今天看下来唯一满意的地方。"秦阳不失时机地对王雯玲管辖的行政部予以了表扬。

听到新来的总经理表扬自己,王雯玲感到有点意外!

3 寻觅人才

位于上海市黄浦区北京东路668号的上海科技京城,是上海最大的电子产品汇集之地。智能安防柜台前,秦阳正在询问营业员:"我需要一套VSCS监控系统,请问这里有卖吗?"

柜台里面坐着一位小个子中年营业员,他正在看一份晚报,听到秦阳询问,他放下手里的报纸,说:"我们这里有很多种监控设备,您要的监控设备需要什么配置?"

"我需要的设备包括前端设备、传输设备、处理/控制设备和记录/显示设备四部分。图像质量等级不低于五级图像,监测距离在1500米范围内,能否给我推荐一下。"秦阳在来这里之前,对监控设备的参数做了一些功课,所以他一下子就报出了配置。

营业员见秦阳说得很专业,便也认真地回答说:"可以啊,传输方式您是要同轴电缆还是光缆?"

秦阳明白,如果要隐秘地完成施工安装,而又不引起小偷注意,无线传输是首选。他说:"我希望是无线传输,无线的监测设备你们有吗?"

营业员用手指了指柜台后面的橱窗,说:"有的,无线传输设备价格要高一点,要架设一个发射器,你那里有地方吗?"

秦阳希望所有的设备安装在门卫室,他回答道:"地方有,发射器可以安装在门卫室吗?"

"门卫室距离摄像头最远是多少?"

"1000米左右,有问题吗?"

"没有问题,无线发射的距离一般大于2000米。"

另外询问了一下监控设备价格和其他信息后,秦阳向营业员要了张名片,说:"如果选用你们的设备,你们包安装吗?"

营业员回答:"我们有工程队的,可以包安装,你们公司在哪里?"

"在航中,我回去商量后如果决定要的话,我会请公司行政部联系你的。"秦阳希望尽快落实监控的事情,他马上掏出电话打给了王雯玲:"王经理,我已经找好了监控设备的厂家,我把名片发给你,你来联系他们,要快,同时还要尽量做好保密工作。"

秦阳用微信把营业员的名片发了过去。正想离开科技京城时,电话响了,他一看号码,原来是BTT公司低压部的工程师王萍,就马上接通了电话。"秦大总经理,消失这么长时间不见,原来去了帕古电气啦。"电话里传来王工带有揶揄的声音。

秦阳离开BTT时很仓促,除了自己部门的人以外,没有来得及和其他部门同事告别,他说:"是啊,刚刚就职一天,怎么样,想请我吃饭吗?"

秦阳和王工原来就是上海开关厂同事,后来又成了BTT公司同事,两人很熟悉,所以说话也不客气。

"季耀文在我这里,你有空到来福士广场三楼一起吃饭吗?不过你请客哦!"王工直截了当地说。

秦阳开始没有明白王工说的是谁,他稍微一想,就想起季耀文是谁了,他马上说:"好的,10分钟后过来福士广场。"

秦阳正好想请几个技术人员充实到帕古电气,他知道季工是负责配套电气设计跳槽去了西门子公司,后来又去了上市公司上海广电电气公司。季工不但是个很好的人选,说不定他还会帮忙推荐其他人选。

从上海科技京城到来福士广场其实也没有多远,沿北京路出去拐个弯,走到西藏路就到了,所以秦阳很快就到了。这里是他工作了十多年的地方,他很熟悉,他也知道王工喜欢去香港港丽餐厅,就直接进了港丽餐厅,果然看见王工和季工坐在四人座的卡座上。

"我来了,季工、王工你们好!"秦阳走过去和王工打了声招呼,和季工握了握手后坐在王工边上的沙发上。

"我们在等你点菜呢。季工客气,你知道我不擅长点菜。"王工说着。

中午就餐时分,港丽的生意很好,秦阳看到门口已经有20个人左右在等位。他对王工说:"恭敬不如从命!"拿起菜单稍微看了一眼,马上招呼起来:"服务员,点菜!"很快,一位年轻帅气的男服务员走了过来,"先生,点菜吗?"服务员带着明显的广东口音问。

"三份菠萝包,芝士焗野菌、珍宝鲈鱼、鲜虾胶酿脆皮鸡翅、茴香三文鱼、酱烧茄子外加两碗米饭。"

秦阳很熟练,一会儿就点好了。他最喜欢港丽的菠萝包,所以每次来这里就餐必点菠萝包。

秦阳点完菜后问道:"你们喜欢喝什么茶水?"

王工不假思索地回答:"茉莉花茶。"见秦阳点完菜,把菜谱交给了年轻服务员,她问道:"秦阳,季工最近工作碰到了点问题,现在想离开广电电气公司,你们帕古电气公司要招聘人吗?"

王工今天烫了头发，人看起来很干练。她戴了副高度近视眼镜，穿着一套米色的连衣裙，尽管今年 48 岁了，但是保养得很好，皮肤很白。

秦阳没有想到，自己正想找人，这么巧季工就想出来，但是他不露声色地问："季工在广电电气公司做什么工作？还是设计吗？"他想知道季工是还在搞设计工作。

"我现在是负责质量检验工作，最近公司取消了过程检验，所以将我这个过程检验主管撤了，我要么答应做一般检验人员，要么自己离开公司。"季工有点无奈地说。

"我认识好几个从帕古电气跳槽的人在上广电上班呢。"季工补充说。

季工身体有点发福，看起来有 190 斤左右，但是他很结实。他比王工小 1 岁，这个年纪的男人还可以干好多年。

秦阳想了解那些离开帕古电气后，去到上广电人的现状，便问："你知道帕古跳槽的人现在的详细情况吗？他们的待遇如何？"

"我们每天在一个食堂吃饭，天天可以见到他们，有需要的话我可以找他们谈的。"季工很爽快地说。

"季工工作能力很强的，在上海开关厂做过设计，在西门子做过售后服务，现在又在做质量检验工作，他技术很全面。把他招到你们公司做你帮手，你可以放心使用。"王工在一边帮着季工敲着边鼓。

"好啊，欢迎季工来帕古电气公司，只是我这庙小，不知季工愿意屈就吗？"秦阳看看火候差不多了，也就表明了态度。

"好的呀，我们原来都是一个公司出来的，知根知底，我很愿意和秦总在一起工作。"季工面临转型降职选择，他这时能离开上广电是最有腔调的做法，他很干脆地答应了。

"那就过来帮我吧，现在我们公司质量部的经理需要调整，你来担任质量部经理,用你的经验帮我整顿一下整个公司的产品质量检验,你尽快把上广电的工作辞了过来上班。"秦阳心情很好,招聘质量部经理的事就这么轻而易举落实了。

质量部经理解决了,现在秦阳最想招募的是设计部经理。他对帕古电气公司的设计经理很不满意。他问道:"季工有没有合适的设计人员推荐,我还想招聘一名设计部经理。"

听到这个问题,王工用手指着秦阳插话说:"有啊,有一个人最合适了,他现在还赋闲在家呢!"

"谁?"秦阳问。

"曹仁贵,你的徒弟,你怎么把徒弟忘啦。"王工有点惊讶地说。

对曹仁贵这个名字,秦阳是再熟悉不过了。十年前,当秦阳还在上海开关厂当设计科长时,有一天,老厂长带来一个人,就是曹仁贵,说他不想在工厂消防大队干了,希望学点设计,请秦阳带带他。碍于老厂长的面子,就把他放在设计科了,后来也布置了一些工作给他,并给他做了一些电气设计原理讲解,久而久之,他就师傅长师傅短的叫开了,其实,他和曹仁贵是同年龄。

急性子的王工说:"择日不如撞日,我现在就打个电话把他叫来。"说完,她拿起电话就拨了出去。

曹仁贵此时正准备坐车去浦东,就走在大世界的天桥上,他接到电话,知道秦阳也在,很兴奋,马上答应过来。

正在此时,秦阳的电话震动起来,他接起电话一听是商务部高晓芳打来的,就站起身,走到隔壁没人的空位上接听了电话。高晓芳说:"秦总,销售部李总有一份询价单,总计80万元的开关柜报价,李总要求提30万元的佣金,您说能不能批给他?"

"50万元的设备报价有多少利润?"秦阳对这些商务报价和利润的分配再熟悉不过了,他的问题很直截了当。

"税前25个点的毛利,包括了公司的管理费在内?"高晓芳回答。

"有没有包括企业所得税和30万元的税金在内？"秦阳想，只要把税金包含了，就可以谈，否则，免谈。

高晓芳停了一会，说："让我核对一下报价单。"秦阳估计她在找这几项内容是否在内。

秦阳等了一会没有等到回答，他对高晓芳直接说："你告诉李总，我同意做这个项目，不过要扣除80万元对应的增值税和所得税，再扣除30万元对应的20%的现金税收。这个是公司的底线，不能再少了。"

高晓芳在电话里爽快地答应了："好的秦总，我这就去告诉李康。"

这种项目在BTT公司的话，他根本不会去接，但是帕古电气现在缺少订单，秦阳需要这个订单，他知道这样做是迁就李康了。

知道曹仁贵要来，秦阳心里暗自盘算起来，曹仁贵的设计水平和能力显然不足以担当设计部经理，只能让他做具体设计工作，他来了先和他谈谈再定职位。

"师傅，你好！很久没有见了。"曹仁贵穿着很朴素，一件条纹的T恤衫外加一条黑色裤子，脚上是一双白色的运动鞋。

王工见了曹仁贵就不客气了："怎么，见了师傅就只和他打招呼，看不见我和季工啦！"

曹仁贵赶忙招呼王工，说："没有，没有，我正在找你呢，你穿得太年轻了，我都认不出来了。"他也和王工开着玩笑。

秦阳发现曹仁贵十几年不见，变得世故了，他对曹仁贵说："你现在在哪里上班？具体做什么工作？"

曹仁贵在紧挨着秦阳的座位坐下来后回答说："两个月前我在上海开关厂南桥分公司上班，也是做电气产品设计工作，现在分公司搬到杭州萧山去了，我没有去，现在在家里待业。"

秦阳想了解一下他的情况,问道:"你最近几年设计过哪些产品?"

"设计过的中压产品有:10KV 的 KYN28 和 35KV 的 KYN 框,低压产品有:MNS、GCK、GCS 和非标准产品等。"曹仁贵回答。

没有想到,自己的徒弟现在可以单独设计这么多的产品了,秦阳有点意外,他继续问道:"你现在会使用电脑软件 CAD 设计图纸吗?"秦阳知道曹仁贵以前不会用 CAD 设计图纸,他想知道现在他的实际水平。

曹仁贵没有想到秦阳这样问他,他有点结巴地说:"师……傅,你……这是老黄历了,现在都是用 CAD 设计图纸了,谁还会用图板手工绘图啊,我早就会使用 CAD 了。"他急起来有点结巴,还是老样子。

秦阳离开设计岗位确实很久了,他对曹仁贵说:"这几年不见,你进步了很多。那这样吧,你跟我一起去上海帕古电气公司工作,你负责设计部,季工负责质量部,你以后多和季工合作配合,有不懂的问题还可以来问我。"秦阳对曹仁贵说话是带有师傅口吻的。

曹仁贵没有想到这么快就解决了他头痛的工作问题,还可以和秦阳在一起工作,他很高兴,马上答应说:"和师傅在一起工作太好了,以后不懂还可以请教师傅了。"

"这个马屁拍得及时又到位的。"季工有点看不惯曹仁贵如此奉承的话语,他也不放过曹仁贵插上一句。

"你知道贺来娣吗?"王工看着他们谈得差不多了就问秦阳。

"我不认识她,她是谁?"秦阳一头雾水。

"你连她都不知道就去了帕古电气啦,她是帕古电气公司上级集团公司上海分公司的负责人。等会你和我回 BTT 公司,我有点事要告诉你,这事对你在帕古电气工作很重要。老朋友了,一定要提醒你一下。"王工很严肃,不像在开玩笑。

"好的,你一定要详细告诉我她的情况,我现在对帕古电气的背景了解太少了。"秦阳马上答应了。

饭后,秦阳跟随王工一起回到了 BTT 公司,既然来到了来福士广场,他除了想深度了解贺来娣到底何许人,还想去老东家挖一挖 BTT 的人才"金矿"。

4 冤家路窄

早晨刚上班,顾晓燕拿着商务部的报价单和一些其他文件放到秦阳桌子上,对秦阳说:"秦总,昨天您同意的报价单请您补签个字,另外,这些文件都是要您签字的。"秦阳从西服内衣口袋里抽出一支派克水笔,刚想签字时,想了一想后对晓燕说:"你通知财务部王经理来一下。"顾晓燕答应了一声,就朝财务部走去。

"秦总,您找我?"王丽丽很快就来了。她扎着两根粗粗的大辫子,脸色红红的,穿着一身天蓝色的连衣裙,包裹着微显肥胖的身躯,头绳的颜色是蓝色的,高跟鞋也是蓝色的。

秦阳总觉得她的一身打扮不是时髦,而是有点不搭。他对王丽丽说:"王经理,请坐,你看看这份报价单,有30万元的佣金要支付,如果要付款有什么问题吗?"秦阳想知道财务部对佣金的态度。

王丽丽拿起报价单认真地看着,秦阳注意到她拿报价单的小手指有意跷得很高,她的脸色微微有点泛红。她也没有注意到秦阳在观察她，自顾自看着报价单。

"又是李康的项目，他的项目每次都要提很多佣金，每次对财务部都是先斩后奏，使我们措手不及，这对公司是很为难的事。佣金从我们公司账上提取的话，我们也不能一次性提取的，要分几次。另外，以后我们对佣金占公司利润的比例要严格规定好，不能超过50％，还要先得到我们财务部同意。"秦阳听到王丽丽说话的口气，稍稍感觉有点不舒服，她平时说话可能习惯了盛气凌人，在秦阳面前也不收敛。秦阳想要敲打一下她，让她知道一下现在她是在和谁说话。

"以前所有佣金都是从公司账上走的吗？"秦阳问。"不是的，有发票不提现金，转账的话是从别的公司走的账。提现金的佣金部分是公司走的账。"王丽丽回答问题时不知是紧张还是有点热，她的脸色越来越红了。

"如果现金数量多的话，你们这样操作的话，如何销账呢？"秦阳进一步问她。王丽丽不假思索地回答说："我会去买一些餐饮发票来冲账的。"

"买发票的价格是发票票面价格的多少百分点数？"秦阳听她这么说，就知道这个公司以前的操作有漏洞，王丽丽的做法不合财务规范。

"有高有低的，有时候三个点，有时候四到五个点。"王丽丽回答这些问题似乎胸有成竹。

"你这个做法有人告诉过你有问题吗？"不等她回答，他接着说："存在两个严重问题，有可能会引起严重后果知道吗？第一，买发票可能会碰到假发票和乱开发票，严重的会出现刑事案件。第二，佣金的支付比例过高的话，会占用公司的现金流，造成公司现金流紧张。"

秦阳口气很严肃地告诉王丽丽："我现在的要求是尽量避免在

公司账上用现金支付佣金,避免公司违规现象在我任期内出现。"

王丽丽习惯了让总经理按她说的办法去操作佣金,她很自负地认为她的做法符合财务要求。没有想到她碰到了秦阳,秦阳不但不接受她的支付方法,还在指责她。她此时的脸色更红了。

秦阳看到王丽丽有点不自然起来,他为了缓和一下气氛,说:"王经理上班要花多少时间?"王丽丽没有想到秦阳忽然会问她这个问题,她看着秦阳说:"我住在浦东,靠近上海出入境管理处,蛮远的,要一个半小时呢!"

"那可是个高档社区呢,我知道那里住了很多文化名人,王经理很有眼光嘛!"秦阳似乎也很了解那个社区。

这时,顾晓燕神色紧张地进来说:"集团公司邱董事长来了,带了几个人已经到车间去了。"秦阳猛一听到集团公司董事长来了,感到有点惊讶。堂堂集团董事长来了,不通知他这个总经理,这不是有违常理吗?他马上对王丽丽说:"你先把佣金的事再考虑一下,找时间我们和商务部及销售部一起讨论一下。"王丽丽看到秦阳有事了,便起身先离开了。

秦阳问晓燕:"我们公司有人陪董事长吗?"秦阳在感到吃惊的同时,想了解一下有谁已经先他知道了这个消息。顾晓燕说:"宋总已经去车间陪董事长了。"很明显,宋怀山是比他先接到通知的。

秦阳怀疑这里面有点蹊跷,是不是有人有意不通知他,存心让他在董事长面前失礼。但他一时半会儿也猜不出是谁会这么做,来针对他这个初来乍到的人。于是,稍一思考,他马上站起身就朝车间走,他要去迎接一下。

刚走到办公室门口,迎面就碰到邱董事长一行四人过来了。

等他们走进办公室后,他先和邱董事长打了招呼:"邱董,欢迎您来视察工作!"他看见宋怀山跟在后面,语气责怪地说:"宋总,董事长来了你怎么也不通知我?"

"我也是刚刚得到消息,就急急忙忙下去了。"宋怀山急忙解释道。

"宋总,你怎么不懂规矩,不先通知秦阳的啦,老板来了,秦阳都没有去接,很没有礼貌的!"

"贺总,我是冤枉的,我真的刚刚接到您的电话就下来了。"宋怀山又辩解着。

"你还有理了是吗,你不可以通知秦阳一起来接啊?"

秦阳这时才知道刚才说话的中年女人是贺来娣。她的一句话把秦阳和宋怀山一起数落了起来,秦阳心里嘀咕着,这个女人说话怎么这么拽。昨天王萍告诉他一些关于贺来娣的事时,他还有点半信半疑,今天一见面他就领教了她的厉害。

秦阳直接对邱董事长和贺来娣说:"邱董,贺总,你们请坐,我把来帕古电气几天的工作情况向你们汇报一下。"

秦阳不知道他们今天突然来临的目的,他只好按照自己的思路去说。

"先不急着汇报情况,我今天不是来谈工作的,你刚来帕古电气,我是来看看需要我为你做些什么的。"邱董事长态度很诚恳,似乎也很平易近人。

邱董事长说话慢条斯理,看起来很有亲和力。他是个60岁开外的人,理着平顶头,一件质地很好的夹克披在身上。他边说边从口袋里掏出一盒雪茄,抽出一支已经抽过的雪茄,打开高尔夫雪茄夹子,用打火机点起烟来。秦阳一看他抽的是古巴十大雪茄之一的罗密欧与朱丽叶,就问道:"邱董,ShortChurchill 这牌子雪茄很淡,您喜欢淡的雪茄?"

老爷子没有想到秦阳会问他雪茄,他用手指着雪茄说:"这款雪茄燃烧非常均匀,整个吸烟过程都非常好且不会变得苦涩,但也不浓烈,这种适宜的口感非常符合亚洲人的口味,英国前首相丘吉尔只吸这款雪茄呢。"

秦阳不抽烟,对雪茄也是一知半解,他谦恭地说:"雪茄您是专家了。您把帕古电气交给我,我还要请您放心,我会和大家一起,努力把帕古电气的工作做好来回报您对我的知遇之恩。"

秦阳不失时机地向董事长表明了自己的决心。

"秦阳,老板很器重你的,你要卖力点哦。"贺来娣说话时,眼睛斜视着秦阳,目光很冷。

"我一定卖力,一定卖力。"和贺来娣说话,秦阳知道也不需要文绉绉地说。

"秦阳,今晚你要找个高档一点的饭店帮老板接接风,啊,晓得哇?"

秦阳发现贺来娣一直在代替邱董事长说话,邱董事长也没有不满意的表情,她也不顾邱董事长想说什么,只管自己说着。秦阳赶紧说:"贺总,您放心,我一定安排好。"

秦阳今天才识得贺来娣的庐山真面目。秦阳估摸着她55岁左右,比自己要大几岁,但是她的皮肤很白,也不显得很老气。个子不高,大约1.6米。穿着紧身的红点子衬衣,最上部的纽扣敞开着,包裹着明显垫过的肉身。秦阳感觉她还算年轻,有点徐娘半老的风味,秦阳腹诽着,难怪她会使邱董事长俯首帖耳听命于她。

集团老板来上海,贺来娣作为上海区域的负责人,又是邱老爷子的红人,她计划好了把新来的秦阳等经理叫上一起陪邱董事长喝酒,张罗了给老爷子接风洗尘。

她把安排饭店这个皮球踢给了秦阳,她要看看秦阳是如何安排这次晚宴的。

秦阳把预订饭店的事交给了王雯玲,王雯玲也不敢怠慢,很快就预定好了当地最出名的俏江南饭店。王雯玲问秦阳晚上喝什么酒,秦阳告诉王雯玲,给老爷子喝正宗拉菲酒,给其他人喝就点张裕干红葡萄酒,再带上两瓶茅台酒。

秦阳告诉王雯玲:"法国波尔多拉斐酒庄的红酒,要买1855左岸分级中的一级庄出品的红酒,这款酒通常要在不锈钢发酵罐中放三个星期,再在新橡木桶中放18~24个月,这种酒单宁丰厚,入口有回味感觉。千万要记得提前一小时,把酒倒进醒酒器里醒酒,醒酒可促进酒的氧化,柔化单宁,就像让昏睡的葡萄酒美人从睡梦中醒过来,散发出应该有的芳香和美色。"

听着秦阳心思缜密地叮嘱和解释,王雯玲心里颇为感慨,她职业生涯以来还是头一回碰到这样的老板。

晚上,俏江南饭店包房内,十人一桌摆了三桌。秦阳把公司中层以上的经理全都叫来一起陪邱董事长。

贺来娣随同邱董事长进来时,瞄了一眼桌上摆放的拉菲和茅台酒,她心想秦阳选酒品味不错,但是也没有说什么。

秦阳平时不喝酒,这次为了给老爷子面子,也算是报答老爷子给了他个总经理位置,他硬着头皮敬了邱董事长几杯红酒。敬完酒刚坐下,他下意识瞥了一眼和邱董事长坐在一起的贺来娣,正好看见她在帮老爷子擦去嘴边的菜渍,老爷子笑眯眯地任由她服侍。秦阳心中没好气地想着:用得着这样肉麻吗?还真做得出来!

邱老爷子喝酒有个规矩,谁要敬他酒就必须自饮三杯红酒,然后再和他一起喝一杯红酒,遇到他兴致好时他还会要求再陪他喝一杯白酒。秦阳是新来的,老爷子算给他面子,没有叫他喝白酒。

贺来娣似乎感受到别人异样的目光,从帮邱老爷子的擦拭中抽回手来,回敬了其他人一个大大的白眼。

这个眼神提醒秦阳,这女人有着霸道本色,看来自己以后处事要防着点她了。想到这,秦阳心里长叹一声:唉,自己到哪不好,怎么偏偏来到这个女人的地盘呢?

提起贺来娣,据王萍说整个电气分销商行业都知道她是个心狠手辣的女人,仗着和邱老爷子的特殊关系,在她管辖的分公司内部大搞任人唯亲、任她唯大的行径。谁稍不听话,她就会拉了一帮人往死了整你,即使到你认错她也不会罢休。55岁的人了,平时喜欢穿着紧身衣服,走起路来一摆一摆的像个鸭子。她上下班喜欢开车,车技又很差,经常碰碰擦擦。就是这样一个女人,成了秦阳以后要经常面对的人了。

可以这么说,只要是个正常人,只要见过她一面,就会对她的行为和粗劣的语言留下深刻印象。

秦阳想着,管她人品好坏,自己管自己的公司,对她尽量避而远之就是了。

贺来娣看到坐在秦阳边上的王雯玲,就走过来嘤嘤笑着对她说:"王经理,邱总难得来一次上海,你怎么坐着不去敬酒?赶紧去敬敬邱董。"

王雯玲看见贺来娣朝自己走来,知道不是好事,她很自觉地端了酒杯站了起来,走到邱老爷子面前说:"邱董,谢谢您对帕古电气的关心,我先喝了,您随意。"她说完,刚准备喝酒时,贺来娣用手挡住了王雯玲举杯的手说:"跟邱董喝酒,必须把酒倒满,首先要喝三杯啊!一杯不算。"然后他看着王雯玲把一杯酒喝下去,她提了一个酒瓶,又给王雯玲倒了满满一杯,"再来再来,"她说。王雯玲看了看邱董,说:"邱董,我喝了。"说完,她又喝了第二杯。她准备放下酒杯的时候,贺来娣抢着又给她倒了一杯,说:"邱董还没喝呢,你怎么可以不喝了呢?"王雯玲很无奈地喝了第三杯酒。这时贺来娣又给王雯玲倒了满满一杯红酒,说:"现在你可以敬邱董了。"

这时邱老爷子直接站起来了,端着酒杯跟王雯玲说:"王经理,现在我们来一起喝一杯。"他举起酒杯对着王雯玲一口喝干了。王雯玲想,今天我只能豁出去了,喝就喝,她一仰脖子把第四杯酒也喝了下去。

秦阳第一次见王雯玲这么喝酒,他知道王雯玲很敬业,做事很有分寸。这种场合她不会令人失望的。

邱老爷子这时来劲了,他给自己倒了一杯白酒,站起来拍着王雯玲的肩膀说:"我喝酒的习惯就是红酒加白酒,喝了红酒一定要喝白酒才爽快,才完美。你要陪我喝一杯白酒。"这时善于察言观色的贺来娣又从旁边拿了一瓶茅台,倒满了一杯酒,拿过来给王雯玲说:"邱董说请你喝酒,你总得给他个面子把这杯酒喝了。"

接过酒杯的王雯玲脸色已经很难看,她左右为难地看了看秦阳,秦阳关切地问她:"王经理,你要不要紧?"

"要你怜香惜玉,你不要扫邱董的兴好哇,"贺来娣抢白秦阳,说:"王经理好酒量的,她还可以喝很多呢。"

邱老爷子也不管他们说什么,自己把白酒喝得一干二净,然后倒拿着酒杯对王雯玲说:"王经理,请吧!"

王雯玲看见邱老爷子喝完了,她也不好意思拒绝,只能把这杯酒喝了下去。喝完她坐了下来。看她喝完了酒,脸色明显的变得苍白起来。秦阳问道:"王经理,你可以吗?不行的话,你就不要再喝了。"秦阳看见王雯玲眼睛迷糊起来,她硬撑着说:"我不要紧,休息一会儿就好了。"说着,她把头慢慢倒向了桌子上,她似乎很难受。

"你去厕所吐掉了会舒服些,不要硬撑着。"秦阳关心地对王雯玲说。王雯玲有点头重脚轻地站起来朝洗手间走去。

来到包房门口有一级台阶,王雯玲或许因为喝多了酒,居然踩了个空,一下子扑倒在台阶上,摔得要多狼狈有多狼狈。看着她摔跤的贺来娣,立时幸灾乐祸地笑起来,还大声奚落着:"哎哟哟,喝这点酒就不行啦,噶没有用的人。"

秦阳厌恶地看了她一眼。

王雯玲这下摔得不轻,捂着左小腿"哎哟……啊……"的叫起来,不时发出倒吸凉气的声音,回头见贺来娣阴阳怪气地瞧着她,心里恨恨地骂道:"都是你这个女人!不然我会这样失态啊?"

秦阳赶紧跑过去扶起王雯玲,并搀扶着她一步一拐朝厕所走去。他轻声对王雯玲说:"不要去和这种人计较,去洗手间先吐掉点,用冷水冲一下脸,出来再喝点矿泉水。"

秦阳知道今天贺来娣是有意为之,但这个女人为什么要这样折磨王雯玲,秦阳不清楚。他等在洗手间外,见王雯玲吐完了出来后,上去扶着她的肩膀,问:"王经理,你和她是不是有过节啊?我发现她好像有意冲你来的。"王雯玲抬起头,睁着红红的眼睛说:"我拒绝过两次她介绍的人进公司,是因为都不具备资格。她今天是来报复我的。"

王雯玲接着说道:"第一次是她介绍了一个亲戚小姑娘到帕古电气做行政主管,说小姑娘怎么怎么能干。我面试后发现她根本没有能力,也不具备做主管的条件,就公事公办要她拿出大专以上文凭和证书,结果这个女孩没有文凭和证书,就拒绝了她。第二次是你上任之前,贺来娣要求我开除总经理的专用女秘书顾晓燕,要顾晓燕去车间当工人。我拒绝了她干涉帕古电气的无理要求。我认为公司有公司的人事安排,只有总经理才有权力下令调整人事结构,她贺来娣算哪根葱啊。"

对于秦阳的突然空降,没有人告诉贺来娣,因为只要贺来娣知道了这事她一定会捣乱的,到时阻碍了秦阳的到任。虽然贺来娣心中有千万个不爽,但是木已成舟,又是邱董事长钦点的秦阳,她也没有办法了。这次她是有意来借题发飙一下。

秦阳知道,贺来娣明着是针对王雯玲,实际上是在给他下马威。对于贺来娣,秦阳无计可施,她现在看起来管不着帕古电气,但是她的手一定会千方百计地伸到帕古电气来的,想想可能会和这种毫无素质的人打交道,秦阳此时就像胃里翻腾着胃酸一样,异常难受。

酒席终于结束,秦阳一边和邱董事长等人打招呼,一边转身叫住了顾晓燕,"晓燕,你去打电话给王雯玲的先生,请她先生来接她回去,她肯定喝醉了。"

秦阳知道,王雯玲是个要面子的人。今天她的硬撑,表面上看,是贺来娣在针对她,实际上,是她帮自己挡在前面,不然今天出糗的人一定会是自己。

还真的要好好想想办法对付贺来娣这个难缠的女人。秦阳望着酒后狼藉的杯盘和七倒八歪喝醉酒的经理们自言自语着……

5 销售会议

星期五上午,总经理办公室,秦阳端了一杯蓝山咖啡,缓缓走到窗前。站在办公室的落地窗前,可以看到公司大门口进进出出的人流。今天天气很潮湿,能见度不高,玻璃窗上结有一层雾气,看不见一丝阳光照射进来。这雾蒙蒙的天气犹如秦阳此刻的心境。

来帕古电气已有一周,期间,他听取了各个部门的介绍和汇报,亲自去看了各个部门的实际状况。说实话,公司目前的混乱状况,完全出乎他的意料之外。现在对他来说,当务之急是必须迅速理清思路,找对方法,对症下药,尽快拿到订单,通过销售来带动整个公司的生产和管理,迅速改变企业的现状。

目前整个公司只有几个开关柜修理订单和马来西亚帕古集团公司的真空断路器外壳加工订单。就这几个订单,不要说去改变公司的现状了,就连盈利都有困难。秦阳注视着窗外,陷入深思:怎样才能迅速签订大一点的订单,让各个部门转动起来?怎样通过完整的销售、商务报价、技术出图和车间生产的全过程,清楚地找出整个公司运作时的症结在哪里?当务之急亟待解决的问题是挖掘销售订单。

待会儿有个销售部销售例会。商务部经理高晓芳和财务部经理王丽丽被一起邀请参加例会。

下午一点的时候,秦阳随顾晓燕走进办公区二楼的一间会议室。这间会议室房间不大,有三十来平方米的样子,摆放了一张乒乓台做的会议桌。除了坐在桌子两边的人员外,中间的空地以及进门口的地方还临时摆了好几把椅子。十几个人把整个房间挤得满满的,显得十分拥挤。

李康和秦阳并排坐在会议室最中间的位置,会议由李康主持。

秦阳参加这次会议,是想通过这次销售业务会议,掌握公司目前的销售情况,同时也对每个业务员的销售能力有个比较清晰的了解。

被秦阳从老东家BTT公司挖过来的销售冠军张良也参加了会议。

准点时分,李康见人员都到齐了,宣布开会。他从座位上站了起来对秦阳说:"秦总,我先把部门人员向您介绍一下。"

秦阳微笑着点头。

李康从他左手边开始介绍:"赵琴,高级销售经理,她主要负责化工行业的客户;丁箐,销售经理,负责公共事业行业的客户;魏昌敏,业务员,负责房地产行业客户;马成,销售支持;张良,销售经理,去年BTT的销售冠军,今天刚来公司报到;吴金任,业务员,负责机电行业客户;郑燕,业务助理,负责销售部的文件和合同处理。"

说到这里,李康从裤子口袋掏出香烟,递给秦阳一支,秦阳摇摇手示意不抽烟。他拿出打火机点燃了香烟,没找到烟灰缸,正东张西望时,魏昌敏把身边的烟灰缸递给了李康。秦阳注意到他抽的是软中华烟。李康翻开了笔记本,转头对秦阳说:"我先汇报一下销售部截至目前的订单跟踪情况。"

李康开始汇报:"赵琴负责跟踪一个化工局新建工厂10KV变电站项目,下半年会进行议标。有中压和低压开关柜加起来共300万元;丁箐跟踪的上海污水处理厂35KV变电站扩容项目,有150万元左右;魏昌敏跟踪泗阳新建商住楼1000万元的机电设备项目;马成在报价两个400V动力箱项目,加起来有50万元;吴金任现在在负责几个售后服务的项目;我自己跟踪的是中海油的项目,预计第四季度会有几个大的标书要发出来,估计有2000万元。所有跟踪的项目估计总共3500万元。几个项目中较有把握的是赵琴跟踪的300万元,和我自己负责的中海油的2000万元的项目。我这里有一份每周更新的项目信息表,会议结束后我发给秦总和相关部门。"

秦阳很认真地听着李康的介绍,不时地往笔记本上记着关键数字。秦阳不得不承认,李康对本部门的情况还是了解的,他说起话来条理清晰。在到帕古电气之前,秦阳了解到一些李康的情况,从人品到业务负面评价的占多数。但是,今天李康给秦阳的印象似乎还不错。

李康讲话时,秦阳用眼光打量了一下赵琴:四十七八岁左右,打扮朴素,上身一件工作服,下面穿着一条黑色的裤子,齐耳短发,没化妆。她在认真地做着笔记,面相看上去很和善。她几次想打断李康,但插话没成。

"我先说到这里,其他人可以补充,"李康坐了下来,结束了他的开场白。

没见大家吱声,秦阳用鼓励的口吻说:"大家畅所欲言,有问题、有想法可以随便说!"

赵琴率先发言:"秦总,我们现在做销售的业务员太少了,希望增加一倍以上的人数。销售是靠人去做的,销售部以前有二十几个人,最多时我们承接了近2个亿的任务。现在这些人只能完成几千万元的任务。"

"我们前期销售费用基本上没有,出去和客户洽谈工作时,都要我们自己贴钱做,所以很难争取到大的项目。"魏昌敏插话说。

秦阳把头转向丁箐,示意她参与讨论。丁箐想了想说:"我跟踪的有些项目没有预付款,像地铁项目的低压部分,每条地铁线项目有近3000万元,不过低压部分归到总包单位一起投标,中标的也是总包单位,他们再邀请设备厂商投设备标时都不给预付款,要求垫付费用才能做,为此我们已经放弃了好几个项目了,像这种没有预付款的项目接下来我们是否可以做?"

听到丁箐说到这里,李康插话道:"中海油现在也有1000多万元中压开关柜的合同也是没有预付款的,首付款要在半年后,我和财务部王经理讨论了,公司没有足够的资金去参加投标。"

"不行的不行的,公司哪里来这么多的钱去垫预付款啊,再说如果碰到他们拖欠付款的话,没有资金运作,对公司不利。"财务经理王丽丽补充道。

秦阳是在地铁招投标会上认识丁箐的,他接王丽丽的话,问丁箐:"丁经理,现在还有地铁项目在招投标吗?"他希望丁箐能传递一些地铁公司最新消息。

"地铁8号线已经招过标了,总包公司是上海国营电气轨道公司。他们正在发标3000万元的低压设备,因为没有预付款,我们就没有去参加投标。"丁箐回答说。

"约一下上海国营电气轨道公司的应总,我和他是老朋友了,就说是我要去拜访他一下。"应总是秦阳在上海开关厂时的同事,只要还有项目在招投标,应该还有一丝希望。

"好的,会议结束后我马上联系他。"丁箐答道。

等大家讲得差不多时,秦阳站起来说:"我就根据李总刚刚介绍的情况,分析一下我们的现状:第一,九个业务员对于一家要做2个亿销售目标的民营电气公司而言,确实少了很多。如果按现在的人数来定指标的话,每人至少一年要完成2000万元,而实际上我们现在的业务员每人每年可以完成多少呢?我看了最近几年的销售数据,每人最多也就完成个几百万元,还不是每年都可以完成的。就按平均每人每年完成500万元来计算的话,9个人也就是4500万元,这个数据离2个亿的目标,简直相去甚远。第二,现在每个人跟踪的项目数量太少,总计才只有3500万元的项目在跟踪,也是远远不够的。"

秦阳喝了一口茶水接着说:"我问大家一个简单的问题,完成2个亿的销售目标我们起码要跟踪多少项目才能匹配?"

"3个亿差不多了吧?"魏昌敏轻声咕哝了声。李康马上接口:"昌敏,这数量哪够,你跟踪两个项目,必须有一个成功的话,难度很大,需要有更多的跟踪项目,起码4个亿起!"

"李总很有经验,他说得对,3个亿肯定不够!"秦阳不失时机地表扬了李康,接着他又继续说:"我们以前做过长期的调查。一般公司的营销目标完成,需要与预算指标的比例成五倍到十倍,就是说能力强的公司是五倍,能力一般的是十倍的跟踪数量,才能确保完成指标。这意味着,要完成2个亿的任务,起码要有10亿元的项目储备。大家看看,我们现在的差距是多大?"

会议室里安静极了。秦阳说出的数字,使他们感到惊愕不已。大家睁大了眼睛,等他的下文,见大家不语,秦阳站了起来,走到玻璃板面前,写下了几个字母:SWOT。他解释道:"我们先用工具来分析一下。SWOT,它们分别是英文strengths、weaknesses、opportunities、threats的缩写,翻译成中文是优势、劣势、机会、威胁。SWOT

分析实际上是对企业内外部条件各方面内容进行综合和概括,进而分析公司的优劣势、面临的机会和威胁的一种分析工具。现在我们的情况如何呢？谁来说说,我们有什么优势？"

"我们有外资企业的资质,有自己的中低压开关柜和中低压断路器产品,可以生产通用型的产品,这些是优势。"商务部经理高晓芳说。

秦阳点头表示赞许:"说得好,产品确实是我们的优势。我们现在最大的优势恰恰体现在销售人数上,集团供应链公司在全国有100多人的销售队伍,都是一家人,他们的销售团队也就是我们的资源。"见李康若有所思地点头,秦阳接着说道:"我们还有帕古电气品牌,这可是公司的拳头产品,是很多公司所缺乏的；我们有集团公司作后盾,有全套的自动化生产设备。这些是我们的优势,但我们的劣势也显而易见。"

"资金不够雄厚、技术力量薄弱、生产能力跟不上。"王丽丽马上插话。"我们的销售力量处于弱势状态。"李康接着王丽丽的话说。

"王经理和李总提出的这些都是亟待解决的问题。面对从销售到技术到生产各个方面的劣势,我们要出去和对手竞争,争取机会,扬长避短,这样才能使我们帕古电气走上正常轨道,重振雄风。"

秦阳转而用柔和的语气说道:"我是干销售出身的,所以一见同行,就有一种亲切的感觉,我很理解销售员的酸甜苦辣。今天在场的销售人员都没表达自己的意见,发言不积极,如果以这样的状态投入工作,似乎少了激情,这是销售人员最忌讳的！我建议在座的每一位销售员,学学你们的李总,他是你们的榜样。他销售经验丰富,你们工作中遇到的任何问题,可以随时向他求助,不要遇到问题就退缩。越挫越勇,不懂就问,工作才会有起色。"

秦阳知道销售工作是李康的强项,此时他只是借机给李康树立威信。会议接近尾声的时候,他补充说道:"我布置一下当下的工作:财务部王经理,请在会后与集团公司联系一下。如果我们需要集团出资1000万元到5000万元的话,看看他们有什么条件和要求;商务部高经理,请详细核算一下3000万元400V低压柜项目中,供应商可以给我们带资的设备金额有多少?我们自己出资部分的资金是多少?越详细越好;李总负责落实中海油项目,如果可以参加投标的话,我们马上去报名;地铁8号线邀请招标的项目,由丁箐联系,之后你和我一起去参加投标。"

秦阳一番话有分析、有数据,布置落实的事宜井井有条,让人心服口服。老江湖李康是聪明人,他早已看出秦阳不是泛泛之辈,思路清晰,态度坦诚,处事大度,对业务也有独到的见解,今后跟着这样的能人,公司应该会有转机。想到这,等秦阳话音刚落,他带头鼓起了掌,并趁机握住秦阳的手,十分诚恳地说:"秦总,我从你身上看到了帕古电气的希望!"

秦阳笑容满面:"李总是公司的元老了,公司期待你带好头,我指望你能出谋划策。你负责销售部工作,接下来压力不轻啊。让我们一起齐心协力,尽快把帕古电气的销售工作做好。"

会议结束后,秦阳把张良叫到了办公室。张良原来是秦阳在BTT工作时的手下,这次把他挖到帕古来,目的就是让他多接订单,带动其他业务人员,重新竖立销售明星的旗帜。

跳槽到帕古,张良在业务上能否有所突破,秦阳还要好好地和他商量探讨一番。

6 小试牛刀

送走了张良后,秦阳问丁箐和轨道公司的应国强总经理约了吗,丁箐说还没有约好。秦阳想了想还是自己先和应总通个电话,免得到时应国强要说他架子大了,老朋友见面还要秘书来约时间啦等闲话。

他拨了应总电话,没想到对方马上接通了电话。"应总,你好!你还没有忘记我啊。"接通电话后秦阳调侃说。他们以前在一起工作了十年,互相很熟悉,但是毕竟多年没有联系了。

"你怎么今天有空打我电话?世界500强的总监先生想到来关心我们国营企业了?"应总显然是不知道秦阳已经离开BTT,到了帕古电气了。

"很长时间不见了,想来看看你老哥,下周一你在公司吗?"秦阳要先把拜会搞定,至于自己去帕古的事只有见了面再说了。

"下周一下午我在公司,你过来吧。不过别忘记带好你们BTT的礼品哦。"以前秦阳送过BTT的礼品给应总,所以他记得。

"好啊,小事一桩,见面聊!"说完秦阳挂了电话。

王雯玲拿了一份消防局的文件进来对秦阳说:"今天消防局的人来公司检查,他们查看了车间和仓库,结果查出来几项不合格,这是10万元的处罚通知单。两项不合格内容是:第一没有按照国家标准、行业标准配置消防设施和器材,没有定期组织检验、维修,确保消防器材完好有效;第二,仓库消防五距不符合要求。"

"仓库五距是哪些方面?"秦阳听王雯玲提到仓库消防五距,他对消防中的五距要求不是很清楚。

王雯玲拿起文件读道:"库房五距是指:顶距,距离楼顶或横梁50厘米;灯距,防爆灯头距离货物50厘米;墙距,外墙50厘米,内墙30厘米;柱子距离,留10~20厘米;垛距,留10厘米。我们仓库里原来是装了防爆灯的,后来坏掉了就临时用LED灯了。"

王雯玲看了看秦阳,接着说:"消防局长说要公司新来的总经理今天去一下消防局。"

秦阳心想这个处罚有点意思,是处罚通知书但却不是处罚罚款单,看来还是有机会去做做工作的。目前他刚来公司,就迎头遇到这样一个棘手问题,看来需要去疏通一下关系。

秦阳仔细阅读了消防局的处罚通知书,原来公司早在几个月前就收到过同样的处罚通知,但前任总经理根本没有放在心上,也没有做工作,也没有执行整改。鉴于帕古电气公司不理不睬的态度,消防局这次直接下发10万元的处罚通知书,而且通知指出如果在规定期限内不交罚款的话就要申请强制执行。

这可不是小事,秦阳还是有点怵,毕竟这样的事情和处理销售订单完全是两种性质,自己压根就没有接触过。秦阳带着试探地问王雯玲:"这类事情我不熟悉,一定要我去一趟吗?"

王雯玲回答很干脆,说:"你一定要去的,他们这次点名要总经理去。不过,你不必担心,我会陪你一起去。我们就是要想办法撤销处罚,绝不能让公司在法律上留下任何违章污点;另外10万元太多了,越少越好。"

秦阳想想自己毫无推卸的余地,只能硬着头皮应了下来,他叫王雯玲带了两条中华香烟,又包了一个3000元的红包。

司机老宋熟悉消防局,王雯玲叫他开了别克GL8商务车去。

王雯玲和秦阳坐在后排。秦阳思忖着,处理这种事情最好要有熟人先去打个招呼,要比自己傻乎乎地送上门去好得多。他梳理了一下自己在航中区政府的社会关系,很快,他想起区政府沈秘书长这个人,虽然只是开会见过几次面,但是有总比没有强。秦阳打了个电话请他给当地消防局打个招呼,没想到,他一听此事,马上答应了下来,并说:"你去吧,我会打电话给消防局马副局长打个招呼的。"

秦阳得到沈秘书长的回复后,一路上,还在思索着对策。他心里明白,这样的关系肯定是解决不了问题的,但现在临时再去找人也不容易,只好随机应变了。下午快5点的时候,他们驱车来到了消防局,正好马副局长在。

马副局长45岁左右,中等身材,身材结实,穿着一身军装,这让秦阳踏实了一点,对方看起来不像是很难打交道的那类人。秦阳稍稍放宽了心,上前自报了家门,并且顺手就把两条中华烟放进了办公桌打开着的抽屉里。

一阵寒暄过后,秦阳就把罚单的事情给马副局长讲了下,并告诉马副局长自己是初来乍到的,很多事情都是前任留下来没有做好的,恳请他高抬贵手。马副局果然不是那种很做作的人,直接就告诉秦阳:"老哥,看你面相也是个诚实的人,我也实话告诉你,区里也有人打电话来讲情了,我们肯定是会照顾,但要照顾多少,我定不了,这个要局里集体决定。"

秦阳一听感觉有戏,但是他并没着急再往下细说,而是示意王雯玲向马副局长介绍了帕古电气目前的困难境况,有意无意地透露出公司困难重重的财务状况。马副局长看着这漂亮而又能说会道的王雯玲和格外沉得住气的秦阳,心中暗暗赞叹:像是外资企业里出来的,客气但不俗套,不像是没有多大修养的人。

在感觉上彼此不反感,于是话就更投机,三个人越聊越起劲,不觉间已经到晚饭时间了,秦阳顺势就邀请马副局长去吃个饭。马副局长也不推就,直接答应了下来。

晚上,秦阳在航中饭店订了个包间,马副局长说可能会有七八个人一起过来。秦阳一口答应了下来,其实他也没有其他选择。

进入点餐的程序,那就是秦阳的强项了。秦阳之前在BTT做了十几年的销售工作,在招待方面还是有一套的。说白了,他深谙怎么少花钱而让宾主都有面子;知道什么事该花钱,什么事不该花;知道请什么样的人点什么样的餐能取得最好的效果。事情到了这一步,秦阳悬着的心也逐渐放了下来。

晚上马副局长准时到达,他果真带了八个人一起来,看得出这些人都是马副局长的老朋友,阵容可谓庞大。对于这一点秦阳并不感到吃惊,他心里清楚:他们在安全的情况下很喜欢在被人请客的时候多带些人。一来是可以照顾一下他自己的关系;二来顺便摆下谱,因为在高档饭店的酒席坐主位这样的机会,对他们来说并不多。

加上秦阳、王雯玲,席间总共10个人。秦阳特意点的都是些大鱼大肉,而且全是那个饭店名头最响的招牌菜。看起来一桌子红红绿绿,相当丰盛奢华,但其实比起参鲍翅来,秦阳知道,这些鱼啊肉啊也值不了几个钱。

点酒水时,秦阳很认真地看了看酒水单,抬头以征求意见的口吻说:"各位领导今天天热,咱喝冰啤酒怎么样?这样就算喝多点也不会醉,也可以爽一下。"不出秦阳所料,这个提议得到了大家的响应。而其实,此刻秦阳心里盘算的是怎么为公司省钱。最贵的啤酒一瓶不过 10 元钱,敞开量喝也喝不了多少,但白酒就不一样了。你说给他喝什么?喝便宜的,他认为你不尊重他;喝贵的,一瓶轻轻松松就上千,这么多人又要喝掉多少瓶?这个尺度,秦阳还是要好好把握的。

酒席上,秦阳这个总经理对马副局长表现得敬重有加,王雯玲也主动频频举杯敬酒。她能说会道,言语恭敬谦虚,让马副局长在他那些朋友面前挣足了面子。而且秦阳还说了,以后大家是朋友,去他们公司的话联系他,一定要经常再聚聚。

就这样,晚餐在热闹的氛围中圆满地结束了,但秦阳很清楚,这次晚饭,不过只是个铺垫。

晚饭后,他留住马副局长,说:"马副局长,借一步说话。"马副局长今晚起码喝了四瓶啤酒,他的脸很红,可是他没有喝醉,他说:"去随便坐坐就好了,不要安排别的活动了。"秦阳本来打算请马副局长去做个按摩的,现在他既然这么说了,就接着他的话说道:"那就去底楼的咖啡馆喝杯咖啡吧。"说完,他对王雯玲说:"你叫老宋先送你回去吧,后面送礼的事我一个人来办,人多了不方便。"没想到王雯玲不愿先走,他说:"你还有多长时间搞定他,如果时间不长,我在车里坐会儿等你一起走。"

秦阳知道劝不走她,就索性让她等着了。

秦阳给自己点了一杯卡布奇诺,给马副局长点了一杯香草星冰乐,另外还点了一盘水果。他又要了两包苏烟递给马副局长说:"我不抽烟的,马副局长,要不我们去洗个澡吧,放松放松。"

马副局长看上去脸红得更厉害了,但是他思路相当清楚,他说:"老哥,看你是个爽快人,我也不能不告诉你,这个地方的人我都熟悉,今天我要和你去洗澡了,明天区里的领导就会知道了。你也不要客气了,为了你的事,区秘书长已经给我打过电话了,他要我关照一下你。放心,你的事我会帮你办了。这样吧,按照规定,你们公司仓库达不到消防的基本要求,消防通道也不合格,消防栓也不定期检查,是要罚款 10 万元。现在你们公司做个自查和整改,然后把自查和整改的情况做个报告交给我们局里,最好有照片对照这样更好。"

秦阳忙不迭地上前握手:"马副局长,太谢谢你了,你真是帮了老哥我的大忙!"

紧接着马副局长故意脸色一沉,话锋一转:"只不过……我和你说个事,你们公司要签订一个公司来做消防检查,要定期加液。"说完,他从随身公文包里拿了一张名片交给秦阳说:"这是一个有消防资质的公司,这是他们的总经理李国山。你可以去联系他,尽快签订消防合同,这样你们的消防工作可以由他们负责,你可以高枕无忧了。"

秦阳看似也有些面露难色:"不知道他们一年的费用要多少?如果太高的话,我会担心我们集团通不过。"

"这个你放心好了,价格是我们消防局制定的标准价格,在全国各地都一样的,你们集团公司所在地也是这个价格,你不用担心的。"马副局长看着秦阳,又加重语气说:"你不同意的话也可以的,我们到时会经常去你们公司检查消防工作的。"

秦阳知道再坚持下去会弄僵,他话锋一转说:"好吧,我安排行政部经理明天就联系李经理安排签订协议的事。"

一切都在按着秦阳的预料发展,秦阳看着马副局长的表情,说:"马副局长,今天消防局还有几位小兄弟没空来吃饭,麻烦您找空请他们吃个饭,代我谢谢他们。"说完,他把包着 3000 元的信封交给了马副局长。

马副局长用手悄悄捻了捻手中的信封,心里对秦阳的好感又增加了一分,他对秦阳说:"那我代他们谢谢你了。"

回家的路上,秦阳原原本本地告诉了王雯玲事情处理的结果,他有点无奈地对王雯玲说:"罚款是取消了,但是却又多了个消防合同要签,还不知道他们要的价格是多少。这次消防局之行,我还是感到不尽如人意!"

王雯玲听后不同意秦阳的看法,她说:"你不要自责了,这次我们来消防局,事情办得相当漂亮。罚款100%取消了,这是任何人都难以解决的事情。现在你做到了,你已经做得很好了。另外,我告诉你,以前我们公司就签了一个消防公司,专门负责我们公司的消防,这个是很正常的事,现在只不过换了一个公司而已。下周我来联系他们,争取尽快签合同。"

听了王雯玲的话,想到自己前来处理的这档子事情,秦阳苦笑了一下,把目光朝向了车窗外,陷入了沉思。

7 第一个订单

星期一下午,秦阳和丁箐来到了上海国营电气轨道公司。在前台接待室意外地遇见应总的秘书——以前开关厂设计科的同事郑惠珍。她把秦阳领到了应总办公室。

见老朋友到来,应总热情地招呼落座。秦阳介绍了一下目前新单位任职情况后直接表达了想请上海国营电气轨道公司帮忙,参与上海地铁项目投标的意愿。他侃侃道来,从上海帕古电气公司的历史、经济实力、科技力量以及经营管理方面,阐述了帕古电气所占的优势。听了秦阳的介绍,应该说,应总对上海帕古电气公司实力是认可的。

应总跷着二郎腿,不胜感慨地说:"你好好的外企公司不待,放弃优厚的待遇,非要去到民营企业打拼,真不容易!直说,我怎么可以帮到你,如果能,我一定会尽力!"这才是秦阳最愿意听的一句暖心话。

58 岁的应总,身材瘦小,体重不会超过 120 斤,他在国企也是搞技术出身,一路打拼到现在做到国营企业总经理的位置,有着自己老练的处事方法。此次招标邀请了三家公司来投标,发出邀请后,有一家公司明确表示,因为没有预付款,放弃参加投标。他们目前正好缺少一家公司来投标。

只见他不露声色地对秦阳说:"这个项目我们已经发过招标邀请通知了,你们不属于邀请范围内,如果你们继续投标,我们还要再审核一下你们是否具备符合投标条件的资质。"

应总的一席话意思很明确:尽管我们是老同事,你秦阳要来参加这个项目,也必须按照章程来参加投标。

秦阳不想落下个总经理自己违反规定的话柄,他要给足应总面子,同时又表示很理解他:"应总,我们没有提前参与做资格预审,现在可否帮忙给我们一个机会,让我们做后补投标商。如果有投标商资格预审未能通过的话,就可以让我们参加替补,这样,就不会耽误你们的时间了。"秦阳眼睛流露出热切的期盼。他想,只要有资格参加资格预审,后面就会有机会去公关。

"应总,由于没有预付款的问题,目前报名有意向的只有两家公司,其中一家公司也是在犹豫参加与否。不如就给秦阳的公司一个机会,让他们也参与一下。"郑惠珍显然是在帮着秦阳说情。

现年47岁的郑惠珍,年轻时是个大美女,当年不乏追求者。秦阳感激地看了郑惠珍一眼,依旧用祈求的口吻对应总说:"应总,请帮帮我这个新开张的兄弟,给我们公司一个公平竞争的机会。"

见秦阳如此迫不及待,就不再和他打哈哈了。应总知道,其实此次秦阳来参加投标完全符合他们邀请公司投标数量上的要求。他和郑惠珍对视了一眼,会心地笑着说:"好!老朋友的面子还是要给的!我们就给你这个投标机会,你明天就把资格预审文件交过来!"停顿了一下,他扭头转向郑惠珍:"小郑,你去通知项目部的陈工,请他补发一份资格预审通知给上海帕古电气公司,把他们公司放进邀请招标单位名单中,到时我们一起评标。"

秦阳见参加资格预审已经落实了,他不时地询问很多此项目的相关细节,了解到竞争对手的有关信息。应总虽然明确表态要让秦阳参与这个项目的资格预审,但还是让秦阳感觉到了应总的慎重:如此重要的项目,应总肯定不会只凭自己的请求,就拍板定案,给帕古电气中标的。今天能有这个结果,在秦阳看来,只能算初步达成意向了。

临走,双方再次确定明天提交资格预审文件,此时应总抛下一句话:"方便的时候,我想到你们公司去看一看。"一听此言,秦阳喜出望外,马上说:"随时欢迎,随时欢迎。"

秦阳吩咐丁箐马上去找项目部的陈工拷贝资格预审文件,并立即通知商务部高晓芳:今天一定要完成资格预审文件的准备工作。

郑惠珍把秦阳送到了电梯口,不无关切地问:"你和我的老同学现在还常联系吗?"秦阳丈二和尚摸不着头脑,问:"谁,你哪个老同学?"

"你别装糊涂了,我说的是我们机电中专时的班长叶魏兰。"

"啊!你是问她呀,我已经二十几年没有和她联系了,估计见了面也都认不出了吧!"秦阳悠悠地说。

"最近我们同学聚会,我见到她了,她没怎么变,还是和以前一样漂亮。我有她的电话,有空联系一下?"郑惠珍调侃地看着秦阳说。"好啊,给我也行!"秦阳记下了叶魏兰的电话,和郑惠珍道别后离开了电气轨道公司。

郑惠珍提到的叶魏兰,是秦阳30年前的一次邂逅遇见的姑娘。

那是1983年8月,秦阳代表开关厂出差去浙江椒江发电厂,参加300MW机组的并网调试。这是他的首次出差经历。靠摆渡才能到达的发电厂,处于青山绿水的孤岛上,在那里,秦阳遇到了代表上海电站厂来参加发电机试验的年轻姑娘叶魏兰。几个星期的调试工作结束后,他们一同离开了椒江,之后回到了上海,就再也没有联系。

算是段邂逅的经历吧!那种不期而遇,之后便会是一种伤感、落寞、留恋、怀念的感觉。不过在意的是过程,而不是结果,邂逅也是种美丽的回忆。

那天刚到达椒江电厂,秦阳就匆匆去办住宿手续。招待所是用住房改建的,总门内有两个单间,屋外便是洗、漱、吃饭、办公的公共区域,可见环境之简陋。

秦阳看了一眼隔壁关着的房门,放下行李去了电厂联系设备调试,直至下午5点后返回招待所休息。他发现隔壁房间有个女孩独自在玩牌。见有人进来,她主动招呼秦阳。

"你好!"

"你好!我是上海开关厂来参加调试的,你是从哪里来的?"秦阳马上接话。

女孩个头不高,穿着淡色衬衣和深色长裤,扎着马尾小辫,明亮的眼睛流露出友善。

第一次和一个女孩在一个空间里单独相遇,性格内向的秦阳显得局促不安,不知如何是好。

"哎。你是开关厂的啊,你们厂里有我好多同学呢!"她的热情开朗,缓解了秦阳的拘束。她说胡春晖、唐永勤、季耀文、蔡晓芸等等都是她的同学,其中提到的唐永勤,和秦阳有过一面之交。他在一次参加团委组织的活动时,自我介绍很大声"姓唐,永远勤奋,名字永勤!"秦阳对他有点印象。

"你会玩桥牌?玩桥牌的人一定是有超强的记忆力,你真行啊!"秦阳借机夸了她,女孩直言道:"我刚开始学,我们厂里有很多人在玩,我就想学学。"她拿出一本记了很多桥牌规则的笔记本递给秦阳。

秦阳见上面密密麻麻的字迹,心里却在嘀咕:买一本书不就得了吗?还用记吗!

"你今晚也要去电厂现场参加调试吗?"他问她。

"要去的呀,通知我晚上11点要到现场,黑灯瞎火的,去厂区一段夜路呢,你也去?那太好了,我正愁没有同伴呢,晚上我们一起去!"

"哎,你叫什么名字?叫你开关厂不在意吧?"她捋了一下额前的散发。

"秦阳,秦始皇的秦,太阳的阳。"秦阳当然不希望她叫他开关厂。

"你呢,可以叫你电站厂吗?"

"叶魏兰,你叫我小兰好了。"银铃般的笑声响起。

她的笑声令人愉悦,秦阳听惯了开关厂女工扯开嗓门的笑声,觉得此刻的笑声格外令人舒缓。

"我是77届的,我应该比你年龄大吧,应该可以做你的姐姐。"她自说自话。

"我是中学74届的,阿姐你做不了了。"秦阳幽幽地说。

"那就叫你秦工!"她提议。

她在秦阳的眼前是一个调皮又聪明伶俐的女孩……

通常参加电厂发电机的并网调试都是在晚上,电厂规定发电机停机是在晚上12点之后,调试后并网要到12点开始进行。

八月的椒江,天气炎热,尽管已到晚上11点多钟,经过一天热晒后,厂区的路面却依旧热浪滚滚。秦阳和叶魏兰一起结伴走在去电厂的路上。此刻电厂发电机组都停止运营,少了机器的轰鸣声,使得厂区路上格外的安静,只有他们走在石子路上的脚步声沙沙作响。

"你们工厂怎么会派你一个女孩来这里出差的呢?"秦阳没话找话。

"原来还来了个师傅,他家中有事,调试好了设备后不等发电,就先赶回去了,我只能留下来等并网发电。"她有些埋怨。

"噢,这样啊!"秦阳心想:这个师傅走得太是时候了,要不然他怎么会有机会和她相遇呢!

当晚由于发电机组中的汽机部分出了点故障,无法发电,不能完成调试工作,试验只能明天继续。秦阳做完试验各项准备工作,去控制室找叶魏兰,等她一起回招待所。

叶魏兰头戴安全帽,像个实习生,正安静地站在一堆人的身后,手里拿着笔记本在记着什么。秦阳凑上前瞧了一眼,是记录一些试验数据。

"你们结束啦!"见秦阳过来,她冲他一笑,停下手中的笔。

"今晚不能并网,只好结束工作了,我们那组人都已经回去休息了。"秦阳告诉她今夜不用熬夜调试了,明天白天调试。她将这个消息转告大家,今晚就此收工了!

走出空调设备室,已经凌晨2点,热浪依旧。她边走边脱下安全帽,秦阳信手接过替她拿着。

一路上他们聊着各自设备调试的事,很快就回到了招待所。

第二天清晨,秦阳刚醒就听到有哗哗的流水声,推门一看,原来一大早她在水斗里洗头。听到开门声,见秦阳在门口,她低着的头始终未离水斗,挪动了一下身体说:"帮帮忙,帮我用水浇一下。"

要我帮她洗头?秦阳怀疑自己听错了,他不安地朝前走了一步,拿起了水盆。

水从她头顶浇了下来。"慢慢浇,我眼睛进水了。"她用手拧干毛巾擦拭着眼睛。秦阳的心里七上八下在打鼓,生平还是第一次协助姑娘洗头!当时那种朦胧甜蜜的感觉,时至今日在秦阳的记忆中，虽已模糊了，却还有印象。

"去电厂的路上全是灰，头发很容易脏，不洗会很难受的。"洗过的头发披散在她头上，越显乌黑发亮，看着相似的情形，秦阳想起了在家的姐姐。

早餐过后，他们又各自忙自己的工作了。

一转眼一周过去了。在各个单位的大力配合和协作下，发电机并网结束，成功发电了。72小时的稳定发电后，他们被告知可以回家了。秦阳和叶魏兰结伴坐火车一起回到了上海，从此一别二十几年……

秦阳从遥远的记忆中回到现实中来，他有点感叹人生匆匆，就像作家三毛说的：岁月极美，在于它必然的流逝，春花，秋月，夏日，冬雪，你若盛开，清风自来。

一周过后，应总打电话给秦阳，说第二天要去帕古电气看一看，并再三交代：千万不要做特殊安排，就来看一看公司和产品就行了。

"一切都按照应总说的办！"秦阳一口答应下来。挂上电话，秦阳紧接着给公司各个部门布置任务，开始了紧张的准备工作。公司目前已经有很长时间没有正常规模的生产，车间里空荡荡的。秦阳要求宋怀山立即去把实验室的开关柜整理后放到车间里，再找几个接线工人和几捆旧电线，在每台开关柜的端子排上开始接线，如同车间里有一批产品在进行生产一样。要求仓库保管员把仓库里的中压开关和低压开关都放到工作台上，工人在忙碌装配着。闲置的自动剪刀车床和转盘冲床全部转动起来。整个场面，犹如工人全力以赴、热火朝天地在工作。秦阳吩咐王雯玲按老规矩，准备每人一个红包和一份精美的邮册作为礼品。

一切准备就绪。应总带着郑惠珍和几个工程师，第二天一早来到了帕古电气公司。一阵寒暄后，应总便马上到车间、仓库、样品室看了一圈,然后回到接待室,详细询问了公司的一些具体情况,同时听取了宋怀山的生产流程汇报。

结束后,秦阳安排应总一行在公司食堂包间内吃午饭,秦阳特意让食堂准备了鲍鱼、鱼翅和龙虾等高档食材款待应总,这餐午饭整整花了5000元。之前秦阳已经安排王雯玲将礼品提前放进了应总的车内。酒足饭饱后一行人稍事休息就返回了轨道公司。

秦阳的付出很快就有了回报。

没过几天,传来了应总的好消息:帕古电气通过了资格预审!这意味着帕古电气可以有资格参加投标了。

自应总一行离开帕古电气后,商务部连夜突击加班,完成了所有标书的准备工作和最后的报价,第二天就把这些文件按时送到了上海国营电气轨道公司。

接下来,就是最难熬的等待了。秦阳心急如焚,他殷切地期待着此次投标成功,只有这样,才能点燃他在帕古电气的第一把火!

一周后的上午,秦阳桌上的电话响了,显示屏上显示的是应总办公室的电话号码,秦阳的心一下子提到了嗓子眼,手不禁微微颤抖。

他深深地吸了一口气,接起了电话。电话那头传来了应总带着喜气的声音:"秦阳,我来传达好消息,你们中标了!"

喜笑颜开的秦阳连声道谢,还没来得及说什么,应总补充道:"老弟我提醒你一下哦,这次是预中标,你们要准备好资金,这个合同是没有预付款的,不能违约,必须按时交货,你们务必在规定的时间内,来商务谈判和签约!"

秦阳赶忙说:"资金没问题,我们一定按时交货!"放下电话,秦阳半天没缓过神来。好消息最终还是如期而至!

秦阳知道,他的挑战才刚开始,接下来3000万元左右的资金缺口,如何落实还是一个大的难题,只能走一步看一步了。

8 融资

地铁的合同有着落了,中海油的项目投标也传来了好消息。

李康告诉秦阳,负责中海油设备的金总打电话来,要求帕古电气派人到海南岛参与中海油平台电站的调试。电话里李康向金总提到了帕古电气想参加中海油6号海油平台机电设备招标的要求,金总欣然答应。李康已经通知商务部按时完成了标书制作并将参与开标仪式。

好消息接二连三:刚得到商务部的消息,帕古电气中标了,总计有2000万元的设备订单。

对这个消息,李康却表现得很为难:"按项目的招标书规定,首笔预付款项在六个月后支付,就我们公司目前的资金情况,很难解决预付款问题,您看要不要去签?"

李康的担心不是毫无道理。秦阳告诉李康:"目前公司要付这笔预付款确实不够,如按以往的操作模式进行,肯定行不通,我们只要另外去寻找一些资金渠道，想想别的融资办法。我们要拿下这两个项目，合同一定要签。"李康无可奈何地看着秦阳心想：难道你还有别的招？

李康长期和中海油打交道，知道他们对设备的选用有很高的要求，提出自己的看法："中海油这次选用的开关和继电器等元件都是 BTT 和西门子等外资公司的品牌，这些外资公司是没有账期的，对付款有一定的要求。"其实，此时秦阳对于资金的问题，心里也没有底，但是他不想错过这么好的机会，帕古电气靠它打翻身仗呢。他对李康说："我们除了要去找找别的资金渠道，我还准备去和集团领导商量，争取集团的资金支持，大不了按照资金成本付给集团利息。"

地铁和中海油两个项目的合同总量有 5000 万元，秦阳在预估要按时完成交付这两个项目起码要有多少启动资金。目前他要了解的是：公司自有资金有多少可以调用；设备供应商有几家是可以帮助公司垫资的。

为了更有效地解决资金问题，秦阳知道，他必须充分发挥团队的作用。何况初来乍到，他对公司的情况还不十分熟悉，靠他一个人，很难将事情办成。他让晓燕通知李康、高晓芳和王丽丽，来办公室开个会。

不一会儿大家到齐，落座后，秦阳就有关项目、资金短缺等问题作了说明，请他们集思广益。他先请王丽丽汇报公司现在的财务情况。

王丽丽打开电脑边翻看边说："集团收购这个公司后，还没有打入一分钱，都是靠原来的公司底子在运作，目前的状况是这样的：资产方面，公司总资产 2.5 亿元，流动资金 100 万元，长期投资 0 元，固定资产 1.5 亿元，无形资产及其他资产 1 亿元。公司负债总额 1000 万元，应付账款 707 万元，应收账款 3800 万元，应交税费 51 万元。主营业务收入 380 万元，同比减少 922 万元，主要原因是合同量不够。"

王丽丽提供的这些财务数据,秦阳都已经了解,他最关心的是实际可以调用的资金。王丽丽握着鼠标移动了一下:"公司现在用于生产的资金是0,账上余100万元,是用于工资发放,决不能挪用的。"

秦阳眉头紧皱,在笔记上记下最后一个数字。没料到公司的财务状况这么严峻,他转而问李康:"李总,公司现在应收账款有3800万元,有没有什么办法可以先收回一部分进来?"

公司的应收账款一直是由销售部负责收的。

李康回答说:"如果要按常规收款的话,是没有可能收回的。"说完,他停了一下,言下之意就是要动用一些特殊办法解决问题。

"那你们怎么收了七八年,资金也没有收回来?"王丽丽瞟了李康一眼。

此刻,秦阳不想展开这个话题。他问高晓芳:"元器件和开关柜体设备供应商有多少是可以有账期的?"

高晓芳翻看着报价清单说:"这次两个项目的元器件要求必须是进口的产品,铜排和线材数量较多,需要现款结算的。符合这两个条件,目前能够提供账期的也就只有开关柜体厂家了,估计最多也就在总报价的10%左右了。"

秦阳估算:5000万元的合同只有500万元左右是有账期的,其他4500万元资金是有缺口的。

"向集团公司借款有消息吗?借款资金成本是多少?"秦阳想起曾经委托王丽丽去请示集团公司,看来这是唯一的希望了。

王丽丽泄气地说:"我问了集团财务总监,他告诉我集团如果要借资金给帕古的话,是作为投资项目的,集团公司作为上市公司,这样的投资需要做公告,整个申请过程需要很长时间,就时间上来看很难如愿;财务总监还说,如果是200万元以下小额资金借用,只要秦总和邱董事长出面就可以了。"

秦阳明白,看来这次解决资金的问题需要另想办法走融资之路了。他盼咐李康先把签合同之事定下来,然后转向其他两人:"王经理,你对公司财务状况比较了解,请从财务角度找找还有哪些资源可以挖掘。高经理,你把技术和商务报价再仔细核对一下,寻找各个元器件供应商可以降低成本的办法,大家挖掘各自的资源,看看如何尽快解决融资问题。"

其实帕古电气作为民营企业,融资是很困难的一件事。秦阳心知肚明,这不光是帕古电气一家的难题,占全国企业总数99.8%的民营企业创造的价值占全国GDP的58.5%,上缴税收占全国50.2%,提供了75%以上的就业机会。然而,由于我国中小企业融资体系中的信用构建缺失,企业融资难问题仍然未解决。其中资金短缺是一个普遍性的问题,已经成为阻碍企业发展的绊脚石。

到了和轨道公司签约的最后一天,秦阳和高晓芳来到上海国营电气轨道公司,依旧是第一眼见到前台的郑惠珍:

"你好,秦总,终于来了!我想,今天你们还不出现的话,一定是放弃这个项目了!"秦阳将外套挂在会议室的衣架上,转回头用轻松的口吻对郑惠珍说:

"我们永不放弃,好不容易争取到的项目怎么会轻易放弃呢!"

"你们不是资金很紧张吗?"

"是的,但是不影响做这个项目。"在老同事面前,秦阳直言相告。

"请稍等,先完成你们的合同签订事宜,签完合同,我给你介绍一位投资单位的朋友,看他们是否可以帮到你。"

合同的签订很顺利,主要是商务方面的条款和要求。合同分数期交货,只要完成每期设备交货,就可以支付货款的90%,其余10%货款是一年后支付的质量保证金。高晓芳对商务洽谈显然很熟练,她提出开具10%质量保证金银行保函代替现金,经过几番议价后,达成意向,一下子就减少了500万元的资金储备。

高晓芳谈判时的语速很慢,声音也不高,开口前有个习惯动作,眼睛先看天花板,似乎在思考如何回应,然后才发言。对她的这个习惯动作,秦阳印象很深。

签完合同,他们来到隔壁会议室。等候秦阳的是一位很年轻帅气的小伙子小陆,和一位微胖的姑娘小李,他们就是郑惠珍介绍的投资单位——天城融资担保公司。秦阳把现在公司承接了地铁和中海油项目的情况做了简短的介绍,表达了需要融资的意愿。

帅气的小陆说话的语速很快,他说:

"我先向你们介绍一下融资担保。借款人向银行借款的时候,银行为降低风险,不直接放款给个人,而是要求贷款人提供担保;融资担保需要担保人与银行业金融机构等债权人约定,当被担保人不履行对债权人负有的融资性债务时,由担保人依法承担合同约定的担保责任的行为。贷款人为了获得贷款资金,提升贷款信用,寻找担保人为其担保;担保公司根据银行的要求,让借款人出具相关的资质证明进行审核,之后将审核好的资料交到银行,银行复核后放款,担保公司收取相应的服务费用。"

秦阳最关心的是成本,他希望得到实际的收费标准,他问道:"你们的担保费率收取多少?"

"我们收费不高的,我们严格按照保监会的要求做的,只有2~3个点,但是我们是一次性收取的。"小伙子很坦诚。

"有多少银行可以接受你们的担保?"秦阳问道。

"所有的商业银行都接受我们的担保。"

"加上银行的利息,所有的 All-In 费率是多少?"

"银行现在的贷款利率是4.5%,所有费用加起来是7.5%,不过银行是按年化收取的,你可以用一个月算一个月的利息成本。"

小伙子业务很熟练。

秦阳小声地告诉高晓芳,如果要用担保来融资的话,半年时间的融资需要支付5.25%的资金成本。就是说这两个项目必须要减少5.25%的利润。他问高晓芳:"地铁标书实际利润放了多少?"

高晓芳说:"为了争取得到这个项目,最后放了20%的税前毛利润,是不是放低了?"秦阳对她说:"担保融资是满足我们需要的,但是成本还是有点高,我们还需要去了解一下其他融资公司的融资成本,最好融资成本能够再降低一点。"

高晓芳看看秦阳忧心忡忡地说:"还有比这好的融资方法吗?"秦阳自己也没有把握:"再去找找看啰。"

这时一声不吭的小李姑娘听见秦阳他们的对话后,向小陆建议道:"不如介绍他们去融资租赁公司和你爸爸谈谈。"小陆表示同意:"你们的项目融资还有一种方法是可以采取融资租赁,我可以介绍你们去和融资租赁公司谈谈,如何?"秦阳当然表示赞同:"那是再好不过的事了,我们也想多了解一下融资渠道。""那好,我现在就联系一下。"话毕,小陆立即联系上了他爸爸。

在陆家嘴的国金中心大厦,秦阳见到了小伙子的爸爸——陆家嘴融资租赁公司总经理陆祺。陆总的年龄看上去比秦阳大几岁,稀疏的头发整齐地梳着,看起来是一个很有涵养的人。他听罢秦阳的项目情况介绍后说:"你们的项目是可以做融资租赁的。融资租赁是指出租人根据承租人对租赁物质的特定要求和对供货人的选择,出资向供货人购买租赁物件,并租给承租人使用,承租人分期向出租人支付租金,实际上就是转移与资产所有权有关的全部或绝大部分风险和报酬的租赁。融资租赁有直接融资租赁,售后回租。"

"我们用地铁的供货合同来租赁是否可以?"秦阳问道。

"这个理论上说是不可以的,但是经过包装的话也勉强可以做,不过有一个关键问题是你们无法逾越的。"

"是什么问题?"秦阳急切地想知道。陆总摸了摸后脑勺说:

"一般民营企业无法提供符合要求的征信,很难通过我们的风控审核,你们公司的征信评级是多少?"秦阳朝高晓芳看了一眼,高晓芳说:

"我们现在还没有银行评级。"

"那肯定没有办法做融资租赁了。"陆总告诉秦阳:"我做过银行信贷工作,知道银行对民营企业信贷管理的要求,不合格的资信评级银行是不会放贷的。符合这些条件、具有合格资信等级的中小企业为数极少,说白了,就是将大多数民营企业拒之门外。"

秦阳对民营企业的融资问题了解不多,这次为了寻找融资,他恶补了很多民企融资课程,掌握的也只是理论知识。他谦虚地问陆总:"陆总,除了融资担保和融资租赁,还有没有别的融资办法可以解决我们现在的项目融资问题呢?"

"还有一种办法可以满足你们的要求,而且实际费率也比担保融资要低很多,要求也很灵活。"秦阳一听,眼睛开始放光,陆总微笑了一下说:"就是商业保理。简单地说,商业保理就是卖方将其现在或将来的基于其与买方订立的货物销售或服务合同所产生的应收账款转让给保理商,由保理商向卖方提供资金融通、买方资信评估、销售账户管理、信用风险担保、催收账款等一系列服务的综合金融服务方式。"

秦阳担心的是帕古电气的银行评级问题,他问道:"我们的银行征信评级不够,如何解决呢? 可以用地铁公司或者上海国营电气轨道公司征信评级来代替吗?"

"这可以有几种办法来解决:第一种方法可以请上海国营电气轨道公司提供确权的明保理方法来弥补你们公司征信低的不足;二是用暗保理方式来做担保。"陆总顿了顿,继续说:

"关于成本问题,商业保理的所有费用,由项目的内容和企业的评估最后确定,一般的年化是7~8个点,最高的12个点。"

秦阳想:如果按8个点计算,融资半年的话就是4个点,这要比担保融资成本低,如果再缩短时间的话成本就更低了。想到这,他有点激动:"商业保理融资最短时间是多少? 如果我们提前还款的话怎么计算费率?"

"这是按照你实际使用的天数来计算费用的,有一天算一天。我们这里没有商业保理业务,你可以去一些国企的公司去谈谈,每家保理公司的要求和条件都不一样的。"陆总说得很详细。该了解的方方面面,秦阳基本上都已经很清楚了。

走出国金中心大厦,秦阳和高晓芳上了陆家嘴环形天桥。时值下午5点多,天桥上来自五湖四海的游客正在拍照。他们经过一老外身边,高晓芳被叫住。老外想请她帮忙拍一下和东方明珠的合影,拍完照,老外连声感谢:Thank you! Beautiful girl!

帕古电气的女经理中,秦阳对善良和温柔的高晓芳还是很欣赏。他指着不远处的金茂大厦,对高晓芳说:走! 请你到88层喝杯咖啡! 高晓芳二话没说,跟着秦阳向金茂大厦方向走去。咖啡馆环境优雅,人不多,秦阳点了杯美式咖啡,高晓芳要了一杯阿馥奇朵。

秦阳环顾四周,开玩笑地说:

"我每次来这里,都会有一种腾云驾雾、在仙境中的感觉,俯瞰窗外景色,美哉! 怎么样? 你有没有恐高症啊?"高晓芳很兴奋地告诉他:"我只是在金茂大厦开张的时候来过一次,没想到今天秦总请我在这里喝咖啡,感觉相当好,还恐什么高!"

他们闲聊了一会,就又言归正传,围绕着融资话题,高晓芳继续说道:"我建议回去后开个会,和王经理、李康一起把三种融资方案探讨一下。"秦阳点头表示赞同:"大家集思广益,相信我们一定会找到一个好的融资方案。"

喝完咖啡,他们没有久留,起身离开了金茂大厦。

隔天,秦阳召开了融资商议会议,参会的有宋怀山、质量部经理老季、设计部经理老曹、李康、王丽丽和高晓芳。会上,他阐述了三种融资方案,大家热烈讨论反复比较,王丽丽提议尽可能多地使用库存元器件和库存材料;李康负责执行催讨应收账款事宜,他保守估计有500万元可以要回来;高晓芳汇报她已经成功地说服了地铁设计院,改用帕古电气自己品牌的中压断路器代替进口的断路器。这样,按实际估算,用足所有的办法还可以解决短缺资金2500万元左右,如果能再融资到2500万元,就能满足需要了。秦阳鼓励大家说:

"谢谢大家的努力,通过这件事,我看到了帕古电气内部团结一致、齐心合力的团队精神。大家再接再厉,我们一定要圆满完成这两个项目!"经过反复比对,最后大家一致决定采用商业保理方案。最终融资谈判和签订合同的事由王丽丽落实。

王丽丽心中明白,因为如果签订融资合同,这就是她的业绩,这分明是秦阳把功劳归功于她。她暗暗下决心,一定要把这次融资工作做好,不辜负秦阳对她的信任!

9 降伏"刺头"

下班了,商务部忙了一天的报价员陆陆续续地离开办公室。高晓芳倒了杯咖啡,走到窗前,向远处眺望,若有所思。昨天她本来想把晓辉介绍给秦阳,晓辉现在是日企投资公司董事长,深谙投资。高晓芳想她也许有办法帮助帕古电气找到融资资金,只要自己出面,晓晖应该不会拒绝。

高晓芳和晓辉曾有一段难言的过往,此刻,她陷入了对往事的回忆中……

那年,在她刚进公司不久的一天下午,黄总经理带来了一个女孩:柔顺的披肩长发,浓眉、秀气的眼睛和鼻子,穿着职业裤装,腋下夹着文件夹。黄总介绍说她是晓辉,当目光交汇时,她们互相友好地点点头,笑了笑。之后她们一起参加了销售会议并由此相识,因为年龄相仿,高晓芳和晓辉从此便成了无话不谈的好朋友。

晓辉写得一手漂亮的繁体字,从未去过日本,却会说一口流利的日文,日常生活中的待人接物,也沿袭着日本习俗,让人有点匪夷所思。

晓辉特别乐意与她闲聊,她们理所然地成为了亲密的朋友。她感冒时,晓辉会为她送上手帕、感冒冲剂,时常会带着自己烧的午饭到公司和她一起享用;她生日,晓辉准备了精致的礼物送她……她并不想知道晓辉曾经经历过什么,晓辉和她之间过于亲密的举止,渐渐的引起了其他同事的猜疑。为了避嫌,她开始有意回避晓辉……

高晓芳抿了口咖啡,目光落在窗外的停车场,只见生产部经理莫丹先提着几个箱子,放进后备箱里,驱车离去。

高晓芳继续着她的回忆:接下来她和晓辉疏远了些。她结婚时,晓辉送了一盏贵重的水晶吊灯作为新婚礼物,并为她预定了高档的酒店,借了一辆那个年代少见的豪车——凯迪拉克。她庆幸有她这个好朋友。

结婚前几天,晓辉约她喝茶。晓辉告诉她,说自己一直以来喜欢她!目睹要结婚的晓芳,非常难受,但无论如何,还是希望她能够幸福,并要求亲她一下。瞬间,她脑子一片空白,不知所措地愣了好一会儿,那一刻她突然醒悟:原来晓辉有同性恋倾向!

几年后,她得知离开帕古电气后的晓辉,进了日资的投资公司,做成了几次投资,事业有成,现在投资了一家公司,当了董事长。

现在帕古电气急需要资金来启动公司的运作,见秦阳在四处张罗寻找融资渠道,所以高晓芳才会想起晓辉,也许是现成的资源,但她很犹豫,她决定还是跟秦阳沟通一下为好,也许他有妙招。

到了总经理办公室,却不见秦阳和晓燕。透过开着的窗户,看见大门口聚集了好多人,声音嘈杂,像是在吵架,她匆匆下楼去看个究竟。

只见莫丹先和门卫保安在争执。莫丹先驾驶着桑塔纳经过大门口时,见栏杆没有升上去,摇下车窗不满地对保安说:"把门打开!"保安队长很客气地告诉莫丹先:"今天开始门卫有新规定,凡是汽车进出厂门,必须要把后尾箱打开,例行检查。"

"你眼睛瞎啦,我出厂门还要检查?!"莫丹先瞪着保安队长说。

保安队长耐心地对莫丹先说:"不好意思,这是按照公司要求办事,请配合我们的工作。"

"眼睛瞎掉了,我看你吃错药了是吧?"莫丹先开始破口大骂起来。

"请把后尾箱打开,不要让我们为难!"保安队长语气开始硬了起来。

莫丹先没有料到这突发的事情,平时他趾高气扬惯了,见保安队长无视他,便朝着保安队长大声叫骂起来:"你不知道我是谁啊!你是畜生啊,狗眼瞎掉啦,快点开门,不然我不客气了!"

保安队长理直气壮:"你再凶也没用,看到吗,公告贴在墙上,这是最新的规定,我们只是执行者!"

莫丹先看到门卫墙上贴了张公告,公告内容是这样写的:

公　　告

各位员工、外来人员:

  近来发现有人偷拿夹带公司财物出厂,公司决定从即日起,由保卫部对进出公司的所有人员、车辆进行随机检查。如发现偷拿夹带等侵占公司财物者,全数退还赃物外,按财物价值的10倍金额进行处罚,并移交司法机关处理,追究其相应的法律责任,内部员工同时作开除处理。望相互转告。

  特此通知。

行政部
×年×月×日

这时又走过来几个凑热闹的工人,显然大家似乎都不知道新规定。

"请你支持我们的工作,开一下后备箱很快的事,不会浪费多长的时间嘛。"

莫丹先很纳闷:这几个保安怎么都是生面孔?原来那些保安都换岗了?怎么事先没人跟自己打过招呼呢?明知理亏,他还是强硬地说:"你们再不开门,我自己动手了!"就在两人僵持不下的时候,保安小李悄悄地走到了车子后面,朝着桑塔纳2000的尾箱按了一下,尾箱门突然跳了开来。不打开不要紧,一打开所有人都惊呆了。后尾箱里装满了一排继电器,粗粗估计大概有四台之多,这不正是公司前段时期失窃的智能保护继电器SPAJ吗?

莫丹先见状后,气急败坏骂道:"小赤佬,谁要你打开的?这些继电器,我明天出差要用的,快点给我开门!"

"不好意思,既然是公司用的,你就给出门条吧!"保安队长毫不示弱,他就知道莫丹先不会有出门条,就对小李说:"赶紧去请宋总下来处理!"

很快,宋怀山面露愠色,来到了门卫室,得知原委后,对着还在嚷嚷的莫丹先说:"不许再骂人了!你先跟我去办公室。"

原本以为宋怀山帮他开脱几句就放行了,没想到宋怀山二话没说,直接把他带到了会议室后,撂下他径直朝总经理室走去。宋怀山觉得,这事事关重大必须让秦总知道,由他处置。宋怀山压根没想替莫丹先挡子弹。

得知消息的高晓芳、晓燕也随后赶到了总经理室,他们和秦阳一起听完了宋怀山的讲述。秦阳很是生气:"胆子也太大了,这么嚣张,不明摆着偷窃公司财物嘛!这四台机器的价值已经超过10万元,只要报警,就可以马上立案。宋总,我们一起来商量一下怎么处置这件事。"

秦阳明白，莫丹先是个"刺头"。秦阳初来乍到时，帕古电气车间的风波，就是他一手策划的。今天这么明目张胆的偷窃行为，一定要严格处置他，杀一儆百，一定要把不正之风压下去！

秦阳突然想起了在高层培训课上讲过的"马蝇效应"：不作为的马，突然间精神抖擞，飞快奔跑，为什么？因为通过奔跑可以尽快地摆脱蝇叮咬而产生的疼痛。作为一名管理者，若能找到合适的激励因素，就能快速体现出"马蝇效应"来。

针对莫丹先目前的状况，秦阳以商量的口吻对宋怀山说："莫丹先这个人，我们应该好好引导他，利用他在车间工人中间的影响力，协助公司做些好事。"宋怀山点头表示赞同。他说由他找莫丹先沟通一下，先看看他是如何表现的。

他随即离开了办公室朝莫丹先走去，对莫丹生说："事实面前，我们也不多说了，你是聪明人，给你两条路：一条是公司直接报警处理；另一条是退还所有继电器，按货值10倍罚款，留厂察看一年，并写好保证书，保证服从公司领导安排，遵守公司规章制度。如果你的工作表现好，有立功表现的话，可以减少罚款甚至免除罚款，保证书必须让你太太和你一起签字。你可以二选一！"

这时的莫丹先安静了下来，他眨巴着眼睛，张大了嘴，一时不知说什么好。很快，他平静了下来，说："宋总，我这个人拎得清的，这次事情是我的错，我肯定不想去坐牢，你们给我个机会，我一定痛改前非，重新做人。"停顿了一下他继续说："为了表示我的悔改之心，除了退还所有的继电器之外，我愿意罚款，不过请领导给我一个减免罚款机会。"宋怀山严肃地对莫丹先说："现在机会就摆在你面前，我们发现公司里还有人在偷铜材和其他有色金属材料，你好好了解一下是哪些人在偷。我们需要你提供的名单。"

果然不出所料，隔天上午，莫丹先举报了车间铜排组工人沈奎山私自切割铜排，可能偷运回家。宋怀山及时通知了门口保安，让他们多加防范。

当天下午,金工车间里工人们干完了手里的活儿,所有机器都停运了,显得更静悄悄的。下班时分,沈奎山没有马上回家。等车间里的工人一个接一个地离开了车间后,他慢慢悠悠地开始擦拭着油腻的工具,不时瞄一眼四周,此时工人全部离开了,车间更安静了。他再次环顾四周,确定没有人了,以最快的速度从更衣箱底部拿了五块铜排出来,小心地用报纸把它们包了起来。包裹了两层,嫌不够严实,又找了一张牛皮纸。他在白天把长6米、宽10厘米的铜排,用手工切割断,放到了更衣箱里。铜排块被这样包起来,看上去像一本厚厚的书,一般人不会在意。他拿着这包铜排,鬼鬼祟祟地朝厂房后面的围墙走去。

而此时,在门卫监控室里,接到举报的保安队长,对正在观察着监视器的保安小李说:"小李,你盯着屏幕,看厂区后面的围墙有没有人把东西扔出去!"

"嗯。知道了!"小李边看着监视器边对队长说:"队长,您放心,正盯着呢!"

突然小李惊愕地叫了起来:"队长你快来看!有一个人好像手里拿着东西,正朝着围墙后面走过去。"保安队长赶紧过来一看,果真如此:一个中年工人模样的人手里拿了一包纸,正在朝食堂后面的围墙走去。突然这个人把什么东西使劲朝围墙外扔去。

"有小偷!"保安队长突然叫了起来。"看好他!"队长叮嘱小李。

队长估计,这个人肯定是要出厂门去拿东西的,就说:"小李,你先出去,我们现在要有一个人去围墙外等他。然后他过去拿东西的时候,我在后面跟着他,一前一后夹击,一定要人赃并获。不要让他逃走。"

小李说:"好嘞!"说完他就先出了厂门,朝后面围墙走去。

不一会,沈奎山骑着自行车,慢慢地来到了门卫室。他来到门卫室下了车,拿出考勤卡敲了一下。又骑上自行车出厂门而去。这时,保安队长急忙跟了出去。他看到沈奎山右拐骑进一条小路,他也就跟着过去。这条小路是通到后面围墙的。为了不让沈奎山发现,他和沈奎山保持着一段距离。沈奎山慢悠悠地骑着自行车,他一边骑一边不时地往后面看着,毕竟心虚,确认后面没有人了,就突然加快速度,在崎岖不平、高高低低的田埂道上骑着。

　　厂房外面是一片农田,农田边上的田埂小道,自行车很难骑行,于是,他下车推行,一直推到他扔出铜排的地方。当他捡起铜排刚想离开的时候,忽然一道闪光亮起,保安队长边拍照边对着他大叫:"抓小偷!抓小偷!"紧接着就冲了上去。

　　保安队长的突然出现,令沈奎山脸色煞白,他把铜排往车筐里一放,推着自行车想逃离。前面拐弯处是一座小桥,小桥后面有几户农户,过了小桥路面宽了就可以骑车了。就在他快要上桥的时候,突然在桥上又窜出一个保安来,拦在桥中央。

　　"站住!别逃,乖乖站住不许动!"两个保安箭步上前,摁住了沈奎山……

　　第二天上午,警察押着沈奎山回到车间里,从他的更衣箱里又搜出了他偷的一些元器件,警察当着全车间工人的面,把沈奎山带走了。

10 发现人才

要不要联系晓辉,高晓芳犹豫了很久。她不知道自己去找晓辉,是否妥当。这么多年都过去了,晓辉是否有了变化,现在已经是投资公司董事长的她,会否感到意外?会否念及以往而顾及情面?但目前她也许是唯一能帮得上帕古电气的人。

高晓芳最终还是犹豫地拨通了电话:

"晓辉,你好啊,我是高晓芳!"高晓芳想从电话那头感觉一下她的热情度。

"你好!晓芳,今天怎么会打我电话,好久不见了呢,你好吗?"听声音,晓辉明显很惊讶高晓芳的来电。

高晓芳开门见山地说:"晓辉,我今天冒昧地打电话给你,是想请你帮个忙。我现在工作的帕古电气,有个项目需要融资,你是投资公司董事长,我们想找你帮忙,你看,能否抽空来我公司?"

"可以啊,我刚巧现在有空,我一会儿到。"晓辉居然爽快地答应了。

秦阳把签订的两个项目合同的情况和现在需要融资的打算写了一份邮件发给集团公司的老板，并转发了好友——集团公司副总裁老杨。邮件发出去不久，就收到老杨的回复：把控好风险，大胆地干。相隔不久老板的回复也来了：已阅，同意！遇事请和贺来娣商量。

按照生产制造进度安排，当务之急是需要落实设备清单，供采购部进行采购；技术部尽快把图纸设计出来，生产车间才能进行安装和接线工作。秦阳现在最担心的是技术部门的能力问题，现有的设计人员能否按时设计好这么大的项目，还是个悬念。想到此，他当即把设计部经理曹仁贵叫到了办公室。

秦阳问曹仁贵："生产部已经把两个项目的设计工作交给你们，你们有何打算？"

曹仁贵鼓捣着桌上的茶具，打开茶叶罐，倒出些许茶叶进茶壶："昨天拿到了，我核对了一下，两个星期要完工、出图纸、客户确认，生产部排的设计周期很紧。"曹仁贵面露难色。

秦阳看了一眼曹仁贵说："做事前要先计划好，千万不能做到哪算哪，有问题要先提出来！"他和曹仁贵说话一直用近乎命令的口气。不等曹仁贵回答，他接着又说："你估计一下按时完成设计任务，设计部现在最需要解决的问题是什么？"

曹仁贵想了想，说："我提个建议，看看师傅能否帮忙解决。我对帕古电气自己的设计软件这方面不熟悉，只能用CAD来设计标准的图纸，非标准的设计，时间上来讲，没有帕古的软件快，所有设计需要转换成帕古电气的软件才能对接车间的自动化设备。目前设计部只有一个主管设计的吴钧会用这套软件，但他也不太熟练，操作速度很慢。最好有个专业人员提供一种新的软件，可以设计三维图还要能和公司的软件无缝对接，用三维设计工具的话可以避免很多二维设计尺寸误差。"

秦阳看看在忙着泡茶的曹仁贵说："公司内部还有没有人懂这

个软件的？先从自己公司里去寻找！"

曹仁贵沏了两杯茶，盯着秦阳眨巴了几下眼睛直言："估计公司内部没有能人了。"

秦阳知道曹仁贵现在还没有明白自己的定位，现在的你不只是一个设计员，而是设计部经理，管理层的中层干部应对上司提出问题，要有解决问题的能力，必须有几套自己的解决问题方案，汇报之后由领导定夺才是，而不是一味地等领导的指示。秦阳知道曹仁贵是国营企业的思维模式，扭转他的思维，不是一时半会、三言两语能够解决的事情，需要的是时间。

这时，高晓芳推门直入，气呼呼地说："这个人我不要了，谁要谁拿去！"说完重重地往椅子上一坐，头转向窗外。

秦阳第一次看到高晓芳生气的模样，他转向曹仁贵说："你再去别的部门打听一下，有没有懂这套软件的人，如果有的话，就把他直接调到设计部。"等曹仁贵答应后，他问高晓芳："怎么回事，谁招惹你了？"

高晓芳长长地叹了一口气：

"还不是那个李晋！他刚才去资料间用电水壶烧水，一边烧水，一边玩游戏，水壶烧干了也不知道，结果边上的图纸也烧起来了，幸亏报价员小霞看到了才没有酿成大祸。你说气不气人！"

秦阳听后双眉紧皱："你把他叫过来，我来问问他，如果他不思悔改的话，这个事要严肃处理的。"

高高瘦瘦瘦的李晋，30岁出头，戴了副眼镜，斯文中带点帅气。进办公室后，他一直耷拉着脑袋，一副闯祸后准备挨罚的模样。

秦阳指了指椅子对李晋说："坐吧。"李晋看了看高晓芳，找了个离她较远的位置，挨着身边曹仁贵坐了下来。

"你给我们说说你在玩什么游戏，你是什么水平的？"秦阳并没有指责他。

李晋声音低低地说："玩FPS游戏的《穿越火线》。"

"是不是那种射击游戏,很刺激?"秦阳不玩游戏,但他以前在公司经常看到同事在玩这种游戏。

"是的,我玩的是 GoldenEye 007 游戏,就是第一人称射击游戏。在这部游戏中,你可以使用消音手枪,在守卫触发警报之前将其干掉,甚至还可以通过射击破坏监控。007 在第一人称射击类游戏中是最精彩的。"李晋似乎忘了来这里干什么的了,说起游戏来忘乎所以了。

"你玩到多少级别了?"秦阳还在问他游戏的事。

"当你赢得 10 场竞技比赛并定级之后,你的匹配等级会显示在主菜单上。我现在已经连赢 50 场了。我现在的等级已经很高了,刚才就是因为在玩最后一场竞技,忘了烧水的事了。"李晋后悔地摸了摸头。

"你昏头了,现在你上班玩游戏把图纸也烧掉了,这是设计部的劳动成果,生产车间等着它开工呢,你说怎么办吧!"高晓芳还在生气。

相对而言,玩游戏的高手大多脑子活络,人比较聪明。秦阳思忖:让他去学习帕古电气软件设计会如何。想到这里,他问高晓芳:"李晋玩游戏,有电脑的基础,如果发挥他的长处,让他专门去学习操作帕古电气的软件如何?"

高晓芳听了秦阳的问话马上说:"这小子原来就懂公司这套软件的使用,他使用软件设计图纸、修改车间自动化车床上的软件,都不在话下,确实是没有好好重用他。"

公司图纸没有专人保管、随意摆放,放着现成的人才不用,任由他上班打游戏,出工不出力,难怪帕古电气管理一团糟!

高晓芳补充道:"其实李晋人还是蛮聪明的,手脚也勤快,就是做事粗心、丢三落四。记得有次报价需要确认几个重要技术参数,他居然漏掉几个数字,做低压配电箱报价,也经常出错。他做事一定要有人把关,有时把我气得真想骂人!"

秦阳想:这个人可以到技术部当曹仁贵的助手,做设计部的助理。和李晋截然相反,曹仁贵是个稳重有余但是缺乏才气的人,如果让他们俩搭档,由李晋负责做实事,曹仁贵替他把一下关,正好可以互补。想到这里,于是他试探地向高晓芳发问:"把李晋调到设计部,你看如何?会舍不得吗?"

"怎么会舍不得,快点让他去设计部,省得老给我添麻烦!"高晓芳半开玩笑半当真地说。

见高晓芳无异议,秦阳说:"李晋,你那么喜欢玩游戏,如果把你调到技术部当曹经理的助理,发挥你的强项,让你学习软件,为公司做点正事,怎么样?"

李晋抬眼怯怯地对高晓芳说:"我愿意!高经理你同意的吧?"

"去去去,马上走,可以少给我捅娄子。"高晓芳半推半就,言下之意,表示同意了秦阳的决定。

秦阳写了个邮件发给王雯玲,把李晋的人事调动安排简单说了一下,请她在本周内落实下去。邮件刚发出去没多久,王雯玲立马回复了一个可爱的 Yes 表情。

此时,高晓芳的手机响起,她接起电话说:"晓辉,我现在在总经理办公室,你过来吧,正好和秦总交流一下。"

过了不一会儿,她就出现在办公室门口,短发,看起来很干练,和高晓芳差不多年龄,穿着一身面料尚佳的中性灰色套装。

"晓辉,我来介绍一下,这是秦总,"高晓芳转身对秦阳说,"这是我前面和你说过的投资公司的董事长陈晓辉。"

"请坐,欢迎你回老东家。"秦阳走上前热情地伸出右手。

晓辉礼节性地伸手并回应秦阳:"秦总客气了。"

秦阳边把她引向沙发边说:"高经理说您是专业做投资的高手,我们公司接了两个项目正为融资的事发愁呢,请你来帮我们出出主意,设计一个最佳方案。"秦阳把现有的几种融资方案和盘托出,热切期待地看着晓辉给出答复。

"晓辉,见到你很高兴,等会到商务部去坐坐啊!"李晋看到晓辉到来显得格外亲热。

正在环顾四周的陈晓辉收起了目光,撇了撇嘴,朝李晋笑笑,不置可否,转身对秦阳说:"秦总,您刚刚介绍的几种融资方案是最常用的融资方法,还是很实用的,商业保理的适用面比较广,只要解决好确权问题就可以操作了。"晓辉果然是个专业人士,她一听就都明白了,她对秦阳提到的几种融资方案表示了赞同。

她转身注视着高晓芳说:"晓芳,你还说你们没有解决融资方案呢,秦总都已经找到了这么多的融资渠道了。"

"我们想请你这个董事长来帮我们出出主意,看看还有没有更好的方案和更低的成本来融资。"高晓芳恰逢时机地给她带上了"高帽子"。

晓辉盯着高晓芳看了一眼,想了想说:"噢!还有一种更好的融资方法,但是它的条件很高,需要有足够高的银行征信才能做。"她话锋一转:"据我所知,你们公司不具备这个条件,不妨用我公司的征信评级,这样一来,就提供了操作上的方便。"

秦阳见机忙打断了晓辉的话,说:"陈董事长,请稍等,我想请公司财务经理一起来听听。"他示意晓燕赶紧去隔壁办公室把王丽丽叫了进来。

"是这样的,你们的项目可以用信用证融资的办法操作,因为我有银行授信,可以帮你们开半年期的信用证,而且我只要押10%的资金在银行里就可以开出100%的信用证了。现在你们需要5000万元资金的话,必须押500万元在银行里就可以操作,我在银行里有长期资金,远远大于500万元,这就意味着我不要额外出钱就可以开出信用证。如果你们回款可以在半年以内还清的话,我这方面没有问题。"

"我们现在资金缺口可能在2500万元到3000万元之间,我们的货款不能保证一次性支付,付费有前有后、有多有少,这些问题信用证可以处理吗?"王丽丽提出了疑问。

晓辉胸有成竹地说:"可以,只要你们提出需求,我们完全可以根据你们的要求来开信用证。"

"那你们的费用怎么计算呢?是不是开证的保证金部分由我们来出?"王丽丽从财务的角度向晓辉提问。

晓辉停顿了几秒钟说道:"费用当然是有的,但这是帮忙的事情,到时再说吧。"说完她看着秦阳。

秦阳明白她现在不愿意说,就马上接口说:"我们请陈董事长回去再仔细考虑一下回答我们。"

晓辉听到秦阳这样说,她知道秦阳明白她的意思,她对秦阳说:"我想单独和您谈谈可以吗?"

"可以可以。"秦阳边回答边马上对大家说:"我和陈董事长聊会儿,你们先请回。"

李晋走出去时再次对晓辉说:"不要忘了到我这里来,我在办公室等你哦。"

等众人都离开了,晓辉对秦阳说:"我不打算多收费,我是看在高晓芳的面子上过来帮忙的,这件事情要么我就只收你们保证金的一半,另一半我来出,我说到做到。你们要用钱时就到我这里来开证,如果你们同意,现在对你们来说,唯一要解决的问题是要求你们的供应商接受信用证付款就可以了。"她停顿了一下说:"我还有个私人要求不知可以说吗?"

"请说!"

"我可以帮帕古电气解决资金问题,但我有个要求,我只愿意高晓芳一个人和我联系,由她来对接项目融资和信用证的开票工作,我不和王丽丽以及她的财务部对接,只要满足这个要求,我们马上可以签约。"说完,晓辉眼里流露出热切期待。

秦阳听她这么说,估计她和王丽丽有过节,他想想也不是什么大事,也就不问她什么原因了,便爽快地说:"这个我可以满足你的要求。"

"真的吗?"晓辉问。

"一言为定!"秦阳似乎发现晓辉听到他的答复马上欢快起来。

可当秦阳把晓辉这个要求告诉高晓芳时,高晓芳却马上拉长了脸,不高兴地说:"你怎么不征求我意见就答应了?你知道她这个要求有多让我为难吗?"

秦阳没有料到高晓芳会反对,而且反应如此激烈。他一头雾水地问道:"怎么啦?我以为她和王丽丽有什么过节,所以不愿意和她对接呢。"

高晓芳眼里闪着泪光,生气地说:"你把我卖了你还不知道?"

"快告诉我怎么回事,要是对你有不好的后果,我宁可不要她的融资。"秦阳看见高晓芳眼泪都出来了,估计事情蛮严重的,他表态说。

高晓芳叹了口气,把她和晓辉的所有事情一五一十地告诉了秦阳。最后她说:"晓辉的目的其实还是希望可以跟我有接触呀,但是我对她这种 LES 很反感的。"

听完高晓芳的介绍,秦阳方才明白为什么刚才高晓芳反应如此激烈了,他看着高晓芳的眼睛讪讪地笑着说:"为了帕古电气你就做个卖艺不卖身的好了。"

"去你的,你喜欢,我介绍你去好了。"高晓芳嗔怪地说。她看到秦阳陷入了沉思,想了想后说:"算了,我来想办法和她沟通,要是出什么事你要负责,这次算你欠我的哦。"

秦阳这时很认真地点点头,说:"放心吧,你为公司的付出,全公司都会记着你。"

11 国企之殇

曹仁贵告诉秦阳一个消息,开关厂老厂长赵明想找他谈谈。

秦阳知道,近70岁的赵明还在忙于工作,最近正在为开关厂的下岗工人找工作。见秦阳没吱声,曹仁贵补充道:"老厂长说了,你忙的话,他就到公司来见你。"

既然都讲到这份上了,秦阳吩咐曹仁贵找一下老厂长家附近的咖啡馆。曹仁贵和赵厂长约定下午四点,在大宁国际广场的上岛咖啡馆见面。

曹仁贵和秦阳打了一声招呼,先去处理一些以前工厂的事情。其实他现在遇到了麻烦:三个月前,一位带着山东兖州二十几台开关柜业务订单的温州老板来找他,请他帮忙设计图纸,并要求找一些开关厂的安装和接线工人,把这个项目清包下来,所有元器件和材料由温州老板提供。他见这个项目不复杂,就一口答应了下来。于是他找了十几个技术好的下岗工人,日夜奋战,苦战三个月,按时完工交货。

那天验货，刚通电，断路器就爆炸了，并引起了周边设备一起连锁爆炸。一下子烧光了主要设备，直接损失达500万元。得知消息后的温州老板怕承担法律责任，就逃没了踪影。最终查明的爆炸原因，是由于断路器的开断电流没有达到设计要求而引起的。温州老板为降低成本，居然采购了劣质的断路器！

虽然曹仁贵不用负法律上的责任，但自己如何给这批下岗工人交代使他很为难。工人们工作了三个月，一分钱也没有拿到，他们一定会迁怒于他。他左思右想，寝食难安。昨晚和妻子商量后决定，只能自己先从家里拿出5万元来补贴他们，事到如今，只能走一步看一步了。

今天他拿着钱出现在灵石路上，老远就看到临时搭建的简易工厂附近，有二十几个工人，他们正聚在一起骂骂咧咧。

一见曹仁贵，工人一起围了上来，急切地询问工资发放的消息。曹仁贵对工人说："这件事现在已经交由公安局处理了，相信公安局一定会找到温州老板的，到时一切损失由他负责！我和大家一样也是受害者，但是为了弥补大家的损失，我和老婆商量了一下，自家先拿出5万元，补贴大家一下，虽然是杯水车薪，但也是我的一点意思，马京磊！你负责分发一下。"说完，他把5万元交给了叫马京磊的工人。

马京磊对大家说："曹工本是好心，出发点是为了帮助大家接活，没料到会有现在这个结果！无论如何我们还是得感谢他！要不，这样吧，把钱先给急用的老李，他家里老婆生病正等钱用。"不等大家回答，他就对老李说："老李，优先照顾你，你先拿着吧！"

被叫做老李的高个子工人没有说话，朝曹仁贵双手作揖，接过了马京磊给的钱。

"许师傅，你家小孩要付学费，你也先来拿吧。"胖胖的许师傅赶忙低下头对着曹仁贵说："谢谢曹工！"

马京磊依次把钱一个一个分给了工人,自己却没有拿。

走出简易工厂,曹仁贵问马京磊:"你自己怎么不拿呢?你不缺钱吗?"马京磊为难地说:"先别管我了,安顿好大家要紧,你也有一年多没有工作了,上高中的孩子也需要用钱呢。"他又补充了一句说:"听说你被你师傅招进了帕古电气,你能不能去和你师傅说说,把我也招进去?"虽然知道马京磊是个熟练的铜排工,但此时的曹仁贵哪有心情谈这事?他拍拍马京磊的肩,使劲地点了一下头。

下午4点左右,曹仁贵随秦阳来到了位于大宁国际广场的上岛咖啡馆。途中,曹仁贵把他遇到的事告诉了秦阳。秦阳深知生意场上的意外风险是无法预料的,只能事先谨慎,把风险控制在最小范围。秦阳并没多说什么,只是叮嘱他以后遇事先深思熟虑,等考虑周全了以后再做,这样可以尽可能地把风险降低。

赵厂长先到一步已落座。好久不见,小个子的他,虽然满头白发,但是看上去精神矍铄。老厂长身边坐着一位三十五六岁,穿着朴素,上肢微缩着的女士。

秦阳迎着老厂长,伸出手说:"赵厂长好!"赵厂长起身握着秦阳的手说:"秦阳,听说你现在是帕古电气总经理了,恭喜恭喜啦!你可是我们开关厂培养出来的人才哦。"

秦阳对老厂长摆摆手说:"我在您面前是后辈,我是您教导出来的,现在有一点成绩都是您的功劳。"

老厂长也谦虚地说:"哪里,哪里,是你自己努力的结果,我没有帮到你什么呢。"

开关厂是秦阳大学毕业后第一个工作的单位,在那里,整整度过了十年最美好的时光,他曾努力工作、积极上进。从助理工程师到工程师再到设计科长,期间曾经得到很多荣誉,还荣获了国家科委颁发的产品设计一等奖。记得当年经过发奋努力,他考取了上海社会科学院的定向培养研究生,结果却因为赵厂长没有同意而被迫放弃。即便现在,面对厂长,他多少还是有些怨气。他带着点情绪,公事公办地说道:"赵厂长找我有事吗?"

老厂长似乎早已不记得这件陈事,他依旧兴致勃勃地说:"你们公司是生产高低压开关柜的,听说你人到业务就到,已经为公司接了不少业务。现在你们一定需要招人,我这里有很多开关厂下岗的工人。厂里的情况你也知道,工人们长期没有固定工作,家里上有老下有小,生活压力大……嗨!他们都技术熟练,你这能不能帮他们解决一下工作?"赵厂长指了指身旁的女士说:"她叫周琳,家里儿子上初中,她待岗在家很久了,老公离家出走了,她一个人抚养孩子,没了经济来源,很是困难,特别需要一份工作!"

听了老厂长介绍,秦阳庆幸自己的先知先觉,果断地离开了开关厂,在外企单位重新找到了一片新的天地。老厂的管理层不能与时俱进,管理体制落后,致使这个花园般的工厂倒闭。厂长自身也难辞其咎。

开关厂是个历史悠久的企业,1919年由4人合资创办。初期租借两间厢房,雇用10余名工人,制造熔断器和从事电气修理业务。1931和1940年,工厂先后进行了扩建,职工增至900人左右。1950年元旦,经上海市政府批准,实行公私合营,成为上海市第一家公私合营的电工企业。1953年改名为开关厂,那时开关厂已能生产低压空气开关、高压油断路器、隔离开关和各种电工控制设备。50年代至80年代,开关厂可谓辉煌一时,新产品新专利不断,在业内名列前茅,不仅为建国初期国家建设立下了不可磨灭的功劳,而且产品还远销全国各地和世界上30多个国家和地区。

这个工厂占地面积18.1万平方米,建筑面积11.3万平方米,共有8个车间,34个科室,6个分厂职工近8000人,其中工程技术人员609人。此外,还有职工学校、电视大学、职工疗养所、托儿所和幼儿园等。曾在1986年被誉为中国五大综合性开关设备制造和成套电气制造厂之一的花园般的工厂，现在说倒闭就倒闭了，难道不是管理层的责任吗？"

面对老厂长的要求，秦阳感到为难："我也是刚到帕古电气，现在还在熟悉阶段，只能等理顺了头绪，再来谈招人之事。"

听到秦阳的话，周琳满怀期待的眼神顿时黯淡下来，她垂下了头。老厂长用近乎乞求的口吻对秦阳说："秦阳，哦，不好意思，我习惯了叫你名字了，秦总，可不可以优先帮她解决工作问题，她实在是有困难。"

见老厂长这样为她求情，周琳抬起了失望的眼睛。秦阳有些不忍心，他最见不得的就是有人求他。他对赵厂长实话实说："我们现在确实需要大量的熟练工，尤其需要装配和接线工，只是我上任不久，恐怕要等上一段时间，很难现在答复你。就目前而言，开关厂的下岗工人年龄普遍偏大，最年轻的也有40岁以上了，再回到车间流水线上干活，可能力不从心了。我在想，是否可以请他们当师傅，以指导为主，把经验传授给年轻人，毕竟他们的经验丰富，你说呢？"

"可以可以，他们只要有工作就好了！就是这个周琳，你帮她先想想办法，找个适合她的工作。"厂长再次提出帮周琳落实工作的请求。

秦阳还是说："我会尽力的，不过不是今天，我回去会跟我们生产部副总经理商量一下，看看什么岗位现在需要人。到时再联系她。"

听到秦阳这么说，老厂长好像心里一块石头落了地。他说："我已经老了，没有用了。你要是能够帮他们解决这些困难，我先代表大家谢谢你了。"秦阳说："不必客气，能帮忙的一定帮忙！再说我和他们是以前多年的同事。"

老厂叹了口气说："开关厂这么好的企业，搞到现在倒闭的状态,真是罪过!你不知道我对开关厂感情有多深吗?我从学徒时期就在开关厂,一直干到退休整整40年。曾经是多么的辉煌啊!"看到老厂长泛起了忧伤,秦阳想起了以前每逢开大会,厂长总是滔滔不绝地发言,似乎永远有讲不完的话。他没有吱声,继续听他发着感怀……

其实秦阳对当时的处境还是耿耿于怀的,他很想让赵厂长告诉他:到底是什么原因使他们的企业从曾经的辉煌走到今天的落魄境地?

想必,对秦阳的这个问题,老厂长一定已经思考了很久,他沉思良久,长长地叹了口气说:"现在很多人认为这是我们这批领导的无能,尤其是我的无能造成的。其实不然,我只是执行者,奉命行事,当时其实是有名无权,所有事情都要上级批准才能做。"

秦阳清楚地知道1998年以前中国一直是半计划经济半市场经济,然而国有体制尾大不掉、工作效率低下导致产品无竞争优势,很多国有企业一直靠国家的补贴苟延残喘。但这也不能成为根本原因,他问道:"您的意思这是行政干预和权力集中造成的结果,而不是管理缺乏决策力、企业本身没有竞争力等原因造成的后果?"

"完全是行政不适当地干预造成后来的结果。当时工厂在我的管理下运作情况还是良好的,尽管要承担近3000名退休员工的养老和近8000名员工的工资,企业负担很重,但是我们还是有盈利的,这在当时的开关企业中很少有的。自从国营企业转制,公司就开始走下坡路,每况愈下。"赵厂长依旧流露出当年改革后的不甘。

"据我了解,当时的国营企业有很多坚持了下来,后来也发展得很好。电气类的企业有平高厂和西开厂等,为什么他们可以活下来,我们就不行了呢?难道当时他们没有行政干预吗?其实这是和管理人员的管理能力和思路有关!"秦阳终于提出了当年没有发出的责问。

这个问题刺痛了老厂长,他表情严肃:"西开和平高公司之所以起死回生,而且现在已经发展成了规模巨大的集团公司,这里面是有原因的。他们是找到了外资企业的投资,找了个承包人,分流了国企相当多人员后保留下来的。"他顿了顿说:"还有一个最重要的原因是银行坏账处理。当时他们的地方政府要求银行强制免除了他们企业所有坏账,减轻了企业负担后保留下来的。我们上海的企业却没有这样的待遇,银行负债都要你自己解决,致使大部分上海的国企都倒闭了。我们的结局还算好的,最后还清银行欠款后通过招投标挂牌以6000万元出售给了其他企业。"

秦阳记得那时开关厂也和合资单位洽谈过,不知何故,最终合同未签成。他问:"后来我们不是也和西门子和BTT公司谈合资了吗?为什么没有成功呢?"

"和BTT谈合资企业谈了两年,完成了所有的程序,最后为了控股问题双方各持己见,最终没有成功。要是和BTT合资成功了,我们开关厂现在完全可以活下来了。"赵厂长满怀遗憾和怨气。

以在BTT十几年的阅历,秦阳明白其中道行,却明知故问:"是不是由于控股权的问题没有成功?"

"没错!BTT坚持要控股51%,低于51%拒绝合作,但当时的市外经委要求我们必须控股51%。所以谈判相持了很久,最终只能以失败告终。BTT最后选择了北京北开公司,北京市政府就同意了BTT控股权。现在北开厂每年仅用从BTT分红的利息,就足够养活一个企业了。"

"当时为什么要成立十几个分厂这么多,还有很多的联营厂,最后自己搬起石头砸自己的脚,分厂收购了总厂,小鱼吃掉了大鱼。"秦阳今天把当年的疑问一股脑地倾泻出来。

赵厂长见秦阳刨根问底,对他说:"秦阳,找个时间,我把当时我们一套班子都请出来一起聚聚,喝喝茶,聊聊过去的事,你谈谈现在的企业运作。大家互相切磋一下。"

秦阳不假思索地说:"好主意!你约好时间通知我!"

看来这次见面,秦阳还是有收获的。

周琳觉得自己工作之事有了着落,感觉心里一块石头落地了,她先起身告别。

12 商标之争

地铁和中海油项目落地后,秦阳着手忙于筹措资金、安排设计以及安排生产采购等事宜。这天,顾晓燕送来一份马来西亚帕古集团发来的传真,这份传真打乱了秦阳忙碌的节奏。传真的主要内容是要求上海帕古电气立即停止使用马来西亚帕古电气的商标和产品型号,并支付一年以来的产品型号使用费和商标使用费。限期两个月交付结清,若逾期,帕古集团将终止商标的提供,并向法院提交违约行政诉讼,维权收回帕古 PAGO 商标使用。

这是秦阳上任以来遇到的最棘手的事了。时至今日上海帕古一直沿用马来西亚帕古电气商标和产品型号,包括这次中标的两个项目,用的也是 PAGO 商标。如果没有商标和产品型号,上海帕古电气公司就无法完成已签订项目的交付和参与指定品牌公司的项目角逐,这就意味着失去了参与市场竞争的资格。

拥有和继续使用原帕古集团的商标和产品型

号,事关帕古电气的生死存亡。为了尽快寻找应对方案,秦阳当即召集管理层召开会议商量对策。

当天的会上出现两种意见:一种是以宋怀山为主的意见,提出不要理会马来西亚帕古集团单方面提出的要求,认为马方对上海帕古电气没有控制权,双方不存在从属关系;第二种是以高晓芳为主的意见,看重商标和型号,希望通过和马方沟通,得到他们的理解,能允许上海帕古电气继续使用原有的商标和产品型号。

秦阳听取了大家的意见后决定,亲自带商务经理高晓芳和一名律师去马来西亚,就争取商标使用权的事宜,进行谈判。

秦阳向集团汇报了商标事情的起因和可能造成的严重后果,并阐述了自己亲自带团去马来西亚的计划,希望集团配备一位有丰富阅历的律师一同前往。集团老板当即同意并委派了一位资深律师汪律师,随秦阳一同出征。

此次前去马来西亚,秦阳已经备好了三套谈判方案:方案一,为期二年,马方免费提供使用商标,并以此作为底线;方案二,在保留商标使用权前提下,继续使用马来西亚断路器,承诺给予马方每年不低于1000万元的订单;方案三,尽快找到一个可以拿捏住对方的事件,作为最后一张王牌摊牌。

很快,王雯玲就办好了去马来西亚的所有手续。

秦阳和高晓芳从上海直飞马来西亚,和汕头直飞马来西亚的律师,在吉隆坡会合。

秦阳和高晓芳先抵达吉隆坡机场。

由于业务关系,高晓芳曾多次往返马来西亚,所以对吉隆坡状况比较熟悉。这次的行程安排由她全权负责。吉隆坡是马来西亚首都,是语言和人口族群最为多元化的城市。也是全马来西亚人口和经济成长最快速的城市,都会区新旧辉映,充满多元文化的气息,人们用英语、马来语、泰米尔语和中文等多种语言进行沟通。

早就在候机大厅等候的马来西亚帕古电气的副总经理黄先生,在一大群涌现门外的旅客中,老远就见到高晓芳,他笑容满面,踮着脚向她挥手。

"晓芳,几年不见你一点都没有变化,还是那么漂亮!"走近时,还不忘恭维几句。互相寒暄后,高晓芳转身介绍了身旁的秦阳和汪律师。

当晚,他们入住吉隆坡万豪酒店。

第二天上午8:30,黄副总亲自驾车,前来接秦阳一行去帕古电气公司位于吉隆坡的办公楼。

一踏进办公楼的大门,秦阳就发现:这里的结构布局和上海的帕古电气完全一样,办公面积比上海大了足足有两倍。上海公司就是缩小版,简直是拷贝不走样!

穿过长长的走廊,秦阳一行被引领到了会议室。刚跨进门,看见桌上一连串名字跃入眼帘:财务总监叶明,副总经理 Jim Huang,副总经理 Chen Xidon,律师 Tan Shuhu,秘书 Susan。财务总监的台卡位置在中间,显然,他是这次会议的主要谈判人了。

会议开始后,双方互相寒暄了一番并交换了名片。本来秦阳以为需要用英语交流,但马方到席的都是原来在上海帕古电气工作过的华人,其中还有人是上海通,只有律师是马来人,所以交流自然用中文了。

高晓芳说:"为了表示感谢,秦总特意从上海带来了礼品送给大家!"

她拿起手提袋里的礼品递给律师先生和 Susan 小姐。同时拿出几张签名照片交给黄先生、陈先生和财务总监等到会所有人员,笑着说:"这是秦总为大家准备的纪念照片:上海帕古公司全体员工的签名。"看到这样精心准备的礼品,气氛一下子变得活跃起来。

这一招得益于高晓芳的传授,她告诉过秦阳:在马来人眼中,谈生意不能一本正经、正襟危坐,对他们而言,那不异于世界末日。谈判伊始,就直接切入正题,按照马来的习俗是被认为不礼貌的做法,谈判可以从不着边际的话题开始,在轻松愉快的气氛中进行。

大家在轻松谈笑之后,会议开始切入了主题。

马方财务总监首先说话,他在表示对秦阳一行来到马来西亚欢迎之后,提出上海帕古电气公司被收购后一直在沿用原来帕古公司的商标的不合理性,希望秦阳停止使用他们的商标和产品型号。如果上海方面希望继续使用商标和型号,必须和马方协商,在得到马方的同意后,才能继续使用商标和产品型号。

如此直截了当,秦阳显然准备不足,他说:"我们审阅过所有收购文件,当时我们在收购上海帕古电气公司时,并没有就商标问题进行深入的讨论和签署相关文件,所以沿用商标和产品型号可以看做一个双方默认的事实;我们高价收购帕古公司,就是看中它的品牌!现在公司正在发展阶段,品牌和商标是开展公司业务的关键,希望通过我们的协商,能延续使用商标,渡过困难期。"

秦阳并没有谈到商标停止使用和使用后的费用问题。马来西亚陈总接口说:"秦总您在上海帕古电气是接我的班的,我知道帕古电气商标对上海公司意味着什么,没有商标的话,新公司将会失去和外企竞争的机会。但是,作为马方,现在和你们的控股方没有任何的关系,你们如何说服我们让你们继续使用呢?"

秦阳诚恳地说:"陈总,您在上海帕古电气就任时,已经为这个品牌推广了十几年了,您应该知道这个商标是上海帕古电气的生命延续。这个商标我们今后还会继续推广下去,现在,我们这是免费在帮马来西亚做推广。上海帕古电气尽管已经被收购了,但是我们双方业务的合作通道没有关闭,马来西亚的产品进驻中国,需要上海帕古电气的推广和服务,如果收购时企业业绩不好,你们应该不会去要求商标费的吧?现在我们开始履行义务了,你们在这关键时刻收回商标使用权,就意味着迫使所有电气产品停止使用,不但从根本上断了上海帕古电气的财路,也断了马来西亚的财路。"秦阳想通过表达上海帕古电气会给马方带来利益,在利益面前让他们接受合作。

汪律师接着说:"首先要清楚地确认两点:第一,上海帕古的中文商标是在中国申领的,它不是在马来西亚注册的商标,而英文的商标是马来西亚的;第二,产品型号也是在中国注册的,所以整个收购应该包含企业品牌和产品型号的收购,况且当时你们的合同里没有品牌和产品型号不予使用的条款,就间接地同意了上海帕古电气对品牌和产品型号的使用。"

秦阳用肯定的目光看了一眼汪律师。汪律师说话沉着冷静,有备而来。

马来西亚财务总监急忙接口:"但现在我们两家公司的关系发生了变化,界限已经很清楚,你已经不属于马来西亚了。如果要继续使用商标,按理要付费用,不付费用的话,我们可以停止让你们使用。"

对方挑明了态度:要么给钱,要么停止使用商标。

秦阳清楚按照这个思路谈下去,可能会谈崩。即便要让步,也要让对方明白自己的诚意,引起重视,以免对方得寸进尺。想到这里,他说道:"总监先生您说的对,按常理这种情况,该了断就了断,但是我们的情况不同,两家公司有着藕断丝连的关系,上海公司还在继续替马方做着进口开关柜的售后服务工作。你们有没有算过这样一笔账,若这项服务工作我们停止不做的话,你们需要花多少人力、财力去解决呢?"

财务总监转头和黄副总嘀咕了几句后说:"秦总,我们在大陆的售后服务确实一直是你们在做,但这也仅仅是一小部分,在质保期内需要你们提供免费服务,大部分产品是在质保期外,你们不同样也是要向我们收费的吗？"

见自己抛出售后服务的这一招对方不为所动，秦阳觉得，可能还是没有达到对方的心理期望要求。

黄副总转而向高晓芳详细询问了公司最近售后服务的情况，他说："现在售后服务的量和几年前相比减少了很多，以前忙的时候我要专门配备30人的队伍在全国各地服务，你们现在有多少人在做售后服务？"

"现在我们有8个人专门负责售后服务工作。"高晓芳回答说。

这时，铃声骤然响起，使人想起了国内中小学上下课的预备铃声。马方律师对秦阳说："Sorry, It's time to pause for a moment, I'm going to finish ceremony。"

秦阳点头回道："Please do according to your rules. We can drink a cup of coffee to have a rest。"

律师起身走向隔壁的小房间，关门做祷告去了。

午间休息时间很长。午饭前三人继续商量对策，秦阳问汪律师："马方要求我们支付商标使用费，是否有据可循？我们最好能找出他们不合法的依据，从而使我们占上风。"汪律师说道："依照法律规定，他们的要求是合理的，很难从法律条文上去反驳他们的合理要求，除非……"

"有话不妨直说，现在是关键时刻！"秦阳急切地问道。

"除非能找到他们的漏洞，如以前有违法收取费用的证据。"汪律师补充道。

"那如果有他们以前收商标保护费证据……"秦阳似乎突然想起了什么。

"外资企业再去收商标保护费这是严重违反税法的。"汪律师肯定地点了点头。

秦阳思考片刻，吩咐高晓芳和王丽丽联系，让她了解一下以往支付商标使用费和型号使用费的情况：是否一直收取商标费。

电话那头王丽丽当即明确地告诉高晓芳：上海支付给马来西亚商标和型号的使用费至今已经有十年了。随后她把这些支付的凭证复印件，发到了秦阳的邮箱，秦阳迅速转发给了汪律师。

事情有了转机，汪律师过目后认为：马方收取上海帕古电气的商标使用费，其实就是变相在逃税，是违反中国税务法的。这个事实将是赢得谈判的重要砝码！

午餐是油咖喱拌饭和水果，吃完简易的午餐，稍作休息，双方继续上午的会议。

秦阳先发制人，他说："我们商量了一下，做出这样的方案：就上午提到的产品售后服务，我们决定在质保期内继续免费提供服务；质保期外，收费服务盈利部分与你们分成。你们可以估算一下，其实这项收入是相当可观的。自从我上任后，企业的订单已经开始走上正轨，我们接到了大量大客户的订单。在这些订单中，我们每年向你们订购一定数量的进口10kV和35kV中压断路器，来弥补商标和产品型号的使用费，这个我可以向你们承诺！"

秦阳同时给出了这样的双赢提议，他在使用逐步加码的方法说服他们，以这次大幅度的让步，让对方感到有利可图，而打消讨价还价的企图。从中可以探一下对方的底，不至于若马方未做出相应的表示，则使得让步意味着无偿放弃自己的权益而显软弱。

马方财务总监来谈判前得到二选一的指示：上海方面，要么缴付商标费用，要么停止使用商标。他听完秦阳的话，说道："秦总，您的意思我们明白，我们并不是不让你们用，你们想继续使用马来西亚的品牌，前提是交清费用，可以共同协商使用年数等。如果你们不缴纳使用费的话，希望你们停止使用，并补缴使用过的数目。"

秦阳这次来马来西亚谈判的主题,是要马方免去商标使用费,起码是在开始的几年内,以减轻企业的负担。

他依旧摆出理直气壮的姿态:"我们认为,如果互相合作,这样保留上海帕古电气的品牌,比一般的收取商标使用费要更有实际意义。听我阐述一下理由:一,我们本身就是帕古上海的公司,所有的工厂设计和产品的技术都是马方提供的,经过十几年的运作,现在上海帕古电气已经成了知名企业,虽然最近几年出了状况,企业停滞不前,但是我们有基础,技术人员还是原班人马,大家都在精心地维护着帕古电气的品牌,没有人为损害电器产品的行为存在。二,目前,我们业务逐渐扩大,订单情况良好,预计一年将会产生起码2亿元人民币的订单业务,其中有很大一部分进口断路器可以使用马来西亚的产品。所以合作模式会给双方带来共赢的好处。"

黄副总听着秦阳耐心地解释,也颇为心动。毕竟是他一手建立了上海帕古,他问秦阳:"秦总,以您的估计,一年可以从马来西亚进口多少中压断路器呢?"

"少说1000万元人民币的订单吧。"秦阳自信地回答说。

黄副总估算了一下:1000万元人民币,可以从马来西亚采购大约300多台中压断路器,这个数量其实很可观。他和财务总监商量,只见财务总监摇了摇头。

财务总监显得无奈,对秦阳说:"合作的事情,放在最后说,先谈谈你们如何缴纳这一年使用的费用吧!按照我们对代理商授权的做法,你们使用商标和产品型号两项,一年的总费用是20万美元。"

"20万美元一年?"听到这个数字,高晓芳惊呼起来:"这个价格未免太高了吧?"

"对的,这是最少的商标和型号使用费了,不能再少了。"马方律师再次重申了一下。

双方在这个问题上各执己见,预示着前面几招,都不见成效,马方似乎铁了心要收使用费。看来扭转乾坤困难重重,只有最后一招了。

秦阳提议休息一下。他要利用休息时间,再仔细斟酌对策。

休息室内,高晓芳对秦阳说:"我们已经把所有能做的能说的都做了说了,看来我们只能给他们摊牌了。"

汪律师发表自己的观点:"这次他们的目的很明确,就是希望收使用费,再谈下去,估计也不会有结果了。我这里已经找好了税务法律条文的说明,最后就只能摊牌了。"

秦阳也赞成汪律师的看法:"直接摊牌以后,如果他们了解后果,不再强硬的话,后续的合作由我来谈,尽量不要把事情搞僵,毕竟以后还有合作机会。"

三人商量好了策略后,气定神闲地依旧坐在休息室,继续喝着咖啡。这是秦阳应付的对策:要让马方认为,他们除了付清款项,已经没有其他办法了。这张出其不意的王牌,必须留到最后时刻打出!

一小时之后,他们进入了会议室。汪律师将王丽丽发来的付款凭证,展示给马方财务总监说:"这是刚刚从上海帕古电气发来的十年的商标使用支付凭证,每年的支付费用是 50 万美元,十年共计 500 万美金,折合人民币是 4000 万元左右。这里有两个问题提醒一下:一是这些上海帕古电气公司向马来西亚帕古电气支付的费用凭证,没有作关联交易申报;二是上海帕古电气公司提供的同期资料显示,其销售利润率明显做低,甚至低于其自行筛选出的同行业企业的销售利润率中位值。根据这些,我们认为,上海帕古公司涉嫌通过支付商标使用费的方式,向马来西亚转移利润,达到避税的目的,这在中国是严重的违法行为,我方完全可以向税务机关举报,这是马来西亚帕古电气所为,与新的上海帕古电气无关。"

这些凭证的出现出乎所有马方人员意料之外,马来西亚财务总监一时语塞,支支吾吾半天,也不知如何应对。黄副总为打破僵局,连忙说:"这事事关重大,我们要向集团董事会汇报,再回答你们。"他和财务经理嘀咕了几句,起身离开了办公室。

不一会儿,他们又折回办公室,黄副总对秦阳说:"今天我们就议到此吧,你们刚到,想必也累了,先回宾馆休息,余下的问题我们明天继续。晚上我请你们去吉隆坡最有名的饭店吃饭,算是为你们接风洗尘!"

马来西亚作为加入WTO的国家,如果税务方面出现偷逃税款的情况,对马来西亚帕古电气的处罚将会是致命的,相信马方一定会千方百计地去解决此事。想到此,秦阳露出了不易察觉的笑意,心里反而平静了。

晚上,黄副总在吉隆坡的双子塔内设了盛宴。席间,又重新提到了上午会议上的商标使用费的问题。黄副总放下姿态,恳请秦阳作个协调,并表明马方集团董事会不再计较上海的商标使用费,在不违反双方根本利益的前提下,可以象征性地签订一个协议。

高晓芳说:"黄副总,既然你们做了让步,我们也会遵守承诺,继续提供售后服务和订购你们的断路器。"

看到秦阳这边答应了他的协调意见,黄副总如释重负地说:"秦总,我就是为了税务问题深受牢狱之苦啊!"黄副总出乎大家意料又颇有感慨地对高晓芳鞠了一躬,说了声"再次感谢你"。高晓芳乘他去点菜时,带着不无惋惜的语气,说了一句令秦阳惊愕不已的话:"黄副总在上海坐过五年牢呢!"

"怎么回事?"秦阳很诧异。

高晓芳眨着大眼睛,开始娓娓道来:"黄副总是上海帕古电气的创始人,当年他只身来到上海,成立了上海帕古电气公司。公司在他的带领下,经过十几年的发展,成为中国内地的知名电气生产企业。后来因为公司被人举报,正值严打时期,黄副总和报关员双双被判10年刑。这时我们才知道,他们在亚洲金融风暴之时,一直用把整机按散件报关的形式为总公司偷逃税收800万元之多!上海帕古的声誉也因此受到极大的打击,东窗事发没有人可以保得了他们,两个家庭也就此受到牵连!

在黄副总入狱后的第三年,由于公司领导层的频繁更换,当时的人事、行政部已经没有人认识黄副总了,人事经理在离职前把每月去探监的任务交给了我!每个月我会去古北家乐福帮他采购生活物品,由公司的司机送我去探狱。我带着的东西只能送到监狱接待处,有管教会出来检查,根本不能探视本人。逢年过节我会给黄副总写张卡片,带些自己准备的礼物送去监狱。

到了我去探视的第十个月,情况终于有了改变,由于他一直表现积极,认罪态度良好,积极配合改造,在狱内通过自学,完成了工商管理硕士的所有科目,因此我在以后的探视日都能见到他。他依旧乐观,只是人显得消瘦,有些白发,每次他都会说:晓芳,谢谢你来看我!谢谢你送来的东西!

我们不知道他会否已为当时的决定后悔,也不知道他在那个事件中得到多少好处。在入狱第五个年头,他被减刑,刑期过半后被释放。

几个月后,我们终于等到他出狱的消息,由于他是直接被驱逐出境的,所以当天我们一行十几个人在机场见到他,也只有短暂的片刻。所有的人都没有感觉他精神面貌和身体状况有多大的变化,出现在眼前的,依然是以前那个乐观的黄先生!这一分别就是4年……"

晚饭后秦阳三人达成一致意见:一是承诺做多少进口产品,商标使用年限最少期限必须2年。二是若马方按逃税论,是要重罚的。明确他们的商标违法支付费用。

第二天,谈判会议继续召开,马方人员的座次发生了变化,黄副总坐在了正中间,看来今天由他主谈。他开门见山地说:"昨晚董事会召开了紧急会议后决定:同意采纳继续和上海帕古电气的合作模式,给予上海帕古商标和产品型号使用权,使用年限需要双方协商。同时我们恳请上海帕古电气,销毁所有以前的商标使用支付凭证。"

面对意料之中的结果,对秦阳来说,已经算是大功告成。他提出马方免费提供为期两年的商标及产品型号的使用方案,两年后双方再协商付费使用。

最后双方在友好的气氛下签署了一份合作备忘录,并把这次达成的内容写进了备忘录。

结束了两天的谈判,秦阳三人在黄副总的陪伴下,来到了马来西亚著名的云顶娱乐城。当晚他们住进了五星级阿拉那大酒店。

云顶娱乐城建在云雾之中的高山之巅,拥有几乎难以计数的高楼大厦,这里有上百家星级大酒店,还有大众化的度假公寓房。同时还有设备先进、可容纳数千人的大歌剧院以及环形电影院,至于目前国际上最新型的各种游艺、体育设施,则更是包罗万象、应有尽有。

晚上,黄副总请大家用餐后便告辞了。汪律师对赌博没兴趣,希望独自走走看看,秦阳便和高晓芳一起去了赌场。

换好筹码,秦阳先走到了百家乐赌桌前,他喜欢玩刺激的Baccarat。这个源起于法国的纸牌游戏,流行于欧洲各地赌场。20世纪叶汉先生将Baccarat从美国引入马来西亚,并为其起了一个具有东方色彩的名字——百家乐。秦阳希望搏几把试试运气。第一把两张牌,他拿到了8和9是7点,很不错了,荷官开牌是6和8,是4点,秦阳赢了第一把。第二把他翻倍押上筹码。发牌后他拿到了5

和7,才2点。庄家翻牌是7和9,是6点,其他赌客都小于6点,荷官赢。

见秦阳输了,高晓芳拉着秦阳离开:"我们去别的地方看看吧。"带他经过大小赌桌前,高晓芳说:"你看我赌大小保证不输。"秦阳怂恿她试试手气,第一次押赌,高晓芳押小翻大,她没说什么,继续押。第二次她看见其他人押的比较多的是大,她押了两个筹码,还是押小。结果又输了。第三次她押了四个筹码,这次她还是往赌注少的地方押了个大,这回她赢了!然后她推着秦阳离开。

"赌场不会让你一直输,也不会让你一直赢,但最终必定是输的。我们只是尽兴玩玩。"秦阳看她玩了三把,对她说:"你很聪明,是不是按数学几何级数押注的?"高晓芳很诡秘地笑着说:"不告诉你,反正是我赢你输!"

高晓芳说今天手气不错,是因为谈判顺利,任务都完成了,应该庆祝一下。秦阳建议去前面的西餐厅,喝杯红酒,以示庆贺,高晓芳兴高采烈。晚上10点,西餐厅里客人不多,他们找了个角落坐下,秦阳点了2份套餐、1瓶法国红酒,在等待醒酒的同时,他问高晓芳的酒量如何。高晓芳只是看着秦阳,笑而不语。秦阳端起酒杯说:"来,让我们庆祝一下此行顺利!"

高晓芳微笑着举起酒杯:"嗯,这两天也让我见识了你运筹帷幄、决胜千里之外的能力!从今天开始我要仰视你!"说着高晓芳抬起头,摆出了个仰视的姿势,然后笑着看秦阳一口气喝完杯中的酒。

秦阳的心好像被碰撞了一下,有种久违的感觉!秦阳充其量就只能喝一杯酒,此刻,他趁着酒兴和高晓芳频频干杯。高晓芳的脸泛起了微红,眼睛明亮了起来,来之前,她是为秦阳担心:此行前途未卜,万一无功而返,怎么跟总部交代?好在现在一切顺利,所以提出要秦阳为她事先的担心再干一杯！秦阳怕掌控不了酒醉的局面,趁着还有几分酒量把酒杯里剩余的酒一饮而尽！他对兴致勃勃的高晓芳说:"别光顾了喝酒,吃点东西,今天早点回宾馆休息,明天早起,下山赶飞机!"

13 盘活"烂账"

虽然解决了中海油和地铁项目的资金问题,但帕古电气账面上只剩100万元现金,只能暂时应付员工工资和日常开销。而上海帕古电气的应收账款却高达3800万元之多,目前公司只有一名专职人员谢齐负责催债工作,要靠他收回这些成年烂谷子的账,有相当的难度。如果能有办法收回这些应收账款,哪怕收回一部分,公司的流动资金会宽裕很多。秦阳点名宋怀山、王丽丽、李康、王雯玲、高晓芳、谢齐等人,成立了一个应收账款工作小组,自己担任组长,王丽丽担任副组长。

上午,秦阳召集小组成员开会,讨论解决应收账款问题的方案。他对大家说:"我们要对应收账款的账龄、风险程度等进行分类,并设定专人提醒和跟踪;定期对坏账损失进行估算,并计入当期费用。当真正发生坏账时,冲销已计提的坏账,尽最大可能地避免企业受到损失。"

"李总,那个世博会总包单位现在情况如何?它还在运作吗?"由于这个项目是由李康负责的,秦阳问李康。

李康点燃香烟,深吸一口,做出思考状:"世博会结束后,包工单位人去楼空,打了好几次电话,联系不上。"

秦阳当场翻看了一下工商登记企查查软件,发现这家公司已经停业,目前还没有注销。问道:"有没有办法找到公司的法人?"

谢齐说:"找过法人好几次了,他已经把手机号码换了,现在根本联系不到他。"

李康生气地对秦阳说:"对付这种老赖只有一个办法可以拿回应收账款。"

"李总,你快说,你有什么好方法?"秦阳迫切地想听听他的意见。

李康说:"我们可以去委托一个专业讨债公司,我熟悉一家公司,讨债成功率很高。不过他们的费用不低,500万元以内的债务,咨询费是20%。"

秦阳看了一眼大家,希望大家对李康的提议发表意见。

"我不同意这样做,讨债公司大部分都是黑社会,弄得不好,会把我们公司拖进去。"王丽丽急切地表达她的意见。

"老宋呢?你的意见如何?"秦阳看到宋怀山没有表态,点名问他。

宋怀山略显为难地说:"我同意王经理的意见,我们民营企业,没必要去冒这个风险,毕竟他们可能有黑社会背景。"他说完歉意地看了一眼对面的李康。

"对这些烂账,只能死马当活马医!我建议指定专人催讨应收账款,作为绩效考核的指标之一。我有个很合适的人选:新进公司的周琳。我看过她的简历,有讨债的经历,可以让她负责跟踪公司应收账款的回收工作。"王雯玲提议道。

对收回这些应收烂账,大家都知道难度很大,是一件希望渺茫的事,在没有更好的方案时,大家默认了王雯玲这个建议。

秦阳转而问谢齐:"谢工,你是专门负责收款的,对于公司的应收账款,我想听听你的意见。"

谢齐往秦阳身边靠了靠说:"上海帕古电气的应收账款大部分都是质保金,金额比较大的有两笔:一笔应收账款是1200万元,是山东聊城光伏发电有限公司,到期三年还没有收回来;一笔是世博会的300万元订单,是南通的一家总包公司欠的,现在这家公司无影无踪了。"

谢齐是个善于察言观色的人,他说话时喜欢贴近秦阳,就好像和秦阳很熟悉一般。

秦阳问道:"你最近有没有去过山东的光伏公司?你给大家详细介绍一下他们公司目前的情况。"

谢齐拿出一包烟,抽出一根香烟递给秦阳,秦阳摆摆手示意不抽。他又把烟递给了宋怀山和李康然后说:

"我上周打电话给光伏公司的罗总,询问他们何时可以付款,他说现在公司融资失败暂时没有钱,要我们再等等,也不知真假。这个项目情况是这样的:它位于聊城朱山镇,容量是20MW地面光伏发电。该项目于两年前的4月顺利安装完成,当年6月通过县供电局及济南市电力质监站验收,7月成功并网送电,实际并网容量20MWp。截至目前,该项目运行正常,累计发电约2800多万度。这个项目是罗总自己投资的建设,他本打算做BT的。但是项目建设完成后,银行因为光伏补贴不到位的原因,拒绝了贷款,罗总无可奈何,只能自己拿在手里,每天焦头烂额地应付着讨债方。"

秦阳紧皱眉头,谢齐给他的感觉:似乎有些圆滑,人很活络,对项目的了解很清晰,可能会耍些小聪明!他说打过电话了,到底打过没有,根本无法去查证。秦阳现在无暇顾及这些,他只想寻找机会要回这笔钱。于是他又问:"最近一次的书面催讨记录是什么时候?你去把山东光伏和世博会两个项目的书面催讨记录拿过来。"

一会儿工夫,谢齐从销售助理处拿了一叠文件进来,说:"最近两年内都是派人去山东催讨和电话催讨,没有文件记录,有记录的都是两年前的。"

应收账款催讨要有书面记录,是有时效的。为了确认这个法律问题,秦阳拿起了桌上的电话,打给集团公司的汪律师:"汪律师,我有一个问题想请教您。长时间应收账款处理从法律上要做些什么准备工作?"

电话里传来汪律师很热情的声音:"秦总,是这样的,应收账款在两年之内,要有书面催要记录,这个很重要。如果超过两年,且没有书面催讨记录,债务人可以以时效过期拒绝付款。如果该债务有明确的偿还期限,那么时效为偿还期满后的两年。但如果期间出现时效中止、中断情形的,则需要按规定计算时效。如果该债务没有约定偿还时间,则债权人可以随时向债务人主张权利,要求偿还债务,诉讼时效为从债权人主张权利之日起两年。"

秦阳听了律师的话后表情严肃,看来不能再拖延了,要抓紧时间收回这两笔款。他想了想,对谢齐说:"你去约一下山东的罗总,我明天和你一起去山东。"面对这么大的一笔应收账款,秦阳想亲自去实地了解一下情况。

会议决定:世博会的债务由周琳负责;山东的债务由谢齐负责;秦阳和谢齐明天去山东。

秦阳很佩服谢齐的办事效率。谢齐一听去山东出差,就以最快的速度安排好了车票和酒店。途中,他拿出零食和水果,饶有兴趣地给秦阳介绍帕古公司的有趣往事。

傍晚时分抵达聊城,两人在罗总公司附近的酒店入住。开业一年的酒店,虽然只有4星级,但设施崭新,显得干净。稍事休息后,他们来到了谢齐事先预定的餐厅。

"聊城属于黄河中下游地区,饮食风味独特,菜肴大多以'酱香、醋香、椒香、酸香'为特色,我很喜欢。今晚我们尝尝有聊城特色的鲁西菜!"谢齐一边说,一边熟练地点了特色菜:五更炉熏鸡、小屯糖藕、临清烧卖、聊城呱嗒、两瓶青岛啤酒。

秦阳第一次和谢齐出差,看到谢齐的安排心想,谢齐做事细致,能说会道,学历不高,但不失小聪明,是个可用之人。如果把他放准了位置,对工作一定会起到事半功倍的效果。

第二天一大早,两人就来到了光伏公司所在地。

宽敞的办公室里,秦阳和谢齐见到了罗总。

罗总是个40岁不到的年轻人:平顶头,看上去神采奕奕,精神饱满。办公桌前的茶几上,放着黄金樟茶盘。秦阳进门时,见他正在悠闲地品茶。

见到秦阳,罗总满怀歉疚地说:"不好意思,秦总,怎么好意思让你亲自上门!"

作为债权人,秦阳开门见山地说:"罗总的办公室很气派哦,这次来,就是和你商定还款事宜。关于你们公司欠款,是怎么考虑的?"

罗总给秦阳倒了一杯铁观音茶,双手捧着说:"秦总请喝茶,"然后他不无感慨地说,"我欠你们的钱是事出有因的,有钱谁也不想欠债啊。"

秦阳不知罗总手上到底有多少类似他这样的债主,他应付要债方一定会有他自己的办法,打哈哈是必然的。

谢齐接过罗总的话说:"罗总,我们公司最近新承接了几个大的项目,一下子需要大量资金,你们欠的1200万元中,你看可以先付我们多少?"

罗总对秦阳的到来,显然早有思想准备,他说:"秦总,你不知道我们目前的状况,我真是有苦说不出!目前我们公司账面上也赤字了,公司举债一亿四千万投资这个光伏发电,原本打算完成后再去融资,我们和银行也签订了贷款意向书。可当项目完工后,银行借口政府补贴不到位,取消贷款资格了,以致公司的资金链断裂。不光欠了你们的债款,还有几个大的债主和好几个供应商都等着要债,我焦头烂额,简直就像热锅上的蚂蚁啊!"

"这个项目的建设手续都完整吗?现在电费结算和政府补贴部分到位情况怎么样?"秦阳对这类项目的操作比较熟悉,他想从罗总口中多了解一点有关项目的信息。

罗总重新打开了一包金骏眉茶叶,为秦阳和谢齐各倒了一杯茶,继续说道:"我们公司没有办理项目建设规划许可证,除此之外,其他的该办的都已完成:如项目的并网调度协议、购售电合同以及并网验收报告、发电业务许可证、建设用地规划许可、房屋产权证等。该项目的电费结算截止日,是明年年底,电费结算部分含脱硫煤电价约0.338元/度,有部分国家补贴项目正在跟进过程中,这部分资金,政府承诺年底到位。"

一丝疑问浮现在秦阳的脑海:如此大的项目,罗总是通过什么方法得到这一大笔建设资金的?他试探性地问道:"罗总,如此大笔的建设资金,全是你们的自有资金吗?"

"我们哪里有这么多钱!我是说服了EPC总包公司,由他们通过自己的银行授信向银行贷款而筹集的,用以先期垫付我们的建设资金,现在我们公司遇到这种情况,也连累到他们了。"

"目前你的融资情况是否有进展?"对于像罗总这样盲目建设光伏的小企业的融资能力,秦阳很是忧虑。

罗总两手一摊,显得很无可奈何的样子:"我已经联系了原来有贷款意向的农商行和国开行,但他们现在都态度坚决地拒绝了我,理由就是,贷款必须要有政府补贴项目为首要条件。现在我们唯一的机会,就是等政府补贴到位后再去融资了。"

这番话明摆着,这次山东之行,是追不到欠款的。这个结果,秦阳在来山东之前,就预先设想过。此刻他不紧不慢地说:"罗总,照目前状况,估计你一时半会儿也融不到资金,更不用说还我们的1200万元了。我提议,与其让我们两家公司对簿公堂,不如把你们公司的股权质押给我们,这样我们利用自己的关系,帮你找融资,我相信我们的办法一定比你多。"

　　谢齐在一边马上附和说:"好主意!秦总可是这方面的专家!"

　　如果能拿到电站的实际控制权,一定比现在问他要债来得更实在。何况他们公司目前没钱!

　　对于秦阳的这个建议,罗总没有一丝思想准备,他以为秦阳只是随便说说而已,他说:"这个电站目前负债累累,您难道不怕债主转向你们讨债吗?"

　　"秦总既然说了,自然有应对的办法。只要你同意,我们就可以安排人前来办理质押手续。"谢齐还没有等秦阳回答,抢着说道。

　　罗总低下头,陷入了沉思。不一会儿,他抬起头来说:"现在还不能确认是否可以办质押,因为目前公司最大的债主是总包公司,欠你们是1200万元,欠他们有1个亿之多,如果项目公司质押给你们的话,他们可能会反对。"

　　罗总的话不无道理,秦阳又提出另一个方案:"我们可以用债转股方式签订一个协议,明确把1200万元作为股权控股你的公司,但是我们只办质押不办股转,公司表面上的操作还是由你负责,如果法人不变更,外人是看不出来的。"

　　"我们只欠你们1200万元,你们却要控股我们1.4亿元的公司,这也太过分了吧!"秦阳的狮子大开口,令罗总大吃一惊。

　　秦阳慢条斯理地说道:"罗总,我帮你算一笔账,其实你自己心里也明白,这个项目,你实际上只花了一两百万元,办妥了前期的审批文件和电力介入手续,而后续的所有建设资金都是由别人垫付的。对你来说,你原本就是想以小博大,用资产来融资,实现你的投资计划,但是天有不测风云,人算不如天算,你这次失算了!"

秦阳端起茶杯,喝了口茶,继续说:"我们提出控股的目的只有一个,就是帮你融资,当然也在帮自己解决应收账款,这样可以双赢!我的建议,你可以考虑一下,我们不会勉强你,除非你有更好的解决方案!但是要提醒你的是,如果你不采纳这个建议,我们只能向法院起诉,要求财产保全,这也是为了我们公司的利益,不得已而已。届时,法院会查封你们的公司,你将永远被列入失信人员名单,以后很难东山再起,孰轻孰重,你自己权衡。"

罗总犹豫了,他觉得秦阳说的话完全在理。他的公司注册资金是1000万元,是任缴资金,不是实到资金。最近几年为了融资,他几乎找遍了所有银行和其他融资机构,到处碰壁,早已走投无路。秦阳的一番话,对他触动很大,最终他决定跟股东们开会商量后,再给秦阳答复。

该见的人见了,该讲的话都讲了,谈判就此告了个段落。秦阳打道回府,在上海等候罗总的回复。

晚上,他躺在床上辗转反侧,感到了无奈和落寞,在民营企业,作为一个总经理,真的压力山大,所有的事情都必须自己亲力亲为。

第二天一早,秦阳像往常一样开车去了公司,推开办公室门,就见办公桌上放着肯德基早餐。从顾晓燕那里得知,一早高晓芳来过,一定是她送来的。秦阳冲了杯咖啡,吃完早餐,拿起咖啡杯,抿了一口,精神满满地开始一天的工作。

傍晚时分,秦阳约了陆家嘴投资公司的总经理陆祺,在希尔顿酒店咖啡馆见面,就追账的事他想请陆祺帮忙。

"秦总,我们很熟悉了,您不用客气,有什么事情直说!看看我能否帮到你!"陆祺开门见山地说。

秦阳省去了客套,他直接说:"陆总,公司有笔1200万元的应收账款,是个光伏发电企业欠我们的,他们自己投资了20兆瓦的电站后准备贷款的,由于政府补贴不到位,银行拒绝贷款,所以欠我们的账款一时收不回。目前我初步设想是:准备以债转股的方式把它全部质押过来,然后再去找融资方或者收购方兜底收购。您帮我出出主意,我这个想法有没有可操作性?"

听了秦阳叙述的事情原委,陆祺还有些不明白,他问道:"我想先了解一下情况,公司的注册资金是多少?这个电站总投资额多少?资产有没有被抵押出?"

秦阳把电站的详细背景情况告诉了陆祺。陆祺听后对秦阳说:"国家正在大力推广绿色能源,这个太阳能电站是个优质资产,但是真正能够投资太阳能的公司,现在也就只有一些央企或者能源基金公司。考虑到资金回收耗费时间长的原因,像我们这样的投资公司是不会接这种电站业务的。"

听陆祺说到这里停了下来,秦阳估计陆祺会有办法,他也表现出不急于求成的心态对他说:"光顾着说话,还没点咖啡呢!"说话间,递给了陆祺菜单,陆祺只点了杯美式咖啡。秦阳则要了一杯可可热饮,并为陆祺加点了一块起司蛋糕。

"我有个朋友是专门做能源基金的,据我所知,他们已经投资了很多光伏太阳能项目,我联系一下他,看看是否会接这笔生意。"说完,陆祺拨通了电话后离开了座位。十分钟后,他神采飞扬地回到原位,兴致勃勃地对秦阳说:"刚才和能源投资基金公司总经理介绍了你们公司的现状,他表示可以出资70%,但要和你面谈以后决定。如果计划可行,能源公司需要你们提供公司详细的项目资料,他们需要现场尽调以后,看项目的具体情况,决定是否出资!"

"太好了!谢谢陆总!你约时间,我上门去面谈,我明天一早就把资料发给您,事成之后,我支付您的咨询费一分也不少。"秦阳半开玩笑半当真地对陆祺说。

回家的路上,秦阳觉得很轻松,大有如释重负的感觉。当晚的月亮特别美,经风吹过的树叶刷刷声,仿佛也在欢呼雀跃般地为自己歌唱!

第二天一上班,秦阳立即通知财务部王丽丽,由她负责项目质押的事情,并准备好山东聊城项目质押所需的所有材料。

安排好工作后刚坐下,宋怀山一手拿烟一手拿茶杯出现在办公室的门口。他在秦阳面前坐下后说:"秦总,我是来向您请示采购开关柜柜体的付款时间节点的。"

秦阳问他选用哪一家公司。宋怀山说:"我打算选用温州的南控电气设备厂,他们可以给我们账期。另外我打算和你去实地考察一下他们工厂。"采购开关柜外壳是一笔大的生意,通常疑似有回扣,宋怀山之所以这么做,显然是在避嫌。秦阳对他说:"还是你带质量部季经理和莫丹先去吧,这两天我正忙着催收应收账款的事。"

话语刚落,王丽丽手里拿了一叠资料走了进来,她问秦阳:"秦总,办理工商质押需要您的签字,还有我要不要先起草一份质押协议?"说完她拿出几张打印好的纸让秦阳过目。

秦阳看完了质押资料,一边签字一边对王丽丽说:"工商局网上有标准的质押协议,你下载后修改一下再给我;把谢齐收集的一些项目资料发给能源基金公司,如果事情进展顺利,要尽快安排能源基金公司去现场尽调和走过会流程。"考虑到王丽丽做事有条理,考虑问题周全,把对接质押的工作交给王丽丽,秦阳很放心。

第二天,秦阳如愿接到了罗总的电话,他同意了100%股权质押的条件。附加了一个要求是:在质押期间,电站的收费权必须交给EPC总包公司。

为了尽快把应收账款回笼,秦阳当然表示同意,当即和罗总约定了去办理质押手续的时间。

王丽丽很快准备好了质押所需全部资料,并顺利地完成了项目公司100%质押手续。由于谢齐不熟悉流程,王丽丽特意从财务部派了一名出纳随谢齐同行,再度踏上赴山东之路。

万事俱备,于是,秦阳兴奋地打电话给陆祺:"陆总,我们工商质押手续全部完成了,现在操作权掌握在我们手里了!"

见事情进展如此顺利,陆总说:"太好了!我马上安排能源基金公司人员,明天就去山东尽调,到时你得派人协助一下。如果尽调顺利的话,我们一起去能源基金公司,再商量下一步的具体操作步骤。"

能源基金公司不愧为专业的项目尽调团队,他们仅花了一天时间,就完成了所有文本和现场的尽调工作,第二天便出了尽调报告。

尽调结论上是这样写的:项目土地、环评、电力介入等手续完备,已经完成并网发电,收益率大于12%,符合投资条件。

能源基金公司会议室里,秦阳、王丽丽、陆祺和基金公司总裁吴刚峰和一位女士聚在一起,正在开会。

吴总说:"项目情况我们都已经了解,现在请我们公司财务总监沈小姐介绍一下我们的操作程序。"

沈财务推了一下眼镜,说道:"具体的操作程序是这样的:第一,项目公司要进行工商再转股,完成增资1.4亿元手续。第二,完成公司章程变更。第三,帕古电气公司先解除工商质押。第四,我们再进行工商质押手续。第五,开立三方公管账户。第六,完成付款。第七,收回公章法人章。"

急性子的王丽丽突然提问:"我们解除质押需要两天时间,完成后你们再去质押,期间如果遇到周末,时间会往后移,这样会产生一个真空期,我们不是少了保障吗?"

"你们尽管放心,因为我们是国企大公司,做项目前,我们必须签订设立三方公管账户,钱是直接打入你们公司账上的,以确保你们公司的利益。如果你们还不放心的话,我们可以再签一个协议。"吴总真诚地说。

秦阳看了陆琪一眼,希望由他出面做个协调。陆琪似乎得到了暗示,心领神会,他对秦阳说道:"这个问题很好解决,如果帕古电气认可这份协议的话就可以放心地解除质押,如果不放心的话,可以找个信得过的中间人搭个桥梁。先把1200万元付给你们,等所有手续完成后,再把过桥的钱还上就可以了。"

秦阳没有立刻回答,表示他们要先离开一会儿,去隔壁会议室商量一下。

隔壁会议室内,秦阳问陆祺:"陆总,王经理提醒得有道理,最好有过桥资金,不然这几天的真空期,资金的安全出了问题,不就前功尽弃了吗?"

陆祺胸有成竹地说:"做过桥资金项目是我的强项,和能源基金公司做过桥项目,我敢保证,不会有问题,这事交给我来完成。但必须提醒的是:做过桥资金项目,会产生手续费,这笔费用应由项目公司出的,希望你们事先互相沟通,达成一致意见再操作!"

"手续费是多少?"王丽丽敏感地问道。

"每天按照千分之2.5计算,有一天算一天。"陆祺说。

王丽丽估计了一下说:"1200万元的千分之二点五就是3万元一天,两天就是6万元。"

对于这笔费用的支付,秦阳觉得陆祺有把握去说服罗总。

他们重新回到会议室,秦阳对吴总说:"我们商量了还是要做一下过桥,还需要签一份过桥资金协议,具体操作由陆总出面衔接。"

之后双方交流了操作这个项目的相关细节,王丽丽把协议版本全部拷贝了一份,随后他们告别了吴总和陆祺,又回到了公司。

秦阳把解决了融资的事情详细告知了山东的罗总,并告诉他把需要承担过桥资金的费用支付,说是能源基金公司提的要求。罗总觉得,如果能在两天内解决问题的话,也就多付了6万元,何况在他们山东当地的工商局办理,也许只需一天时间,相对9800万元的融资来说,无疑是小事一件,所以他很爽快地答应了。

秦阳立即通知了陆祺,请他起草过桥资金协议,并叮嘱王丽丽规划回款流程,制定回款方案及节点控制。他要求谢齐启程赴山东办理手续,及时汇报事情进展情况。

陆总凭借在山东聊城的人脉关系,一天内办理好所有工商增资手续和工商章程变更,第二天完成了解除质押和再质押的所有手续。

在现场的谢齐把办理的全过程用视频拍摄下来,传回公司。事情进展得这么顺利,有点出乎意料。虽然秦阳浑身骨头像散了架般的疲惫,但此刻他的心情却是从未有过的舒畅!

经过几天焦人的等待,1200万元应收账款,如期打到了帕古电气的账上。对秦阳来说,这笔钱来得太及时了,它不仅可以缓解帕古电气因资金缺口造成的压力,还可以使他可以在帕古电气放开手脚大干一场了。

秦阳觉得有必要奖励一下这次的有功人员。正好此时他手机显示屏上跳出了他预先设置好的提醒:明天是王丽丽的生日。之前他把所有管理层的生日用备忘录提醒的方式记在手机里,他认为这是一个很好的沟通感情的机会,他决定利用这个机会,和管理层的经理们一起给王丽丽过生日,并奖励在近期工作中做出努力的所有人。

14 "知识产权"

第二天晚上,王丽丽的生日聚会被安排在环境优雅、服务到位的海燕精菜坊。参加晚宴的是参与收回烂账的全体成员。席间,大家兴高采烈地频频举杯庆贺这次工作取得圆满成功。当服务员推出插着"4"字蜡烛的生日蛋糕车时,大家齐声高唱"生日歌"。王丽丽被大家簇拥着,心情很激动,平时说话就脸红的她,此时脸上泛着红晕,忍不住说道:"谢谢秦总,谢谢大家为我庆生,今天是我最开心的时候!"说完,她上前一口气吹灭了蜡烛,瞬间,掌声响起,聚会进入了高潮。

大家在借着夸赞王丽丽穿着得体、保养得年轻的同时,纷纷借机恭维起秦阳来,夸他给帕古电气带来了业务,带来了资金,也带来了福音,是大功臣。心情特好的秦阳当晚竟把自己灌了个半醉。

早晨醒来,秦阳感觉头还是有点晕。他叫了一辆出租车到了公司。

刚踏进办公室的门,质量部季经理就拿着检验报告,气呼呼地说:"秦总,10台进口的中压断路器,检验结果竟有8台质量不合格!"快五十岁的老季,气得涨红了脸。

"什么项目检验不合格?"秦阳还有点头晕,他头也没抬问道。

"其他数据正常,有两个数据不合格,有可能是环氧树脂浇注有气孔。还有三相同期时间超标,固封极柱电气爬电距离也不达标。"

老季进公司就负责质量部的工作,有着丰富的实战经验。这次中压断路器检验不合格,他坚决不同意挂出厂合格证。由于急于交货,负责生产的宋怀山坚持要挂合格证,为了这件事,他和宋怀山各执己见,争论不休,现在他找秦阳来评理。

秦阳对断路器的性能很熟悉,他向老季提出疑问:"固封极柱是在真空下浇注的,为什么会不合格?三相不同期是怎么造成的?"

"断路器不是整机进口,是由公司组装的,完成后要做同期试验,因为没有三相同期试验设备,就凭感觉,手工一相一相地做,这样很难达标。固封极柱是我们自己加工的,由于前期没有检验,加工条件不好,环氧树脂材料选择不对造成了这样的结果!"老季之所以能够理直气壮得出结论,是因为他刚从车间试验室做完试验。

这批货柜交货期临近,断路器组装完成后,必须马上装入开关柜做最后的调试。现在出现状况,势必要影响交货。秦阳感到这事有点棘手,他问老季:"不满足条件一定不能出厂,不准时交货就会违约。以前遇到这样的事,是怎么解决的?"

"以前的师傅技术很好,遇到三相不同期的难题,他都能调整。自从他退休后就没有人能做了。"老季无奈地说。

中压断路器是复杂的电气和机械结构的标准产品,也是开关柜内的最重要部件,这个关键问题不解决,后面的一系列生产都会受到影响。秦阳一时想不到更好的解决方案。

他对老季说:"不如我们把曹仁贵叫来商量一下。"老季点头,拨通了曹仁贵的电话。

不一会,曹仁贵就来到了办公室。老季向他说明了问题的症结。

曹仁贵想了想说:"前几年我在别的公司做设计的时候,选用过一些其他品牌的断路器,也遇到过操作机构故障无法操控的事。我记得当时是到宁波慈溪一家断路器厂,请他们帮助解决的。我们要不要向他们寻求帮助?"

老季拍了一下大腿说:"老曹,你这个建议好,我们就去慈溪跑一趟。"

看来目前就只能这样了,秦阳当即决定:三人一起去慈溪。

在去宁波慈溪的路上,使秦阳吃惊的是,开车的女司机小聂透露出她是地铁公司总工程师聂建茂的妹妹。前年秦阳还邀聂总去德国BTT考察,也算是老朋友了。聂总帮过秦阳很多忙。

去慈溪的路上,三人又谈起了固封极柱的事情。

秦阳说:"这次中标的地铁项目是低压的,所以这批断路器的问题不影响地铁项目,但是中海油的项目中要用到很多中压断路器,我们固封极柱的环氧树脂浇注问题如果不解决的话,会影响海油项目的进度。"

固执的老季认为极柱的问题是最大问题,他说:"这是原则问题,我不同意把有气孔的环氧极柱装上去,这样肯定通不过爬电测试,弄不好会造成开关柜爆炸。"

秦阳关心的是如何解决环氧树脂浇注问题。他问道:"原开关厂的绝缘车间解散后,技术人员中还有没有人继续在这行的?"

"有的,我认识的工艺员老顾,在奉贤的一家厂做互感器的绝缘外壳,他是有操作经验的工艺员。"曹仁贵回答说。

秦阳说:"这个人我有印象。你过几天把他找来谈谈,请他到我们公司来当顾问。"

驱车五个小时,他们来到了慈溪断路器厂。

迎接他们的方厂长早已等在厂门口了,45岁左右的他,是宁波当地人,说一口宁波普通话。随即方厂长带他们参观了工厂。

车间聚集了所有品牌的断路器,品种齐全,让秦阳一行叹为观止。进口的有:西门子3AF系列和3AG系列、东芝VK系列、比利时EIB公司VB-5型、BTT的VD4等,国产的有:ZN28-12型、ZN15-12型、ZN30-12型、ZN63A-12型、ZN65-12型等。

仓库里竟然还有马来西亚帕古电气的断路器VTG系列产品。秦阳停住了脚步,若有所思。

见秦阳停在了帕古电气断路器面前,方厂长告诉秦阳,这是他们生产的仿制断路器,已经有两年没有订单了。

国内仿冒断路器现象很严重,只要想得到,不怕做不到!但秦阳没有料到他们竟这么疯狂!

秦阳提出了三相不同期的问题,问方厂长是否可以帮忙解决。

方厂长笑着指着一台机器,说:"这是三相同期校验装置,你们没有三相同期校验设备,所以不能做到三相同期。如果用这台设备校验的话,就能解决三相同期问题。"听方厂长这样说,秦阳悬着的心放了下来。

他们经过堆放操作机构的地方,发现这里有大量专门配电磁或弹簧操作机构如CD17、CT17和CT19等。秦阳悄悄地对老季说:"我突然想到一个能自己生产断路器的办法!我在马来西亚谈判时,争取到两年的品牌和型号使用权,这意味着如果在两年内能生产断路器,再去申请一个型号,马方两年后取消授权的问题,就不用担心了。"

老季没有明白秦阳的意思,愣了一下,随后便豁然开朗,他兴奋地转向秦阳说:"完全可以!这里有操作机构和断路器外壳,我们只要配上三相环氧树脂极柱,就是一台完整的断路器了。只要再去添加一台三相同期测试设备,做成流水线,就能生产自己品牌的断路器了!"

意外的收获令秦阳一行喜形于色。他们兴致勃勃地参观了整个车间、仓库、咨询、了解了很多断路器的生产细节,秦阳对慈溪之行很满意。

方厂长邀请秦阳一行三人,晚上去他家里吃饭。秦阳有些纳闷,为什么会邀请他们去家里吃饭,这好像有违常理。方厂长笑着说出原委:"秦总,我想请你们参观一下我家的酒窖,我自己加工了很多老白酒。尝尝自家口味的白酒。"

晚上,秦阳他们看到了方厂长家的酒窖:三口大缸埋在地下。

方厂长打开一个盖子,三人凑上前闻了闻,一股刺鼻的酸味!

方厂长见状哈哈大笑,他指着大缸说:"这是在发酵的老白酒,有点刺鼻味。做老白酒需要三天,工艺复杂呢!首先要将蒸好的糯米冷却至室温。然后洒少许凉水,用手将糯米弄散。将酒曲撒在糯米上,边撒边拌,尽量混均匀,留下一点点酒曲。然后将糯米转移到发酵、泡糯米大缸中,边放边轻轻压实。最后把一点酒曲撒在上面。再将糯米压一压,抹一抹,使表面光滑。用保鲜膜覆盖在糯米上,尽量不留空隙,再盖上盖子。期间还要随时检查,看有无发热。到第三天揭去保鲜膜就可以品尝了。完成发酵的糯米,是酥的,有汁液,气味芳香,味道甜美,酒味不冲鼻。"方厂长很是得意,头头是道地讲着白酒的酿制过程。

饭间,大家频频举杯,对方厂长的白酒赞不绝口,趁着酒意,秦阳借机问方厂长:他们生产这么多品种的断路器是否都有授权。

对于秦阳突如其来的提问,方厂长不假思索地说:"大部分都没有授权。一般情况都是根据别人的图纸加工仿制的,没有图纸的话,就买个样品测绘一下。"

"你不怕担当侵犯知识产权的后果吗?"秦阳似乎有些担心。

方厂长说:"假冒产品,是会有侵犯知识产权的问题;仿制产品是不存在侵犯知识产权问题的。"

我国目前知识产权保护水平和力度确实存在问题。对于企业而言,想要在激烈的市场竞争中,提高自身核心竞争力,只有努力提高产品质量、打造自有品牌、提升组织运营能力。一旦发生有人造假,企业是不愿意自行打假的,他们更关注的是市场的发展和产品的市场占有率。因为打假的成本太高!

"仿制产品和假冒产品怎么区别呢?他们两者要承担的责任一样吗?"秦阳问。

"我们只是仿制行为而已,是自己通过测绘尺寸后试制而成的,把自己的产品做得与其他公司产品差不多,并没有套用别人的图纸和资料。就是说,在没有征得同意情况下仿制别人的产品,最多也就是停止不做。而假冒行为,是使用他人的注册商标、名称、包装、装潢,或者违法使用质量标志、伪造产地,对商品质量作虚假表示,误导他人的行为,这是违法的。我们懂得控制风险。"

方厂长振振有词,秦阳难以理解,他说道:"仿制行为也好,假冒行为也罢,毕竟这都是侵犯别人知识产权、有违社会道德的做法。我们公司的VTG品牌和一种新的型号断路器授权你们,由你们加工生产,这样的问题,要避免。"听了秦阳的话,方厂长不断地点头称是,他说:"不到万不得已的情况,谁会愿意做仿制产品,整天提心吊胆地过日子,不好过啊!"

对方厂长来说,要他马上改辙停止仿制品生产,不是一时半会儿能做到的,一切有待于自我觉悟的提高和产品市场的规范化。

酒足饭饱后的一行人回到宾馆,倒头就睡,方厂长自酿的老白酒后劲十足。带着慈溪之行的收获,第二天一早,他们匆匆驱车赶回上海。

当天下午,原开关厂的工艺员老顾开车前来,把秦阳和曹仁贵接到了他的工厂。与其说这是一个生产互感器的小型工厂,倒不如说它是个浇铸车间更合适。厂里有 8 台正在运作的大型号的烘箱,看来生意不错。

靠墙的货架上摆放着许多互感器模具。秦阳问:"老顾,这里有多少种类的互感器可以生产?"

老顾得意地说:"只要市面上有,这里都可以生产!"

秦阳知道,老顾做这行一辈子,之所以有底气地说这话,得益于他过硬的技术。不过和慈溪断路器厂类似,同样存在侵犯知识产权的问题。他单刀直入地说:"老顾,我们公司现在的断路器三相绝缘体外壳使用环氧树脂浇注的,但浇注出来的产品有很多气泡,我们用的是环氧树脂塑料,就是常用的塑料粒子。请你给我们分析一下,是怎么回事?"

老顾听后,满脸不屑地说:"断路器固封极柱,如果仅采用塑料粒子加工,容易受温度影响,生产出来的产品容易出现气泡现象。"

秦阳急切地想知道解决方案。

老顾却慢条斯理地说:"不急,先到我办公室,喝点茶水,慢慢聊。"

老顾从橱里拿出一块圆形的茶饼,说道:"这是前年朋友送的冰岛牌千年古树茶饼!"老顾开始捣鼓茶具,一番忙碌之后,他给每人倒了一杯。秦阳端起茶杯,只见茶汤颜色欠清澈,口味欠香浓,判断是新茶。

老顾边喝边说道:"真空断路器中常用的绝缘材料是聚酯及环氧树脂。近年来,为了提高环氧树脂与断路器间的粘合度,添加了有球状硅石粒子和核壳型橡胶粒子的环氧树脂。这种材料密度只有 12%,却可提高耐电强度约 50%、提高机械刚性约 100%、提高强度 300%~400%。关键的是,它浇注出来的壳体均匀平滑,没有气泡现象,可以一次通过绝缘爬电测试。"

秦阳没有想到,对于这个难题,老顾居然轻而易举地找到了解决办法。

秦阳问老顾:"你这里有这些原材料吗?"

"有啊!"说着他起身,打开了背后的大橱,拿出一个瓶子说:"这就是这种材料,现在已经用在互感器外壳上了,生产出的产品完全符合国标要求。"

"可否帮我们加工断路器浇注极柱?"曹仁贵问老顾。

"可以!你们如果有极柱的模具的话,很简单;没有的话,需要开模具。"老顾回答。

"我们自己有模具。"曹仁贵回答说。

老顾对秦阳看了看说:"我们是老同事,我就直话直说,这个技术是我多年研究的成果,我不想让别人知道。你们最好把模具运到我工厂来做,下单后我会按照国家标准做,检验合格后你们才收货,之前先签个协议。"

秦阳答应了老顾的要求。他吩咐曹仁贵立即落实模具运输的事。

两天时间内,不但解决了进口断路器调试和质量问题,而且可以自己生产断路器。秦阳兴奋地和技术部与质量部交代细节,希望大家做好中压断路器的所有前期技术准备工作,先期试制一批断路器后,送西安高压实验所试验,通过后去申请一个自己的品牌和品牌的专利。从而将自己品牌的断路器和进口的帕古断路器,同时使用在产品中。这可以大大地缩小成本和可控的交货时间,应对高成本的断路器市场。这就意味着:从现在开始,帕古公司已经初步具备了向高端市场发展的条件,这是何等令人振奋之事!

秦阳带着团队,在成功的路上刚踏出第一步,以后的路,会更艰难,但只要一步一个脚印走下去,总有拨开云雾见青天的时候!

15 加薪风波

下班后,秦阳正在埋头整理一天的工作笔记,思考着第二天要做的事。长期的管理工作经验,使他养成了"好记性不如烂笔头"的习惯。

秘书顾晓燕推门进来告诉秦阳:"清洁工林阿姨在门外等你很久了。"

秦阳感觉有点意外。清洁工属于行政部管辖,她怎么不找行政部经理王雯玲?但他随即说"快请她进来"。

胖胖的林阿姨约 50 岁左右,中等身材,脸上泛着高原红。见到秦阳显得很局促,她低着头轻声说:

"秦总,现在我们村里的征地工,大多转城保了,我到现在还是享受镇保待遇,什么时候可以转城保?"她的普通话带着浓浓的上海郊区的口音。

什么镇保?什么城保?秦阳被林阿姨问的一头雾水,他长期在国企和外企工作,一直加的是社保,真还没有听说过这档子事。但他很耐心地对林阿姨说:"林阿姨,你的事情等我了解一下情况答复你。

如果公司有违反规定操作的事,公司一定会按照国家标准给你们缴费,你放心回去吧。"

林阿姨道了声谢谢,默默地离开了。

秦阳要弄清楚缴纳镇保和社保的区别。他打电话问王雯玲,公司缴纳镇保是怎么回事。

正准备下班离开的王雯玲告诉秦阳:若企业注册地在郊区,需缴纳镇保或城保;注册地在市区,则缴纳城保;外地户籍职工、外来人员在上海工作,需缴纳综合保险。目前公司这三种情况都有。

秦阳问三者缴费有何区别？王雯玲从电脑上调出文件,用邮件发给了秦阳。发完邮件,她来到了秦阳办公室,请秦阳看文件。

城镇社会保险(城保):基数是上年度全市职工月平均工资的60%。养老保险:企业22%,个人8%。医疗保险:企业12%,个人2%。失业保险:企业2%,个人1%。工伤保险:企业0.5%。生育保险:企业0.5%……

从2011年7月起,本市用人单位须给外来员工缴纳城保,无论有没有居住证。城保五险合一,城镇户籍的,单位给交城保五险:养老、医疗、失业、工伤和生育保险;农村户籍的,单位给交城保三险:养老、医疗和工伤保险。

见秦阳放下文件,王雯玲对秦阳说:"公司现在的征地工、食堂后勤的部分员工,都享受镇保。如果转成城保后,除了公司缴纳部分需要增加,自己缴纳部分也要相应增加,会出现实际收入低于上海市最低工资标准这种情况。"

"有多少人低于上海市这个标准的?"秦阳问。

王雯玲说:"今天太晚了,明天我把统计结果发给您过目。"

第二天上班时间刚过,王雯玲就把全公司社保的统计表交给了秦阳。统计表上显示:全公司需要调整社保的人有15个,其中6

个是镇保,9个是综保。调整成城保后,低于上海市2011年月最低工资标准1280元的有7个人。

秦阳看后半开玩笑半当真地对王雯玲说:"你够狠的,给征地工这么低的工资。这样看来,确实需要对他们工资作调整了,不然的话,等他们去告公司就麻烦了。"

王雯玲辩解道:"这么低的工资,只有资本家才定的出来,这是前任总经理定的标准,我是敢怒不敢言。"

秦阳想了想说:"王经理,你看我的想法是否可行?趁这次调整社保金额,做一次全面的调薪。按理薪资调整,是公司每年必须要做的重要工作之一。只是近年来公司不景气,拖着没有实施。我想用加薪的方法,留住优秀人才,在人才和薪酬激励之间,找到一个最佳平衡点,用加薪来促进公司的进一步发展。"

说起调薪,秦阳并不是心血来潮,他心中已经有了初步设想:先做行业薪酬调研报告,以提供三个调薪的线索:一是市场平均调薪比例;二是本公司总体与市场总体薪酬水平的比较;三是本公司具体职位与市场薪酬水平的比较。这样可以把帕古电气和行业做个比较。

他把自己的想法告诉了王雯玲,并对她说:"行业薪酬调研工作就由你负责,最好在一周内完成,之后我们研究落实一个具体薪酬调整方案。"

几天后,王雯玲交给秦阳一份很详细的行业薪酬调研报告,秦阳看了以后很满意,马上召集了经理们开会讨论加薪的事。会上,先由王雯玲介绍这次行业薪资调研报告的情况。接着,大家对薪酬调整方案做了充分的讨论,最后,达成一致加薪原则:一是政策性工资调整,如社保变更等;二是工作岗位调整;三是低于行业标准调整;四是优秀人才调整;五是普调。

秦阳要求人事部把加薪方案张贴在职工园区墙上,并对全公司员工做动员,他的目的是要扩大这次加薪工作的声势,激励员工的工作积极性。

他又马不停蹄地给集团公司老板、副总裁老杨各发了邮件,汇报了公司目前的运作情况,同时提交了准备启动加薪的计划。

当晚,集团老板回复了几个字:同意加薪,具体操作方案请多与贺来娣协商。

加薪方案公布后不久,秦阳接待了第一个来访者:25岁左右的女孩袁慧萍,她来到办公室,二话不说,递给秦阳一封信。秦阳请她坐定之后,看了她的信。

信中写道:

> 尊敬的秦总:关于加薪,我想了很久,鼓足了勇气,给您写了加薪申请,希望您能过目:
>
> 首先,感谢公司提供给我的仓库管理工作,让我有机会和公司一起成长,使我的仓库管理能力在工作中得到提升。现在公司在您的引领下,逐步走上轨道,我和大家一样倍感欣慰,对公司的前途抱有信心,这样和谐的氛围,激发了我们的工作积极性,恕我冒昧,以我的工作经历和实际能力,提点建议:
>
> 第一,希望行政部出一份内刊,让员工及时了解企业动态,增强员工凝聚力,宣传企业文化。如果可以,我愿意贡献微薄之力,负责前期的筹备、后期的供稿等工作。
>
> 第二,希望在仓库管理业务范围内,开发出新的仓库软件和实际操作、应用等,这方面我比较熟悉,想毛遂自荐,成为合适的人选。
>
> 希望秦总您酌情考虑我的建议,由此我的工作量增加了,薪资能否提升30%?如果今年不行,我依然会努力提升自己,

用实际行动取得成绩，争取明年加薪。

此致！

袁慧萍

×××日

看完这封信，秦阳心里颇有感触：这个女孩自信、张扬。她提的建议不错，但要求加薪的幅度大，是对自己能力的肯定。秦阳微笑地看着女孩，问她："为什么不当面跟我说，而要以写信的方式呢？"

袁慧萍有些拘谨，她涨红了脸说："秦总，我怕当着您的面讲，会紧张得词不达意，还是决定把想说的话写下来，交给您。"她低下头，眼睛不时地看着桌面。

"小袁，你提到仓库管理软件的开发和应用，我想听听你具体的想法。"

提到仓库管理，她一扫害羞的表情，好像换了一个人，她抬起头说："现在仓库有库存商品接近2000万元。但是库存商品的再利用率只有10%，查找商品，只能凭仓库管理员的记忆。就公司现状而言，仓库管理员普遍年龄大，不懂电脑操作，我建议招聘会操作电脑的员工，由我负责教他们电脑操作方法。要是运用了ERP管理库存商品的软件，就可以大大提高工作效率。库存商品的再利用率可以上升到80%，这样可为公司节约大量的成本！"

秦阳边听边饶有兴趣地问道："你在公司工作了几年？"

"我担任助理仓库管理员快两年了。"袁慧萍回答说。

"设计部的设计软件可以直接对接仓库管理ERP软件吗？"

"如果软件没有改进的话，肯定不能对接，但是只要我们把库存商品按设计部软件统一编码的话，就可以对接。设计部的李晋可以协助我，完成这个对接工作。"袁慧萍信心十足地说。

秦阳肯定了她为公司着想的态度和自告奋勇的精神,并告知会在下个会议中,就她提出的建议,和各部门商榷后再作出决定。

秦阳接待的第二个人是设计部的吴耀文。

吴耀文刚一坐下,就开始急不可耐地表达起来:"秦总,我在公司已经勤勤恳恳地工作了五年,自认为是技术部掌握技能最全面的设计师了,我的工作表现,大家有目共睹,现在正值薪资调整,我向公司提出,要求加薪30%,希望公司领导给予考虑。"

秦阳没有马上回答,他平静地看了一眼吴耀文:40岁左右,戴一副眼镜,带有几分书生气,他的表述和态度,却和袁慧萍截然相反。吴耀文的话给人以"舍我其谁"的感觉。秦阳试探性地向他发问:"如果公司暂时满足不了你的要求,你怎么考虑?"

"如果你不能满足我的要求,我选择辞职,并把我个人开发的技术资料带走!"吴耀文边说边扬了扬手中的纸。

他又补充了一句说:"新来的曹经理不懂设计软件的使用;李晋不太熟悉设计软件的使用。目前设计部只有我能熟练使用设计软件,我的离开将使设计部近乎瘫痪,你们要慎重考虑!"

秦阳最不喜欢下属用这种语气向他示威,在没搞清楚状况前,他表现出镇定的神态,对吴耀文说:"你的能力,大家有目共睹,公司现在是需要员工支持的时候,一定会考虑每一个真心实意为公司做贡献的员工的利益,你的要求我们会考虑,你若辞职,我提醒你,那份技术资料的产权属于公司,你无权带走!"

宪法明确规定:执行本单位的任务或者主要是利用本单位的物质技术条件所完成的为职务完成。职务完成所有技术的权利属于该单位。类似这样的条例,秦阳早已熟谙于心。

原本信心满怀,想将一下军的吴耀文,并无意离开公司,他没料到秦阳对他如此不屑,他转换了语气,用服软的口气对秦阳说:"秦总,我只是希望引起公司对我足够的重视而已!"

见他语气不再强势,秦阳接着说:"公司需要人才,但更需要员工对公司的忠诚。你的建议,我们经过全面考核,会考虑的。"

吴耀文很失望地走了。

秦阳把两人要求加薪的事,告诉了王雯玲,想听听她对这两人要求的看法。

王雯玲抬起头,一字一句很清晰地说道:"如果给两个人加薪30%的话,袁慧萍的工资级别就是仓库主管级别,仓库现在缺主管,而她的能力和表现完全可以当主管;如果给吴耀文加了工资,他的工资级别,就高于设计部经理了。当然比经理工资高也不是不可以,但是他的能力和人品有待商榷!"

显然王雯玲不赞成给吴耀文加薪。

她对秦阳说:"我只是表达自己的意见,最终由您决定!"

秦阳开玩笑地问她:"如果你是老板,你的员工有孙悟空、猪八戒、沙僧这三种类型,现在加薪的时候,你会怎么分配?谁拿最多,谁拿最少?"

"孙悟空本事大,心高气傲,有点难管理;猪八戒缺少智慧,却懂得怎么讨唐僧欢心;沙僧能力平平,踏实肯干,同事关系也最好。"王雯玲自言自语嘀咕着,得出了结论:"应该是孙悟空吧?他聪明能干,贡献最大啊!"

"你以'能者多得'的原则选择孙悟空?"

"那你说到底如何选择呢?"王雯玲期待着秦阳给出建议。

"对于这个问题,马云和王建林给出的排序是:沙僧给最多,孙悟空其次,猪八戒一分不得。因为悟空能干、忠诚,但是他可能在修养和人际关系方面不是那么好,爱给唐僧找茬子,但是他是可以调教的。我们给予员工足够的信任和关爱,争取有能力的员工。就像吴耀文,尽管他有点本事,但忠实度不高!"

秦阳接着说:"在一个团队里,寻找一个完美的人:他德好、又有才华、有足够忠诚度,这种人非常稀缺。作为一个企业的管理者,要能够带领一支有缺陷的团队,充分了解每个人的特点,发挥他们的优势,达到预期目标。孙悟空型的职员毫无疑问是人才,有能力、有事业心、能为企业创造价值,是绩优股,但孙悟空锋芒毕露、个性突出、不懂得合作,有点个人英雄主义。也有沙僧这类型的员工,像曹仁贵,虽然工作能力不强,但任劳任怨,懂得协调人际关系,在公司团队中,能起到融合的作用。沙僧身上可贵的一点就是他有很强的团队意识,他虽不可以挑起大梁,却可以做一个本分的幕后支持者。"

最后秦阳说:"我的意思是给两个人都加薪。"

他想用好这三类人,使公司朝着既定目标迅速发展。就吴耀文而言,虽说不是顶尖人才,但他却是个暂时无法替代的设计员。当前迫在眉睫的是迅速培养起一支优秀的后备力量,为公司平稳、持久的发展打好基础。

秦阳希望王雯玲拿出一个具体的评估办法。

王雯玲说道:"这需要做些个人评估。"

说起各项政策,她侃侃而谈,并罗列了专业的评估方法:个人评估结果是 A 和 B,而个人薪酬与行业中位比在 80% 以下,则应快速调整薪酬水平,否则人才可能离职或被挖走;个人评估结果是 A 或 B 等,个人薪酬与市场中位比在 100%~120%,则应根据个人能力减缓调薪;个人评估等级是 C 等,个人薪酬与市场中位比在 80% 以下或者 80%~100%,如果员工有潜力提高绩效,应指导其能力提升后调整至 80% 以上和 95%~100%;个人薪酬与市场中位比在 100% 以上,则原则上要冻结调薪;个人绩效评估等级是 D 或 E 等,原则上都要冻结调薪,并要求员工提高绩效甚至进一步评估个人是否适合该职位。

她告诉秦阳,和市场比对结果,调薪的主要目的是,根据业绩表现和未来潜力逐渐使薪酬水平和结构合理化,这是一种以业绩和能力为导向的薪酬文化,以使不同绩效和能力的员工薪酬定位到内外部都公平的水平。

听完王雯玲头头是道地说的人事专业术语,秦阳赞赏地对她说:"你的这份评估方案很详细,操作性强,意见很好!你将这份方案整理一下,制定一个加薪操作办法实施细则,发到我邮箱。"

王雯玲趁机对秦阳半开玩笑半当真地说:"秦总,我工作很卖力的,可以要求加薪吗?"

秦阳原本就有所考虑:计划给所有部门经理加薪,只是加薪方案需提交集团审批,在未落实之前,原本不想事先告诉王雯玲,经她这么一提,他胸有成竹地说:"你是这次加薪方案执行的功臣,加薪自然少不了你的!"

加薪操作细则公布之后,由每个部门经理给员工打分。最终,秦阳拿到了三种打分结果:第一种:认真打分的是质量部。部门共有10人,由季经理为组员工打分,2个A,7个B,1个C。辞退一人。辞退理由是涂改发票和虚报出差津贴。符合加薪标准的有2人:一人是个人技术能力强,但工资明显低于同事;一人是由质量员升级主管。第二种:设计部的老好人型。部门共有8人,曹仁贵给组员全打满分A,给自己打了B,除了他自己以外的全体组员都需要加薪。第三种:强势的财务部。部门共有5人,王丽丽给组员全打B,全体不加薪。

这样的评比结果,出乎秦阳的意料。他叫来王雯玲,告诉了她这三种评比结果。

王雯玲笑着回答:"你这么大张旗鼓加薪,让他们自己去评比、打分,这个结果是必然的,我对这些人太了解了!"

"以前你们是如何加薪的呢?"秦阳问。

"以前老板不会去张贴告示,他想加给谁就加给谁,大家敢怒不敢言。"王雯玲说完停了一下后又说:"有一种一劳永逸的办法,那就是根据每个部门的岗位制定出岗位工资,而每个岗位的工资,可以分两档,区别员工的不同表现。"

秦阳赞同用岗位工资来代替现在的工资制度。他吩咐王雯玲,尽快完成岗位工资的制定。

王雯玲很快就完成了岗位工资的方案。经过反复讨论,终于制定了一套合情合理的加薪方案。

秦阳写了一份报告,发到了集团老板的邮箱,详细介绍了此次加薪的情况和最后的加薪方案,报请集团批准后执行。随后他将方案打印出来,开车来到集团公司在上海市区的分公司,找贺来娣商量。他详细介绍了加薪方案和操作细则,并请她多提宝贵意见。见秦阳特地赶来这里汇报加薪的工作,很重视她的意见,贺来娣自尊心得到极大满足,她稍微看了一下以后对秦阳说:"你的工作做得很仔细,我没有别的意见,同意你们的加薪方案。"

秦阳很清楚她是老板的亲信,得到她的支持,工作进展会顺利得多。

加薪方案在报请集团老板批准后,秦阳通知王雯玲公布岗位编制方案和具体名单,即日生效。

岗位编制方案工作圆满成功。此次申职人员是:袁慧萍,由助理连跳两级为仓库主管;李晋,由助理提升为副经理。

16 没有规矩不成方圆

职场有时就是充满了这样的戏剧性，一次机会，让一位几乎是籍籍无名的袁慧萍摇身一变，成了仓库主管，并在宣布后第二天就走马上任了。

不过坦白地说，袁慧萍上任后的处境并不太乐观，毕竟仓库老杨的资历比她深，对仓库日常管理和应用也很熟悉，所以这次秦阳启用袁慧萍不用老杨虽说是破格提拔人才，却是剑走偏锋。袁慧萍比起老杨各方面都要嫩得多，这就导致她势必在工作中会和老杨有很多的摩擦和配合不畅。而依袁慧萍的资历现在连升两级，势必引起仓库有些人的猜忌和不服气，同时袁慧萍自己又是个缺乏管理经验的人。但是秦阳相信不经磨难何以成才！

上任的当天上午江苏自动化厂送来了一批控制仪表，是老杨接手的，老杨就按照原来自己的习惯签字登记后入库了。袁慧萍检查登记簿时发现多出来的仪表，问老杨怎么不按公司规定的流程交给质量部做外包检查后才入库。老杨说："他们工厂是我们老用户了,不会出现问题的,也不用再检查了。"袁慧萍不放心,她坚持要按流程做外包质量检查后才能入库。老杨见袁慧萍第一天当主管就不把他放在眼里了,顿时觉得颜面尽失!就立马板起脸,冷言冷语道:"你昏头啦,第一天当官就不把我们老师傅放在眼里啦,你翅膀硬了是吧?别忘了你进来时还是我带你的呢!你要尊重我晓得哇?这事我说了算,你别管了。"袁慧萍见无法说服他,就跑到分管仓库的宋怀山那里汇报此事。宋怀山正在忙着,只是随口说:"我知道了,这事我会来处理的,你先回去吧。"就把袁慧萍打发回去了。

这事说来也真巧。当天有6台维修的开关柜正好需要12台控制仪表,车间的装配工段长拿了领料单,来仓库把12台仪表领去了,并且安排装配工人全部把它装到了开关柜上。由于这批修理的开关柜交货期很急,车间主任立即通知调试人员马上要对开关柜进行通电调试。

调试是属于质量部分管的。车间调试员小江接通知后按照程序检查了仪表,当他发现表记上没有张贴质量部的外包质量检查章时,就不同意通电调试,并把此事汇报给了质量部经理老季,老季知道情况后第一时间赶到车间叫停了调试工作。

这时,副总宋怀山也得到了车间主任的报告来到了车间。他和老季商量着说:"这批货交货在即,客户又催得急。表已经装上去了,再拆下来会浪费很多时间,是不是不要拆下来了,咱们先做通电试验。"老季坚决不同意先做通电试验,他说:"宋总,没有做过外包检查的表记不敢通电的,要是电压不对就麻烦了。"宋怀山一听立马把脸拉下来了说:"季经理,我们都要对工期负责的,交不了货公司是要罚款的,让他们先做通电试验,出了问题我负责。"老季见宋怀山这么说,他执拗地说:"你是副总,我当然也要听你的。不过,我已经提醒过了,如果你坚持要做,你负责我就做。"宋怀山点点头对老季说:"我负责,通电吧。"

老季叫小江再次检查了一下表记背后的说明,确认了电压等级后他说:"加电压吧。"小江遵照老季的命令合上了进线开关。这不通电不要紧,一通电,现场就像放烟花一般,噼里啪啦连续爆响了12次后一阵黑烟升起,12台控制仪表全部烧毁了。在现场的宋怀山等人见此事故,脸色当场变得煞白,被惊得束手无策!

还是老季反应快,几个箭步上去快速切断了电源,拆下仪表,打开了仪表盒盖一看后说:"原来这里面没有安装整流桥,要用直流电压的,不是交流电压,来的货完全把电压搞错了,现在我们用交流电压直接把它烧掉了。"

仪表烧毁事故发生后,秦阳召开了全体经理会议。他说:"我对此事的发生感到很心痛,这次仪表烧毁事件的发生充分揭示了目前我们公司的制度管理和执行的现状。在每天的日常管理中,我们往往无意识地用情感代替了原则,用赶进度代替了公司规章制度,甚至因为与员工的私人关系而迁就了,事实上这种做法是很严重的践踏制度的表现。制度就是制度,规定就是规定,在制度面前人人平等,必须严格遵守。首先我要说这次事件的责任一定需要有人来承担,我们要严惩恶意违反公司质量管理制度的人;其次,我们要通过这次事件引起大家的重视,举一反三,规范公司管理制度的执行。"

秦阳想好了,要利用这次机会规范公司的正常管理秩序,他要惩罚这次违规的人。然而,如何惩罚呢?这次事件主要违规的人有老杨、老宋。怎么惩罚?尺度如何把握呢?他知道惩罚要讲究方法,只有合理科学的惩罚才能够收获事半功倍的效果。他要通过这次事件抓一个典型来惩罚,为的是杀一儆百!严惩为首者,只有这样才能够对那些犯错较轻或无视公司规则的人起到警示的作用。他请大家讨论这次事件的主要责任人,也是将要被严厉处罚的人。

大家开始时都面面相觑,谁都不愿意先说话。老季是急性子,看没人愿意先说,他首先发言:"这次事件是完全可以避免的,如果仓库收货前做了外包检查就不会有事了,可是外包元器件没有按规则做检查就进库了,我认为首先是仓库违反了规定。"宋怀山看老季停下来了,他接着说:"这次通电调试是我下令的,而且还是在季经理反对的情况下下令的,我理应承担主要责任,但是外包不检查就进仓库是仓库管理上的漏洞,这也是要负主要责任的。"

秦阳知道这次事故,宋怀山是主要责任人,是一定要受到处罚的。对于怎么处罚这个自己的副手,他还没有想好,他还想听听大家的意见。

王雯玲很了解秦阳的难处,也知道他的想法,她说道:"我认为这次事情的发生是长期不重视规章制度造成的,也不是一朝一夕的事情。所以,我建议我们要从根本上去解决,重新审核各项制度的合理性,从现在开始无论是谁都要严格遵守规章制度,最好请宋总挂帅亲自抓规章制度的执行。"

秦阳对王雯玲投去感激的目光,他明白她是在暗示自己不要当场处罚宋怀山,免得今后难以相处。

"老杨应该是这次事故的主要责任人,他的问题最大,他不但明知故犯,而且还阻止袁慧萍去申请外包检查。要严厉处罚他。"王丽丽很不客气地说。

秦阳必须及时抓住第一个犯错的人,从严处置,以维护公司制度的权威性。倘若打击面过宽,就会树敌过多,不但起不到应有的教育、挽救作用,反而会使以后的工作更难推进。他决定选性质最恶劣、影响最坏的人当作典型来抓,而对于宋怀山这个副手,处罚的目的是要使他吸取教训,引以为戒,从而达到警示效果。理清思路后秦阳决定:"这次我想请宋总牵头,负责处理这件事,在最短的时间内拿出处理方案来,大家有什么意见吗?"秦阳的决定得到大家的一致认可。

会后老季不满地对秦阳说:"你对宋怀山这样宽容,不知道你是怎么考虑的?"秦阳拍了拍老季的肩膀:"等有空了咱们坐下来,我好好和你解释一下这样做的目的。"

秦阳对老季的脾气很熟悉,他是金牛座的人,这个星座的人对规则很重视,他很反感不遵守规章制度的人。刚想对他再说几句时,王丽丽走过来当着秦阳面对老季说:"季经理,这次你们质量部有三个售后服务人员的出差报销怎么每个人都有两万多?"

老季说:"我知道啊,他们都申请过出差,我批准后出去了一个多月了,按照每天100元的出差津贴和不超过400元的住宿标准,他们是有这么多的报销呀!"很显然,老季认为他们在公司的出差制度和标准下报销是没错的。

王丽丽是个说话毫无顾忌的人,她说:"以前售后服务人员出差最多去一个星期,为什么这次要去一两个月,季经理,你认为这样合理吗?"她看了一眼秦阳继续说:"售后服务出差到底需要多少时间季经理这是您需要考虑的。但按公司规章制度,他们报销津贴都是需要发票的,以前金额少的时候可以想其他办法去冲一下账,现在这么多津贴,你要叫他们拿发票来才能报销的。"

秦阳见老季还想说什么,他抬了抬手阻止了,他对王丽丽说:"王经理,你去把出差报销制度和半年来出差人员报销的清单拉出来发给我,我想了解一下。"

王丽丽离开后不久秦阳就收到她发来的出差报销制度和半年来销售人员出差报销清单。

秦阳看到如下的报销制度:伙食及住宿补助费:不分途中和住宿,每人每天补助标准为100元。住宿费:除津京沪广深地区外,出差住宿费在400元限额标准内凭发票报销;出差住宿费超过规定限额标准的部分自理,不予报销。

再打开出差报销清单,售后服务出差的8个人中有5个人基本都是在出差一周左右就回沪了,出差报销超过一个月的有三人,其中陈建嵘的时间最长。他把邮件转发给了老季后,来到了质量部办公室。

质量部办公室不是很大,只能容纳一张办公桌和一个书橱。办公桌上那台28英寸的电脑显示器很显眼。老季正在看电脑,见秦阳进来,他说:"我正在看你发的邮件。"

"我就是过来问你的,你看出什么问题了吗?"秦阳问他。

老季没有发声音,抬头看着秦阳。秦阳估计他一时还没有看出问题所在,就直截了当地告诉他说:"超过一个月的人就三人,组长、副组长和陈建嵘,而陈建嵘的时间最长。"秦阳停顿了一下,看着老季皱起了眉头,继续对他说:"你在西门子干了十几年售后服务了,你们售后服务的内容和这里差不多,都是做变电站调试,你们出差最长时间有超过一个月的吗?"

"西门子哪里有这么长的出差时间啊!你的意思他们三人是在混出差津贴吗?"老季还是有点不太相信。

"我没有这样说,只是现在的情况有点蹊跷。我们俩都是干这行的,我们要找到合理的管理方法来杜绝这种现象出现。"秦阳知道老季很难接受规则以外的东西,要他明白还必须耐心地说。他试着问:"你以前喜欢出差吗?"

老季说:"其实我并不喜欢出差在外,但往往因为工作的需要不得不出差,出差期间既要处理各项工作,也会因人地生疏而面临各种实际问题。所以,我的观念是我们做领导的应立足于人性本善的出发点,给予员工充分的信任,提高员工在出差期间自觉遵守国家法律和公司制度的自觉意识,避免员工出差期间感觉不被信任的问题。否则,真有问题时谁都不愿意出差了就麻烦了。"

秦阳见老季还在沿用西门子公司的管理方法。他很耐心地开导他说:"出差人员的素质参差不齐,现在帕古电气个人的自主管理能力和西门子不一样,对个人的道德品质与职业素质要求也不一样。因此,公司应依据实际情况,现在要先本着人性本恶的原则,建立好相应的出差管理办法,避免员工出差期间出现长期滞留、铺张浪费等问题。"

秦阳问老季:"西门子售后人员出差报销有什么规定吗?他们和销售人员出差报销应该不一样的吧?"

老季回忆着说:"西门子售后人员是实行包干制的,吃喝住每天给你400元。"他试探着问道:"要不我也给他们包干,一天规定多少。"

秦阳见老季已经明白他的意思,就对他说:"是否要包干,你来考虑。对出差人员来说,制度是一定要的。如果出差人员在遵守制度上不自觉,极易出现失管失控的问题。因此,要结合企业实际,完善出差人员管理所必要的条件。如客户反馈或者采取手机照相,注明时间、地点的方式,及时上交领导检核,避免员工出差期间弄虚作假等问题。"

"好的,我来起草一个售后人员出差报销包干制度,另外,我有个想法,把周琳派到售后服务部去专门负责对接客户信息,所有售后服务都经过她的手来统一安排,这样就可以避免客户信息不对称造成他们长期滞留的现象。您看如何?"

秦阳想起自上次派周琳去催款后还没有安排她其他工作,听老季这么一说他马上表示同意:"可以啊,我去通知人事部安排一下。"

离开质量部办公室,秦阳来到了生产部的经理办公室,屋里有三个工人在聊天,莫丹先正在低着头泡茶,见到秦阳,他急忙说:"秦总你有什么事通知我过去就是了,何必自己过来呢!"他一边说着话,一边示意其他人出去。

秦阳也不和他客气,开门见山地说:"莫经理,我要请你帮个忙。我想交给你一个人让你来安排他的工作,你看可以吗?"

莫丹先没有想到秦阳会这么看重他,他忙说:"别说一个人,你交给我再多的人我也照单全收,你给我的是谁啊?"

"我想把仓库的老杨调到车间去,你给他安排个适合他的岗位,如何?"秦阳很客气地说。他知道莫丹先有足够的能力管住老杨。

"小事一桩,我的话老杨还是听的,再说他也不敢不听我的话,我有办法收拾他。"莫丹先又开始自我膨胀吹牛了。接着,他又说了一句:"老杨这次太过分了,12台仪表很贵的,这次他给公司造成了这么大损失,不开除他算他福气了!"

秦阳也不接话,只说:"你同意了,过几天人事部会安排他过来的。"这时秦阳恰好接到一个电话,他马上离开了。

电话是秘书顾晓燕打来的,说有人来找秦阳。秦阳回到办公室,见来人是一男一女。见到秦阳,那女的首先开口介绍说,他们是集团公司上海分公司的,她是贺来娣的副手章婷,那男的是业务员。今天来找他主要是这位业务员在福建漳州有个项目,希望能用上海帕古电气的产品。

章婷,三十四五岁,五官标致,皮肤白皙,一笑露出一口雪白的牙齿。秦阳热情地跟他们握手表示欢迎:"谢谢贺经理,也谢谢你们给我们带来业务,需要我们怎么配合你们,尽管说!"秦阳知道他们来这里是寻求帮助的。

"我们是来了解一下产品的技术和要一些产品说明书的。"

章经理说话声音很温柔。

"可以啊,我马上给你们安排一下。"秦阳走到秘书室对晓燕说:"你先带他们去产品展示室请销售部李总帮他们介绍一下,然后让李总再带他们参观一下车间。"晓燕答应了一声,带着章经理两人去了楼下的展示室。

他们刚走,袁慧萍就来了秦阳办公室,秦阳见到她很是高兴,表扬她坚持原则,按公司规章制度办事,并把已经安排老杨去车间的事情也通知了她,没想到袁慧萍却说:"秦总,感谢您的信任,但在这件事情上我也有责任,我毕竟没有有效阻止老杨收下未经检测的外包元件,这是我的失职,是我缺乏有效的管理和沟通,我还需要学习许多东西。所以我希望你让我也承担一定的责任!"看见袁慧萍的成长和担当,秦阳心里无比欣慰。

几天后,宋怀山来找秦阳,他告诉秦阳,对于这次仪表烧毁事件,他做了很详细的调查,写了一份调查报告,他主动要求承担事故责任。他还花了很多时间对公司的生产流程和相关的规章制度重新进行了审核和修改。秦阳见自己的目的已经达到了,就对他说:"事故调查报告暂时放在我这里,我们来讨论一下事故的后续处理。"

"我想把仓库操作规章制度张贴在仓库门口,以后所有货物进出仓库严格按照制度执行。给我和老杨一个警告,并一起罚一个月工资和奖金,老杨调离仓库岗位。您看这样可以吗?"宋怀山说。

秦阳知道宋怀山忙了几天都是在调研和处理此事,看到他拿出了包括处理自己在内的方案,他说:"我同意你的意见,我们领导就是要做出表率行动来,做错了就要敢于承担。这次事故,你确实有不可推卸的责任,但是,公司规章制度执行不力不是你一个人的责任,我也有责任,所以我和你一起受罚,我们俩都扣一个月工资奖金。老杨除了警告处分外再扣除一个月工资和奖金,并调离岗位。另外袁慧萍自己也要求承担一部分责任,毕竟她现在是仓库主管。"看到宋怀山吃惊的表情,秦阳继续说:"她的态度可嘉,我们就给个口头警告吧!"

宋怀山见秦阳这么说，他一时无言以对，也深受感动。他知道秦阳这次为了他受了牵连，这样的决定给足他面子，这样的搭档又有什么理由不好好配合呢。

17 官司输了

无论是加薪风波还是表记烧毁事件,王雯玲总是会在关键时刻站在秦阳的角度,用她特有的职业精神,对秦阳的工作给予支持。也正是因为有了这份信任,几天前当王雯玲来找秦阳希望他以公司负责人身份作为被告出庭时,秦阳欣然同意。

秦阳在出庭前仅向王雯玲大概了解了事情的经过,因为他相信自己只是去走走过场,这个官司公司赢定了!

事情的经过是这样:绿化工人戴斌是帕古公司的老员工,两年前在修剪树枝时不慎从树上掉下来,摔成股骨骨折,造成8级工伤。停工留薪享受伤残待遇休息和治疗了近两年,现在已经痊愈,但他还是一直不肯来上班,公司按《工伤保险条例》告知满24个月不再发放伤残待遇后,他终于回公司上班了。公司行政部安排他继续做绿化工,负责公司所有的绿化管理。上了几天班,他借口年龄大了适应不了绿化工作劳动强度,向其主管提出需要休息,并要求公司继续支付工伤补助,公司拒绝为他继续支付工伤的待遇,并把他调换至比较轻松的食堂工作。但戴某不听从食堂主管的安排,消极怠工。公司以戴某不服从上级安排,消极怠工,违反员工守则为由,决定给予戴某记过处分。受到处分后,戴某依然我行我素,公司以戴某再次不听指挥,不接受工作安排,消极怠工,严重影响其他员工工作士气为由,决定再次给予戴某记过处分。再次受到处分的戴某自说自话地把上班时间由7:00改到了13:30,理由是上班时间太早无法准时赶到。公司认为戴某擅自改变劳动合同约定的工作时间和工作内容,拒不履行本职工作并采取怠工行为,不服从主管的合理工作安排及指挥,经多次劝导仍无改善,违反员工守则三次,予以记过处分并解除劳动合同。

而戴某认为,自己在工作中已经尽了最大的力了,不存在公司所述的不服从工作安排、与上级领导冲撞、影响公司工作等违纪行为。故此,戴某要求公司支付其单方面解除劳动合同的经济补偿金,同时向劳动争议仲裁委员会提出书面仲裁申请。

区仲裁委员会做出裁决,驳回其仲裁请求。并告诉戴某,依照《中华人民共和国劳动争议调解仲裁法》第四十八条,劳动者对仲裁裁决不服的,可以自收到仲裁裁决书之日起十五日内向人民法院提起诉讼。期满不起诉的,裁决书发生法律效力。

戴某表示不服,他在规定时间内向区人民法院提起了诉讼。

开庭当天早晨,阳光明媚。秦阳驾车载王雯玲一起去民事法庭等待庭审。今天的王雯玲齐耳的短发微卷,明显刚刚精心做过造型,显得成熟又不失干练。她穿的衣服沿袭她一贯的职业套装,只是裙装变成了长裤,衬托出了她修长的双腿。套装颜色素雅,裁剪得体,显得端庄、优雅、气质大方。"今天你很特别,这身衣服特别适合你。"秦阳毫不掩饰自己的欣赏。王雯玲微红了脸,赶紧打岔地说:"希望我们可以赢了官司!""我们两人去打这样的官司还会不赢?"秦阳说。

走进法庭,秦阳注意到这个民事法庭不是很大,今天有两位法院工作人员出席,一位是约五十岁的中年法官,另一位是二十几岁的女书记员。被告方帕古公司的律师是个三十几岁的女孩。原告戴某请的律师是个才二十几岁的年轻男孩。被告秦阳和原告戴某的位置正对着法官。

宣布开庭后,法官先介绍了原告的诉求:(1)公司没有按照残疾人待遇对其安排工作,而是安排他做正常人的工作。(2)公司为他调换工作岗位时没有得到原告的同意。(3)要求公司支付其单方解除劳动合同的经济补偿金。法官介绍后请原告方律师首先发言。

年轻的律师说话前,习惯性地用手整理了一下他乌黑发亮的头发,然后条理清晰地说:"被告公司没有从人性化角度出发为身体有过工伤的原告给予工作照顾,而是在没有跟原告协商的前提下安排他做体力不能胜任的绿化工作,而原告因身体原因已经不能像正常人一样完成每日工作,被告在不做任何工作的情况下,就以原告不服从公司安排,给予行政警告处分。接下来在既没有得到原告同意,又没有按照劳动局规定的调换岗位时必须要先进行岗位培训的规定,擅自为他调换了工作岗位,在不经过原告同意也没有给予培训的情况下就把原告从绿化工调到了食堂,这是严重违反劳动法的做法。因此,我方要求被告方纠正违法行为,支付其单方解除劳动合同的经济补偿金。"

秦阳没有想到这位年轻律师竟然可以这样在如此庄严肃穆的法庭上信口胡说。他几次冲动地想回击他几句,但秦阳知道在没有得到法官允许下,他是不可以随意发言的。

"现在请被告方律师陈述意见。"法官按程序要求着。

被告方的女律师清了清喉咙,略显匆忙地说:"按照《中华人民共和国劳动合同法》第三十九条第一款第二项规定,劳动者严重违反用人单位的规章制度的,用人单位可以解除劳动合同。戴某作为公司的绿化工人,应自觉遵守公司的规章制度,履行工作岗位职责和服从公司的工作安排。戴某认为公司侵害其合法权益,致使其利益蒙受损失时,应通过理智、正当、合法的途径寻求解决的方法,这是法律赋予戴某的权利。但戴某却采取消极怠工的方式对待,擅自调换自己的工作时间,此种行为不但影响了戴某自己的本职工作,也对其他员工造成一定的负面影响。而且,戴某在公司对其给予多次警告和记过处分的情况下,依然我行我素,完全没有改善。显然戴某的行为已严重违反了公司的规章制度。公司根据上述法律规定及员工守则的相关规定,解除与戴某的劳动合同,合法合理。戴某要求帕古公司支付单方解除劳动合同的经济补偿金,缺乏依据。"

法官见女律师说完后问秦阳:"你们公司请原告回来上班是否和他协商过工作内容?是否告知他的工作是绿化工作?"

秦阳见法官总算问他了,他开始说:"我公司人事部经理在通知他来上班时和他谈过继续做绿化工作的事,还问他是否吃得消这份工作……"

"被告听清楚了,我现在问你是还是不是,没有要求你解释。"法官提高了声音对秦阳说道。

对秦阳来说,进法庭就像刘姥姥进大观园,还是第一次。他马上接口说:"是。"

"法官,我有个问题。"年轻的原告方律师举手说。

"请说。"法官答应了。

按照劳动局规定岗位调换必须要先进行岗位培训,"请问被告,你们为原告调换工作岗位时有没有进行过岗位培训?"原告方律师人很年轻,但是提出的问题似乎很尖锐。

"我们考虑到他的身体情况,认为食堂工作比绿化工作更轻松,更符合他的身体条件。在征得他本人同意的前提下为他调换岗位,所以没有对他进行培训。"秦阳回答说。

"那就是没有培训过了,对吗?"律师步步紧逼。

"我们是在征得他本人同意的前提下为他调换岗位,不是没有告知他。"秦阳答道,他明显感觉这样回答不妥。

果然,律师接着发问:"有没有书面正式通知?"

秦阳确实不知道以前在这个公司内部,人员的工作调换是否有书面通知。他转头寻找王雯玲,王雯玲这时也正好看向他这里,两人目光对视时,王雯玲对秦阳摇了摇头。秦阳只好如实回答:"没有书面通知。"

"我没有问题了。"年轻律师自信地先看看秦阳又看看被告方律师,很潇洒地又整理了一下头发。

"我有个问题。"被告方律师举手说。

"请说。"法官马上对被告方律师说。

"原告请你告诉法庭,你去食堂上班了吗?"

"上过啊。"戴某回答说。

"那好,你有没有在没有征得领导同意情况下,自己把上班时间改到下午了?"

"食堂本来就有上午班和下午班的呀,我下午上班不可以啊!"戴某说。

"你只要回答我有没有。"

"有。"戴某无奈地说。

"劳动者严重违反用人单位规章制度的,用人单位可以单方面解除劳动合同,原告没有完成工作任务、消极怠工,没有完成领导分配的任务,在被公司给予两次记过处分的情况下,仍然我行我素,没有改正,其行为已符合公司员工守则给予辞退的规定。"被告方律师补充说。

"我的当事人有没有过错暂且不说,在没有书面正式通知和进行转岗培训的情况下,对我当事人做出的任何处罚都是违规行为,所以帕古公司违规在先,现在帕古公司不但要撤销辞退的决定,还要给予单方面解除合同的经济赔偿。"年轻的原告律师不依不饶。

秦阳心里虽然觉得这个原告律师有点张狂,但是他说的话好像也无懈可击,一时间也无言以对,但还是寄希望于自己的律师有更好的法律依据。可是他还没等到己方律师的辩解,听到的却是原告律师的穷追猛打!

"另外,请问被告方,我的当事人告诉我,帕古公司是没有岗位职责的具体规章的,你们到底有没有这种规章制度呢?"原告律师继续他的提问。

秦阳觉得好笑,公司关于员工的岗位职责制度明明是有的,他竟然说没有!于是大声回答说:"有!"

"那为什么我的当事人说不知道有这个规章制度呢?"原告律师反问道。

"我这里正好带来了这份岗位职责规定,请求交给法官。"王雯玲举手说道。

法官示意书记员取来这份岗位职责规定,翻看几页后法官问原告律师:"这不是有的吗?"

见到这份制度,原告律师不慌不忙地说:"你这份制度是什么时候制定的?"

"两年前制订的。"秦阳回答。在来法院之前,王雯玲曾告诉过他。

"法官,两年前我的当事人正出工伤在家休养,他根本就不知道有这个制度。另外,当他回公司上班后也没有人告知过他有这份制度,现在被告方也没有证据证明该制度已经履行了法定的民主及公示程序。所以我认为这份制度对我当事人是不存在的。也就是说我当事人根本就没有违反贵公司关于岗位职责的规章制度,这一切都是你们强加在他头上的,所以是非法的。"原告律师陈述完后自傲地仰起了头。

秦阳感觉有点懵了,他有种预感,原告律师的话听来尽管一派胡言,但是你很难找到反驳的理由。因为这份岗位职责的确没有经过法定的民主程序和公示,只是人事部根据各部门经理提交的岗位职责汇总整理的。

秦阳万万没有预料到,这位年轻的原告律师对劳动法了如指掌,他随即又提出:"根据《中华人民共和国劳动》第四条之规定'用人单位在制定劳动纪律以及劳动定额管理等直接涉及劳动者切身利益的规章制度或重大事项时,应当经职工代表大会或者全体职工讨论,提出方案和意见,与工会或者职工代表平等协商确定',帕古公司所提供的'岗位职责规定'没有证据证明经过职工代表大会或者全体职工讨论等民主程序讨论,所以现在帕古公司依岗位职责规定的奖惩管理办法给予我的代理人的处罚,无法律效力。现戴斌请求撤销辞退公告。而帕古公司违法解除与戴斌的劳动合同,依据《中华人民共和国劳动合同法》第四十八条、第八十七条的规定应支付戴斌一定数额的赔偿金。"

秦阳抬头看向帕古公司聘请的被告方女律师,哪知此时的她只是低着头,一言不发!和原告方律师相比完全不是一个档次的,秦阳对她感到很失望。

法官见双方已经表明了各自观点,便宣布休庭,待合议庭商讨后宣布庭审结果。

秦阳和王雯玲默默地走出法庭,来到了附近的咖啡厅,他们各自点了一杯咖啡,选了一个靠窗的位置坐下来。王雯玲有点生气又有些抱歉地说:"这年轻人怎么可以这样胡说八道的呢?我们该怎么办呢?"秦阳这时虽然很失望但已经平静下来,他不无可惜地说:"可惜我们请的不是这位年轻人,我预感今天我们会输掉这场官司。"王雯玲似乎不相信,她说:"法官应该明白事理,不会不分青红皂白的吧,虽然我们做得不够完美,但是,如果真是这样判决,还真没有王法啦。"王雯玲急的有点语无伦次,秦阳没有再说话,他陷入了沉思⋯⋯

法院宣布了审判结果:"如果被告企业要用劳动者严重违反用人单位的规章制度作为理由,来解除与劳动者的劳动合同,那么企业人力资源管理部门首先要把基础工作做好,即要通过公司的规章制度来明确界定劳动者的哪些行为是严重违反用人单位规章制度的行为。并在规章制度中明确规定劳动者如有上述行为,用人单位有权单方面解除劳动合同。如果被告公司要利用劳动者违反用人单位的规章制度这一条处理员工,很关键的一点是:用人单位要有证据证明该规章制度的制定程序是合法的,而且有证据证明该制度已经履行法定的民主及公示程序。现在被告单位没有证据证明其履行过规章制度的公示程序,也没有书面告知原告程序。因此,我宣布被告应该按照劳动合同法规定,及时足额支付劳动报酬给原告,造成原告损失的,原告有权要求用人单位支付违约经济补偿金,经济补偿金以原告离开企业前12个月的平均工资为基数,再乘以其在单位的工作年限。如果劳动者要求与公司解除劳动合同的,用人单位应当一次性付清原告所有工资,被告如不服,可以在两个月内向中级人民法院上诉,现在休庭。"

一审判决结果,上海帕古电气公司输了,完输了这场原以为十拿九稳的官司!秦阳原可以不参加这场庭审的,但出于对王雯玲的信任和好感,他以公司负责人身份出庭了,却没有想到输得如此彻底。这次出庭给了秦阳一次当头棒喝。当王雯玲问他要不要上诉时,他斩钉截铁地说:"不要上诉了,这次丢人还不够,还要再去丢人一次啊!"听到秦阳这样说,王雯玲眼里流露出几分沮丧。秦阳安慰她说:"我们的工作的确也有不足,需要好好反思一下!"

回公司的路上,两人都沉默不语,谁也没有心情说话。

这官司打成这样,对于秦阳来说也是一次深刻教训。法官的宣判让秦阳彻底明白了这世界上仅有正义是没有用的,作为一个企业管理人员必须熟悉相关法律,做任何事情都要有理有据。不熟悉相关法律,仅凭一腔热情,哪怕你自认为做得完美无缺,如若没有准备好相关书面材料作为你的证据,万一哪天打起官司,你依然必输无疑。

秦阳想到现在自己正在经历的所有的公司管理工作,他不禁毛骨悚然起来,说不定哪一天由于哪一件自己预料不到的事情,也会被人告上法庭,而自己只管勇往直前,到现在为止根本没有预留任何后手。他知道,这世界根本就没有公平的,也没有永恒的朋友,只有永恒不变的利益。万一出现利益冲突和矛盾纠纷,自己再要是碰上像原告律师这样的对手,那就会有劫难了。秦阳提醒自己,从现在开始需要为了自己的安全,多学习相关法律,做任何事情最好合法合规并为自己存有证据!

秦阳想起了最近刚刚被公司处分过的老杨,他被调离原来的仓库管理岗位,到车间当了一名装配工人,现在从劳动法的规定上想想,此人的工作调动安排,做的有点草率了。他对王雯玲说:"王经理,老杨的工作调动我们需要按劳动法的相关规定从合法性上考虑一下,哪里需要改进或者补充的地方尽快完善!"

王雯玲做人事经理已经多年,虽然经历了这次的官司,但她在人事安排上的强势还是没变,她认为秦阳似乎有点小题大做了,她说:"公司内部人员调动很正常的,作为管理者不仅要维持一个公司内的工种平衡,还要考虑人员年龄结构的平衡。所以我们不用在意人员调动,这是公司内部的合理安排。"

秦阳知道王雯玲这时肯定不会想到他此刻的担心和顾虑。秦阳责成王雯玲就这次输掉的官司认真审视帕古公司应该完善的规章制度及流程。对老杨的工作调动问题，他直接对王雯玲说："王经理，老杨的工作既然已经调动了，就按照新的岗位对他进行一段时间岗位培训，培训过程要有记录要有签字。另外，我们还要把所有员工合同重新整理一下，如果有调动工作的员工，根据现在的岗位与他们重新签订一下合同，有岗位与工资不符合的及时进行调整。"

秦阳把能想到的，都安排了一下，但他知道现在不能大张旗鼓地去改。他希望王雯玲可以明白他的苦衷，继续用她的职业精神去调整公司不完善的规章制度。

18 采购招标猫腻

官司输了以后,秦阳又遇到一件头疼的事情。这天,他收到了一封举报信,拆开信一看,竟然是举报副总经理宋怀山的。

信里是这么写的:

尊敬的帕古电气公司总经理秦阳,您好!

我们也不知道贵公司副总经理宋怀山和施华罗江苏区代理公司的苏浩什么关系,他把苏浩作为继电保护器的采购供应商,参与了贵公司的采购报价。他这样做不仅违反了施华罗的区域管理规定,也损害了我们作为施华罗公司在上海地区继电保护器供应商的权利。我们希望贵公司领导阻止贵司副总经理宋怀山继续扰乱施华罗供货区域规定的行为。

此致!

上海龙腾继电保护有限公司

看到这封举报信,秦阳明白这是冲着这次帕古电气项目的采购来的,他决定先了解一下情况。举报内容是关于继电保护设备采购的事情,他心想所有设备的选型和供应商都是商务部在报价时确定的,高晓芳一定知道此事。他想先问问高晓芳,秦阳拎起电话打给高晓芳让她来自己办公室一下,只一会儿工夫,高晓芳就敲响了秦阳的门。看到高晓芳,秦阳的眼睛一亮,今天的高晓芳带了副垂吊式流苏耳环,一袭贴身的淡花连衣裙,行走间有几分飘忽,显得利落而充满活力。

高晓芳一边在秦阳对面坐下一边说:"秦总找我有事吗?"秦阳问她:"小高,这次中标的两个大订单中选用的继电保护器是哪家供应商提供的?你对他的情况了解吗?"

高晓芳见秦阳问这个问题,很自然地说:"知道啊,我们报价时选用的是施华罗的继电保护器,以前的供应商是上海龙腾公司的,他们是施华罗在这个地区的代理。有什么问题吗?"

秦阳把采购报价的事告诉了高晓芳,但他隐去了收到举报信的事。

高晓芳见他问的是这事,就说:"这事我大概知道,宋总要采购70台施华罗继电保护器。他选了几家供应商,筛选后留下上海龙腾和苏浩的苏州代理公司两家,他打算比价后选择低价者采购。我认为没什么问题啊,只要有利于公司就好,我也不喜欢一家独大,给人感觉毫无议价权。原来我们公司施华罗的继电保护器就大都是从上海龙腾公司采购,你碰到什么问题啦?"高晓芳疑惑地反问秦阳。

秦阳没有回答,他心里思忖着,为什么这个看似正常的采购却遭到举报呢,从举报信的措辞看没什么漏洞。而人都是有想象力的,特别是设备采购这个敏感的话题,几乎所有人听到采购被举报,通常都会宁可信其有,人心就是如此。举报信被转给了秦阳,如果严格追究起来,宋怀山在具体采购操作流程上肯定有失误甚至是违规,所以要小心处理,让本来没什么大问题的此次采购,不要被各方想象放大,不然的话,或许还会酿成严重的后果。

秦阳不想让这事继续发酵,他对高晓芳说:"我们现在项目中有很多设备都要采购,采购的量很大,再以这种比价的方法采购可能不行了,一定要改成公开招投标了。这家龙腾公司有什么背景吗?为什么以前都用它的呢?"

"龙腾公司里有位姓万的销售经理是从帕古电气跳槽过去的,他在帕古公司进进出出两次了,所以跟我们公司的各个部门的人都很熟悉,经常来我们公司的,也常常送些小礼品给相关的人,他和我也很熟悉,以前在商务部我们共事过,前面我们报价时,碰到几个技术问题还咨询过他呢!"高晓芳说得很仔细。

秦阳注视着高晓芳说:"这个万经理可能自以为这次我们一定也会从他那里采购,所以他也没有过多地关注,没想到多出来苏浩这个竞争对手。现在他竟然做出举报行为来,完全乱来了。"

高晓芳睁大了眼睛,急切地问道:"还有这种事啊!他举报谁啦?他怎么会做出这种害人的事啊?"

秦阳刚想说话,桌上的电话响了,电话是秘书晓燕打进来的,秦阳接起来听了下说:"好,你让他等一下,我一会儿接待他。"

他和高晓芳打了声招呼,让高晓芳先回了办公室。看着高晓芳离开,秦阳思考了一下,他知道龙腾公司的万经理等在门外,他肯定是为继电保护器采购的事而来。又是举报又是上门来讨公道,这个姓万的还真的是个麻烦角色。他慢慢地喝了几口茶,整理了一下思路后,决定会会这个万经理。

晓燕带着万经理进了秦阳办公室。这是个中等身材、40岁左右的中年男人,肤色黝黑,十指短粗,相貌平平的,让人感觉有些粗陋。

见到秦阳,万经理很热情地跟秦阳握手,秦阳感到他握手时很用力,秦阳有些吃不消他的蛮力,放开手后不卑不亢地说:"请坐。"万经理落座后很自然地拿出一条软壳中华牌香烟拆封起来,然后拿出一根递给秦阳说:"秦总,请抽烟!我是帕古电气的老客户了,以前你们的继电保护器都是从我那里采购的,这次采购请您多关照我哦。"说着话,他把整条中华烟往秦阳面前一推。

秦阳从没有见过拿了一条烟请人抽烟的,他用手把烟挡回去说:"我不抽烟的,你放好。"秦阳不喜欢他这种先入为主的感觉,停顿了一下说:"万经理,谢谢你以前对我们公司的支持和帮助,这次我们要采购的设备比较多,所以我们会先去了解一下目前市场的行情,前面宋总向你们几家公司询价,其实就是为了了解继电保护装置的行情,方便我们接下来的招投标工作。"他这样说的目的,是想帮宋怀山开脱。

"你们还要招标啊?以前你们都不招标的,直接从我那里采购的。我们一直配合得很好的啊!包括后期的现场调试和整定值计算也都是我们派人去完成的,不会有问题的。这次也从我这里采购好了,我会给你们最优惠的价格和最好的服务的。"万经理很自信地说道。

"这次采购的数量比较大,按照招标法规定,必须要经过招投标来决定使用哪家的产品,不再是直接采购了,我们欢迎您一起来参加投标。"秦阳很肯定地说。

万经理还想说什么,见秦阳如此肯定,他也知趣地说:"好,我们一定参加,不过希望给我们机会哦,毕竟我们一直合作愉快啊!"

等这位万经理走了以后,秦阳叫来了宋怀山,让他先去找一家招标代理机构,并告诉他,这次采购的所有设备都要经过合法的招投标来决定。

宋怀山试探着问道:"我们可以用邀请招标吗?这样方向明

确,还不用耗费太长的时间。"

秦阳告诉宋怀山邀请招标是可以的,但是也要经过正规的招标代理机构来做。顺便他把龙腾公司万经理举报帕古公司采购不合理操作的事也告诉了宋怀山,但是秦阳没有告诉他被举报的人就是他。

宋怀山一听万经理举报,他心里就明白被举报的人十有八九是自己,憋不住火冒三丈地说:"这种人就是小人,我们就不应该再给他机会,以前帕古电气的人一定都拿了他的好处了!"

秦阳虽然也不想从万经理那里采购这批继电保护器,他对这个万经理印象不是很好,但也觉得他不是个善罢甘休的人。秦阳更同意高晓芳的说法,不要一家独大到没有议价权。只要对公司有利,他更愿意遵循法律,这或许是上一个官司留给他的教训!所以秦阳没有去接宋怀山的话茬,而是对他说:"这项采购招标工作由你去负责安排,你就多费点心思,明白了吗?"

宋怀山若有所思地点点头,出门去了。

上海有很多招标代理机构,消息发出去不久,很快就落实好了一家招标代理机构。招标代理经过紧张有效的工作,筛选好了三家投标商:除了苏浩的公司和龙腾公司,还有一家是科华公司。三家公司都按照招标代理的要求缴纳了10万元的投标保证金,买了标书后各自回去准备做标书了。

宋怀山对龙腾公司举报他的事耿耿于怀,他想了很久,总算让他想到一个借刀杀人的办法。他先告诉招标代理公司张总,要求这次招标采用资格后审方式。然后打电话给苏浩,把招标代理公司张总的电话给了他,要他自己去找找招标代理的关系。苏浩是何等聪明的人,一接到宋怀山电话,马上亲自去招标代理公司开展了大量的工作。

开标当天三家公司都派了代表出席,根据流程先开商务标再开技术标。

上午商务标开出来了！三家单位的投标价格分别是：上海龙腾公司805万元，苏州三立公司828万元，科华公司856万元。单从价格上看，龙腾公司最低。唱标结束后接下来招标代理公司人员对标书进行商务条款和资格审核。

审核结果：苏州三立公司和科华公司全部满足要求。龙腾公司则有两项不符：一是根据标书要求注册资金必须大于等于1000万元人民币，而龙腾公司注册资金只有500万元人民币。另外，标书要求投施华罗和BTT两种配置一种的价格，它没有按标书要求去投，只投了施华罗一家的配置价格。

最后，商务评分结果出来，苏州三立公司分数最高，龙腾公司分数最低。由于三家公司选用的产品都是国际著名品牌的继电保护装置，技术上都没有差异。所以最后评标结果是苏州三立公司中标。

当天晚上，苏浩请宋怀山等人吃饭，他要表示感谢。他也亲自邀请了秦阳，但秦阳推脱了，没有去参加。饭后，苏浩给宋怀山和采购员每人准备了一个很厚的信封。

事情看似简单地解决了。没有想到龙腾公司万经理第二天就气冲冲来到了帕古电气找到了秦阳。

"秦总，这次招标你们有违反招标法的嫌疑，你知道吗？"万经理劈头盖脸地上来就说出这样的话。

"请说详细点，说话要有证据，你不能信口开河，不然要负法律责任的！"秦阳很生气，毫不客气地对他说。

万经理似乎有备而来，他振振有词地说："一个变电站采购综保预算金额为450万元，要求投标人注册资金不低于1000万元；另一个变电站采购综保预算金额也为450万元，要求投标人注册资金同样不低于1000万元。开标后经评标委员会审查，说我们各标段都不满足注册资金要求。其实我们注册资金是500万元都满足要求的,却说我们不满足要求,这不是违规吗?另外,我们是施华罗的代理商,我们是不做BTT生意的,你这里要我们报BTT的价格,这不是有意为难我们吗?"

秦阳对他说:"我们是按照招标法将注册资金作为招标入围的'门槛',没有抬高注册资金来限制排斥供应商参与或故意抬高注册资金以保证私下与自己达成协议的供应商能够参与进来,使采购过程无法体现公平竞争原则。招投标法中对供应商注册资金要达到多少金额虽然并未作出具体规定,但我们可以在《中华人民共和国企业法人登记管理条例》上找到依据。该条例规定企业必须在登记注册机关核定的范围内从事经营活动,且经营范围也必须与其拥有的注册资金数额一致。这一条就说明了供应商所承揽项目的总额不能超出其所拥有的资金数额,否则它没有足够的资金保障,结果可能导致项目无法完成。为了避免采购风险的发生,供应商注册资金数额必须高于采购预算金额。"

秦阳解释完后继续对他说:"我们这次所有的招标是请了合格的招标代理公司进行的招标工作,完全符合招标法的要求,而且标书里也明确要求了注册资金和报价要求,你们做标书时应该很清楚。既然你们已经应标,且并未在开标前提出质疑,就说明你们完全理解标书要求。如果你认为我们有哪里不符合招标法的地方,你可以去法院起诉。"

其实万经理根本没有把这次招投标当回事,他以为只是个表面的流程,当做商务标书的员工通知他,说龙腾公司可能商务条款不符合要求时,他只是说做低价格,其他都好商量!只是当得知结果时才知道被人摆了一道!但他可是不会善罢甘休,听秦阳这么说,这位万经理似乎还不想走,他说:"秦总,你有些事情不清楚,如果我告诉您具体的细节您就不会不信我了。"

"请说,只要你有足够的证据证明你说的是对的,我们可以废掉这次招标,甚至可以重新招标。"秦阳根本就不相信他的话。

"好,那我就不好意思了,我这就给您看证据。"说着,他拿出几张照片交给秦阳。秦阳注意到照片正是昨晚苏浩请宋怀山和采购员吃饭时拍的。有吃饭的照片,还有送信封的照片。秦阳很惊讶,现在一个小小的招标后吃饭也会有人要像国际间谍活动一样去拍照取证!看着这些照片,他无语了。

稍微考虑了一下,秦阳对万经理说:"这样吧,你给我几天时间,我去了解一下这次招标的细节,然后我们再找个时间谈谈,你要相信我一定会秉公处理这件事情的。"

万经理知道得罪了秦阳也不会有好结果,既然秦阳这么说了,他就说:"好好,我等您的回复。"说完,他收拾了照片,也给秦阳留了两张照片,走了。

这事真的让秦阳为难了,如果不给龙腾公司中标吧,这位万经理肯定不会善罢甘休的,说不定会把他手里的证据交到法院去,到时,不管官司输赢,必然会玷污了公司的声誉。要是全部给他中标,又严重违反招投标程序,其他两家公司也会闹事的。思来想去,他知道这次完全是宋怀山没有把事情做好,他还真的对他有点生气了。他把宋怀山叫来,把万经理来的事一五一十地告诉了他。说完,把两张照片往桌上一扔。宋怀山没有想到事情会弄到这个地步,他看着照片涨红了脸一时语塞了。过了一会儿,他慢慢地抬起头对秦阳说:"秦总,你帮帮我,我现在一团乱麻了。"

秦阳看他彻底怂了,也就心软了。

毕竟事关公司名誉,秦阳也不想闹大,他对宋怀山说:"明天你就去苏浩那里告诉他们鉴于交货期的问题要求他们把一部分采购分包给龙腾公司,如果他不同意,你也可以暗示你们晚餐的事情,这个他也应该明白轻重的。最后由你来分配两家公司的中标数量。过几天你去对万经理说,我们会从他那里采购一部分综保,但是必须是两家公司一起分这个标段,他作为分包商的性质。"

宋怀山对秦阳的安排佩服得五体投地,这时,他是彻底服了秦阳。

龙腾公司的万经理得到了宋怀山的通知后,他接受了这样的安排。因为他明白继续缠斗下去必是两败俱伤。但是,他确实不是个善茬,他又有了新的进攻对象。原来,这次他的公司没有中标,按规定采购代理机构应当及时退还其投标保证金。遗憾的是,招标代理的工作人员忙中出错,在退还投标保证金时误将中标供应商苏州三立公司的投标保证金退还,却没有退还龙腾公司的投标保证金。由于竞标失败而被老板臭骂一顿的万经理得知这一情况后,便开始动起脑筋,宣泄起来。

他先打电话给招标代理项目负责人交涉,后者马上道歉并派专人办理了退款事宜。招标代理本来以为这件事到此为止,但龙腾公司万经理前去领取投标保证金时又提出了新要求:"你们还应当按照商业银行同期贷款利率上浮20%后的利率支付资金占用费,这是财政部令第18号第三十七条规定的。"万经理此话一出,招标代理项目负责人马上意识到问题的严重性,他立即向领导汇报相关情况。的确,由于出现了上面的小插曲,退还龙腾公司投标保证金的时间晚了一周,但龙腾公司没有必要这么较真吧?招标代理项目负责人心里这样想,行动上却不敢怠慢。

他经过与万经理多次的沟通,按要求支付了一周的罚款。这件事才总算平息了,万经理也总算出了口没有中标的气。

但站在规范操作的角度,万经理也给采招标代理机构着实上了一课。这件事之后,该招标代理对退还投标保证金更加谨慎认真了。

继电保护装置采购工作总算尘埃落定了。但是,帕古电气这次的两个项目需要采购大量元器件,金额最大的当属断路器和开关柜柜体。柜体厂家选了三家来投标。一家是温州的南控开关厂,还有两家是上海本地南汇地区的开关厂,最终温州的南控开关厂中标。秦阳心里知道,这些中标的厂商都是宋怀山安排的结果。他对这家厂有点不放心,在签合同前,他请宋怀山安排质量部老季和技术部曹仁贵、生产部莫丹先一起去温州考察了这家工厂。在得到老季和曹仁贵确认后,他才同意签订合同。

断路器的竞争主要在BTT和施华罗两家公司间进行。秦阳和商务部高晓芳这两天几乎每天都要接待从BTT和施华罗公司来的人。尤其是BTT来的人都是以前秦阳的同事,甚至连BTT华东区总裁也来到了帕古电气。有了秦阳这层关系,BTT销售经理们都认为他们似乎稳操胜券了。但是,他们怎么也没有想到半路上杀出了个程咬金。

贺来娣得知帕古电气有两个项目要采购断路器,她对她的副手章婷详细交代了她想要采购施华罗的目的:"不要我教你吧,你知道怎么去对秦阳说的哦!"对这个副手贺来娣还是很放心的。

章婷打电话跟秦阳约好隔天来帕古电气。秦阳心里有些疑惑,不明白她此行的目的。

见到秦阳后,章婷很歉疚地对秦阳说:"秦总,这次我要来请你帮忙了,你们这次采购断路器能不能用施华罗的产品?"

"为什么一定要用施华罗的呢?你们不是BTT、施华罗、西门子等公司的产品都代理的吗?"秦阳有点不明白,他问章婷。

章婷显得很不好意思地说:"最近由于我们施华罗产品销售情况不好,施华罗低压部总经理要求取消年终返点,但他得知帕古电气中标地铁项目,他说这次如果能把帕古电气的几千万断路器订单拿下的话,就可以继续保留年终返利的条件。贺总现在已经答应了施华罗总经理的条件了,她说一定把帕古电气这次的采购都改成施华罗的,她是已经打了包票了,她就这样替你们做主了,原因你知道的,我也只能表示很遗憾,希望你可以谅解我!"

章婷明显对贺来娣的做法也不满意但又很无奈。

"按照规定,所有的设备采购规模超过300万元都要进行招投标,断路器采购金额很大,我们也要通过招投标来决定的。"秦阳不想得罪贺来娣,但是他也得找个推脱的理由。

章婷似乎很为秦阳担忧,她说:"你得想想办法如何跟贺来娣解释,她可不是个好说话的人。"

秦阳一时也无语。他对贺来娣的为人很清楚,她是不达目的誓不罢休的,他想了一下后说:"你回去告诉贺总,我们会考虑她的意见的,不过招投标程序还是要走的,不然就违规了。"

章婷很善解人意地说:"好,我会把你的意见转达给她的。不过,我提醒你一句,你千万不要得罪她,在整个集团范围内,她是什么事都做得出来的,为达目的不择手段的。"

秦阳送走了章婷,马上把宋怀山叫来商量此事。宋怀山听了秦阳的介绍后说:"我们按照正常流程招投标,同时请施华罗参加就是了,如果最后他们的价格报的很高失标的话也不能怪我们的,总不见得我们不招标直接选择从施华罗采购吧?"

秦阳知道宋怀山的意思,他这样做看上去很正常,但是万一施华罗失标了,贺来娣那里是绝对过不去的。得罪了贺来娣也就得罪了集团的老板,秦阳在帕古电气也就做到头了。这就是民营企业的企业文化!秦阳想到这里,对宋怀山说:"我们不能得罪贺来娣,也得罪不起她。但我们必须继续按照招投标流程走,这样对BTT也有个交代。但是你去告诉招标代理,让他们先做些准备,你可以透露一点我们要用施华罗的意思,他们会有办法操作的。"

宋怀山看看秦阳,没有说话,他也只能无奈地接受这个任务了。

果然,招投标刚开始,秦阳就接到了贺来娣的电话,她在电话里说:"秦阳,你怎么还是招标了啦,不是告诉过你要用施华罗的吗？你连我的话也不听,是不是要老板打电话给你才算数啊!"

"贺总,您别误会,采购招标流程是一定要走的,这是招标法规定的。不过你放心好了,你的事我已经安排好了,肯定是施华罗中标的,只是你要他们配合一下我们的招标流程,不然BTT是会投诉我们的。"

"反正我要的结果你明白就好,你记得给我安排好!"

秦阳愈发明白了贺来娣是个多么不可理喻的人,和她这种人在一个集团共事,以后还真不知道会面临多少无法预期的事情。

最后开标结果,施华罗以很大的优势中标。BTT输掉这个标是他们始料不及的,他们纷纷打电话来询问秦阳可否更改结果,秦阳都以招标流程为由搪塞过去了。

19 企业文化

一波未平一波又起,平息了劳动官司,又迎来了采购风波。秦阳倍感疲惫,心情低落,起初来帕古电气时的激情慢慢被吞噬。他开始怀疑自己在民营企业这样的氛围中的适应能力。

下班后,秦阳请高晓芳一起去喝咖啡,想从她那里了解一下,关于采购中出现的各种问题,在诸多的元器件采购中,还有多少类似综保采购这样的事件。作为商务部经理的她,在公司工作的时间长,会更清楚事件的来龙去脉。

高晓芳欣然接受了秦阳的邀请,她对秦阳颇有好感,秦阳作为总经理,睿智有主见。通过随秦阳一起出差去马来西亚进行商标谈判,更加深了对他的了解。

在咖啡厅靠窗的位置,秦阳拉出椅子,示意高晓芳坐下。

高晓芳开玩笑地说:"秦总如此绅士,令我受宠若惊啊!看样子 BTT 熏陶下的职业经理人,待人接物就是与众不同！"

"女士优先,这是规矩嘛！"秦阳笑着说。

"小高,你对公司最近在采购和官司中出现的问题,有什么看法?"刚一落座秦阳就切入正题。

高晓芳抿了一口咖啡,说:"多见不怪了！其实,现在的帕古电气存在的这些问题,都属于在正常范围内的,这或许和企业文化有关吧。"

在采购招标过程中出现这么多的问题,是秦阳始料不及的。员工起诉的官司也输了,而且是完输。表面上看好像是输给了那位颇有能力的年轻律师,但是秦阳冷静思索后发现,采购中出现的诸多问题,根源是在内部管理和企业文化上。这点和高晓芳的观点不谋而合。

高晓芳说:"帕古电气最先是由黄先生创建的,他用马来西亚的管理理念进行管理,是基于东南亚的人文情怀而制定的带有宗教色彩的企业文化。马来西亚的宗教融合了伊斯兰教、印度教、佛教,其中的印度教影响尤为深远。那里的人相信风水。他们信奉家族企业,避免亲戚之间利益上的牵扯,这一点和中国恰恰相反。他们平和,友善,积极进取,崇尚优良品质！自公司管理结构发生变化后,人员变动很大,很多原来的技术和管理骨干先后离开了公司,公司由外资企业变形成了马来文化主导的民营企业。大家期望着您给我们带来全新的企业文化理念。"

秦阳说:"面对现状,如何定位和管理是关键,我在思考下一步制定适合公司发展方向的企业文化的方案,你有什么好的建议?"

企业一旦没有文化的概念,就会少了凝聚力、向心力。

高晓芳清楚秦阳现在的处境:有贺来娣这块"绊脚石",他的任何改革,前路都将充满艰辛！她说出了自己的想法:"不妨从人员结构入手,制定相应的规则。公司以前定期组织员工携家属参加家庭聚会日;创办公司内部刊物,鼓励员工投稿、提合理化建议等,并进行奖励;工会在每个员工生日之际送祝福礼品;休假日组织青年人郊游;年终举办年拜会等等。总之,让员工有归属感,体会到和谐、友好、大家庭般的感觉。"

秦阳觉得高晓芳说的不无道理,结合 BTT 的企业文化,一个崭新的企业文化雏形在秦阳的脑海里酝酿着。

就目前状况下顺利开展工作,高晓芳内心还是有些担心。毕竟,要彻底改变以前外资企业的制度,植入新的企业文化,有一定的难度。

第二天,秦阳查看了全公司人员档案,对目前的人员结构做了分析:全公司现有 208 名员工,各个办公室员工及职能部门管理人员有 87 人,其中,前几任总经理带来的有 25 人、公司成立以来就在的有 18 人、还有 44 人是最近几年通过各种渠道招聘进来的。工人有 121 人,其中征地工人 38 人、招聘进来的有 83 人。

他发现有个和其他公司相反的现象:公司的外来人员少,员工多数是家在虹中地区的上海本地人。

很多企业领导虽然表面上把企业文化和战略决策放在同等位置上,认同企业文化、价值观对提升企业凝聚力、调动员工积极性和敬业度、提升团队合作等方面的重要作用,但是在制定具体的执行方案时,就止步不前。

作为企业的掌舵人,秦阳必须想法付诸实际行动。建立企业文化,是管理这个公司的重要目标之一。他召集管理层开会拟议方案,王雯玲、宋怀山、李康和高晓芳先后来到了他的办公室。

秦阳和盘托出对创建企业文化的设想,向大家征求意见。

宋怀山第一个发言,他说:"秦总,你给我们介绍一下 BTT 的企业文化,我们可以学习和借鉴一下世界 500 强公司的文化!"

秦阳在 BBT 工作了多年,他对 BTT 公司的文化特色了如指掌,他说道:"企业文化,同样属于抽象意识的范畴,与一些生产要素相比,企业文化的价值是很难被评判的。尽管如此,它的地位依然被普遍认可、尊重。因为,它反映出企业的管理工作、人才队伍建设的水平等具体方面。越来越多的客户在选择产品时,会考察一个企业的文化背景。这是因为,一个有着文化内涵的企业,必然会承担更多的社会责任,在产品质量、安全措施等方面给人以保障。BTT就是在这些方面做得相当出色。"

听了秦阳介绍后,大家都面面相觑,觉得走上创建企业文化之路,谈何容易。高晓芳见大家沉默,就说给大家讲一个公司创始人黄总说过的,关于企业文化的故事。

"这是一个猴子和香蕉的故事:有六个来自不同的地方、互相不认识的猴子,它们被关到了一个笼子里,经常发生冲突。开始几天,猴子们接连不断地打架。这种现象,如果用企业文化的名词来说,就叫'文化冲突'。几天后,在笼子的顶上挂一串香蕉。猴子无法单独拿到这个香蕉。于是,它们开始相互协作,取下香蕉后一起分享。这个阶段,猴子们有了共同的目标,形成一个团队,暂且可以把这个团队看成是企业。

又过了一周后发现,每当猴子要摘到香蕉时,就会有一只高压水枪向它喷水,一不留神,就会摔落在地。于是,胆小的猴子们都不敢去摘香蕉了。

过了些日子,笼子里又多了一只猴子。它想摘香蕉时,其他的猴子告诉它不能摘香蕉的原因。于是,这只新来的猴子不再尝试,从此打消了摘香蕉的念头。这样猴子成员之间的意识,通过正式或者非正式的方式延续了下去,逐渐形成了一种文化。

又过了几天,一只新猴子替换了笼中之猴。新来的猴子去摘香蕉前,所有的猴子都告诉它,不能摘香蕉。这种文化逐渐对猴子的行为产生了强大的约束。经过几次轮换,笼子里的猴子越来越多,而第一批被高压水枪喷过的猴子都被换出了笼子,笼子里的猴子,都知道不能去摘香蕉。文化的特点是具有延续性,而这种延续,不仅是通过猴子的正式沟通渠道,更重要的是在非正式场合的沟通,通过成员之间的相互影响而发生作用。

事实上,当第二批进入笼子的猴子不再摘取香蕉时,管理员已经把高压水枪取走了,香蕉依然还是挂在原地,但没有一只猴子敢去尝试。"

王雯玲接着高晓芳的话说:"其实,任何组织都是有文化的。正如高经理提到的上面第一批进入笼子的猴子,虽然经常打架,但发生冲突也是一种文化,这是熟悉过程中的互相试探。"

晓燕进来给大家加茶水。秦阳顺便起身去了趟洗手间。恰逢顾阿姨在男厕所打扫卫生,她用一把大刷子正费力地刷着马桶。见秦阳进来,用本地话对他说:"稍等一下,我马上就打扫好了。"秦阳尴尬地站在厕所门口。

其实,秦阳对这种情形,见怪不怪了。多数公司不都这样,由女清洁工打扫男厕所的嘛,主要是可以为公司减少开支。

回到办公室,他把这事告诉了众人,李康说:"你这算好的,有次我去上厕所,阿姨竟目中无人,直接进来,照常打扫!"

高晓芳接着说:"其实这事情很好解决,一个公司一般都不止一个厕所,为了避免大家尴尬,以前阿姨如果进去打扫,都是有一块牌子放在门口的,避免双方的尴尬。当然若你没看见冲进去,就怪不得别人了!记得每次有客人来工厂参观,黄先生最得意的就是带着客人参观他的'五星级'厕所!"听高晓芳这么说,大家都忍不住笑了起来。

高晓芳接过话茬说:"企业文化的发展应该是与时俱进的过程。它可能会对员工的行为产生负面影响。正如猴子的故事,起先,老猴子告诉新来的猴子不能去摘香蕉,这个阶段起到的作用是正面的,以减少犯错误的可能性。但当高压水枪已经不存在的时候,原先的企业文化就产生了负面的作用——扼杀了员工追求探索的精神。"

秦阳接着高晓芳的话说:"我刚才在厕所的遭遇,也反映出一种企业文化。阿姨不是让你先解决问题,而是要等她打扫完,才让你进去。这就是遇事先考虑自己,而不考虑别人的企业文化。"

大家就这个问题又七嘴八舌地说了自己的观点。

高晓芳故事的寓意,耐人寻味。没有了这把"水枪"所以大家做事都会有恃无恐,一个具有良好企业文化的公司必有一套令人敬畏的企业管理制度。

结合最近公司出现的问题,建立帕古电气企业文化,已经迫在眉睫。

秦阳决定着手从营造企业的良好氛围开始。他和王雯玲商量,由仓库的袁慧萍牵头,人事部协助她展开三项工作:一是收集合理化建议,创建职工园地,一旦员工的建议被采纳,给予奖励;二是更好地利用公司网页,宣传好人好事和新气象;三是建立企业微信公众号,定期推送企业的各项动态活动。

袁慧萍在短短的几天时间内,利用业余时间,在人事部配合下,完成了这三项工作,令秦阳刮目相看。

为了配合企业文化的建立,秦阳吩咐王雯玲安排一次内容丰富多彩的团建活动,作为开展工作的开端,借此加深员工之间对彼此的了解,营造和谐团结的气氛。日后再安排一次家庭日,让每个帕古公司的家庭走入工厂,了解公司这个大家庭。

王雯玲来到秦阳办公室,面露难色地说:"我这又有一件棘手的事。"秦阳问道:"什么事?"

王雯玲拿出一份员工合同,告诉秦阳:"这份员工合同,表面上看不出破绽,每个条款都符合人事工作相关规定。但是有一个问题必须向你汇报:大部分员工,是按本市最低的工资标准签订劳动合同的,但每月发工资,需要员工提供发票。这样做的目的,表面上是少纳税,而真正的目的是逃避缴纳社保和公积金。这侵害了员工的利益,他们的合同没有表明应得薪水,影响以后退休金的收入,万一官司缠身,对他们都是不利的!"

秦阳的合同是跟集团签订的,他没太关注公司员工的合同内容,听王雯玲这么一说,觉得这是严重的违规行为。他似乎有些生气地对王雯玲说道:"你我都是职业经理人,应该明白事情的轻重。社保、公积金基数,一般是根据合同上的工资金额缴纳,工资低了,就少缴税了,这种做法,坑了员工的社保和公积金。虽然这种做法可以降低公司成本,但违反了社保规定。每个月还要员工自己搞发票冲账,更是违规的事,你应该早点提出来!"

秦阳来到帕古电气后,王雯玲在工作上对他帮助很大。这是他第一次责问王雯玲。王雯玲感觉委屈,他对秦阳说:"这都是领导的意思。我曾经提出过异议,被否决了。"

"岂有此理,你这样做,最终产生的结果,都由你来承担!影响你的个人声誉,我的王经理!你怎么这么糊涂啊。这也是企业文化?它带给我们的是负面的东西,时间久了大家都自然以为是我们这批领导做的决定呢。"

王雯玲被秦阳呛得无话可说,但是她知道秦阳的着急也是为了她好,她轻声地说:"道理我懂!现在总经理换了,拨乱反正的时刻到了!"

"这样吧,你先统计一下职工人数,如果按照实际的工资加社保的话,有多少人需要调整?要多支出多少费用?个人要多支出多少?按照避税的做法,就公司存在的危害和后遗症写一份报告,后面的事我来处理。"

王雯玲把整理好的文件用邮件发给了秦阳。

秦阳打开邮件中统计的数字算了一下,不算还好,一算吓一跳:整个公司每个月少缴纳社保和公积金50多万元!这可是一笔大支出啊!秦阳知道,尽管大部分民营企业不守规则,然而,作为职业经理人,他更愿意循规蹈矩。

秦阳了解了工资的发放过程,虽然合同约定的工资比实际收入低,但员工的工资是通过银行代发的。一旦遭遇员工仲裁,需要出示工资证明时,银行的工资流水,就是最好的佐证。不难发现:员工合同上列明的工资总和与工资发放总额不相符。财务部这样违规的操作,岂不给公司留下隐患?

秦阳决定更改发放工资的做法。他写了一份详细的报告,向集团老板汇报了此事,并表达了自己的意见。

很快,得到集团老板一如既往的批示:"此事请与贺来娣商量处理,她在这方面很有经验。"

还没等秦阳去找贺来娣商量这事,贺来娣就打来了电话,她带着抱怨的口吻对秦阳说:"秦阳,你怎么噶拎不清的啦,哪里有民营企业交全额社保的!所有民营企业都在想方设法避税。只有像BTT这样的外资公司,才需要全额缴税。这里根本没有全额缴纳的事!"

"我们已经输了一个职工仲裁的官司,如果再用压低基本工资的做法,避税去违规操作,一旦出现员工仲裁,我们就会再次成为被告了。"秦阳希望贺来娣能明白他的好意。

见秦阳如此固执,贺来娣有点生气,说:"你还不明白我的意思!估计你是听了王雯玲的话,才去向老板提这个要求的!她就是不想担责任,是不是钱不用从她口袋里掏出来的?多嘴!她还想不想做了?你不要去听她的。继续保持不变才对。"

秦阳不想把事态扩大,应付了几句,就把电话挂了。

贺来娣的意见是很清楚的:就是不让秦阳去改变现在的工资

发放模式。可是他还是想再征求一下杨总的看法。

杨总给的意见很中肯:"现在压低工资发放的做法,是在打擦边球,合同上的内容是看不出违规行为的,也就不能说是违法行为,所以你也不要太担心。"

既然杨总也这么说,秦阳决定暂缓改工资的计划。

秦阳把沟通的结果告诉了王雯玲,他回避了王雯玲失望的眼神,要求她继续维持现在的工资体系。

秦阳要想凭一己之力去改变已经存在的不合理现象,简直难于上青天!企业文化建立伊始,就遇到了来自贺来娣的阻力。陷入迷茫的秦阳,下一步何去何从,他真该好好思量!

20 建立生产管理体系

秦阳试图建立帕古公司的企业文化,但在推行制度化管理的关键时刻,就遇到了贺来娣这样的人,她才不会在乎你秦阳想要的企业文化。在她那里"权利"是单向的,他们对待员工的真诚与尊重的意识极度缺乏,在她的心里除了她们所谓的嫡系,无人可信!

这是一种可以预料到的结果,也是在民营企业必然会遭遇到的待遇。秦阳现在深深体会到了撼山易,撼动这些人的思想比登天还难。

秦阳还来不及细细思考下一步的计划时,被老季一个很急的电话打断了。老季请他马上去车间一次。老季忽然请他去车间,秦阳估计老季遇到什么棘手的事情了。

果然,来到装配车间,就见有一群人围聚在一起。看见秦阳到来,老季手指着已经安装完成的开关柜皱着眉头,很生气地说:"今天宋总不在,秦总,你来评评理,这样乱七八糟的接线质量合格吗?还有柜子内的线头东一根西一根的都不打扫干净,这样的产品质量怎么可以出厂呢?"他用手拉起几根已经接好的线对秦阳说。

秦阳注意到柜内的接线没有用线槽,只是用捆扎线简单地扎了一下,而且大大小小的线没有整理好,显得很凌乱。他对老季说:"这是谁干的活?"一位中年女工站出来低着头轻声说:"是我接的线,我是征地工进来的,也没有人给我培训过。"这时,接线组长模样的女工赶紧过来说:"秦总,不好意思,最近我们太忙了,人手也不够,只好让她也干上了。"

秦阳问老季:"总共有多少台柜子接线不合格的?""有十几台呢。"老季说。

秦阳对接线组长说:"质量部检验不合格的柜子接线全部返工,你安排一下。"

公司现在进入良性循环轨道,随着项目的不断增加,车间工人的人手严重不足,而这些征地工,原来只是这片土地上种地的农民,由于土地被征用才进入帕古电气的,他们原本就没有工作经验。要上岗做接线工等有技术含量的工作必须经过严格的培训和考核。除了这些征地工外,剩下的工人的素质也是良莠不齐。因为前期工厂处于怠工状态,流失了很大一部分熟练工人。怎么把这样的工人队伍规范、管理好,以保证产品的生产进度和质量,尽快使公司呈现出现代企业的管理品质,秦阳需要形成一个清晰的思路。他需要和宋怀山详细商量一下,需要发挥一下他在生产管理方面的作用,毕竟生产这一块归他管理,而他也是总部聘请的生产经理。

秦阳清楚地知道,随着市场竞争的加剧,对开关柜产品的要求越来越高,品种划分也越来越多,整体呈现多品种、小批量、短周期等特点。许多生产企业的问题也暴露出来,帕古电气在他接手前就曾经由于忽视产品品质管理细节而出现过重大质量问题。当时因生产管理及品质管理过程中的疏忽,接线套管的标签漏打了一行字符导致一批产品遭到客户投诉,公司不得已只好派人前去现场返工,为此就付出了近百万的损失,公司的信誉也受到了巨大的影响。

这天,中海油客户应李康要求来到帕古电气做设计交底,交底完成之后,客户提出要参观一下公司。因为是临时决定,也没做任何准备,李康和曹仁贵一起,带着客户在公司参观了一圈。没有想到,他们对公司的管理,提出了很多尖锐的意见。

在车间里,他们看到工具的摆放没有固定的地点;工人使用的工具都没有醒目的标记,要找一件合适的工具得费很大的周折;地面也很不干净、转盘冲床机上到处都是油污,工人的工作服也不统一,还有人穿着自家的衣服;在车间的地面上,毫无规则地堆放着不同类型的螺丝螺帽;裁短下来的铜排随处乱扔,废弃的电线和拆下来的开关、环氧树脂套管,躺在车间的一个角落里,有的看似已经放置很久而沾满了灰尘。在仓库里,尽管经过袁慧萍的努力,进出库的管理、检验及库存利用率得到大大提高,但堆放开关和配件的货架与成品的货架之间只有一个窄窄的、没有隔离的通道,货号和货品不相符合的情况还是存在,车间返回来的剩余电线与成品的电气有一部分混在一起。中海油客人走过各个办公室,还发现几台开着的电脑屏幕上有正在酣战的各类游戏。更有甚者,有人在明目张胆地开着电脑看股市行情。

看到这样的工作环境,他们问得最多的问题是:"在这种管理混乱的情况下,你们如何确保产品的质量?如何确保设计的图纸不会出错?"李康和曹仁贵被他们问得脸上一阵阵发烫。李康毕竟久经沙场,跟中海油也是多年合作关系,中海油客户也看到过以前帕古公司兴盛时期的车间状况,李康当着他们的面做了承诺,保证在近期对公司和车间管理进行大幅度的改进。中海油客人有点半信半疑地说:"我们过几个月还会再来这里,如果看到你们没有对车间管理作出改进的话,我们将重新考虑和你们签约的事。"

送走中海油客户后,李康急匆匆来找秦阳,商量如何尽快解决车间内混乱的问题。中海油客户无论对帕古公司还是对李康来说,都是不可以忽视的大客户。秦阳明白事情的重要性,他问李康:"以前马来西亚人没撤走时车间管理状况如何?"李康一听秦阳这样问,就很骄傲地说:"当时我们的车间管理模式不亚于BTT推崇的5S管理,否则那时我怎么可能跟BTT公司竞争取得海油项目呢。我还留有以前车间的管理手册,我去找找,马上发给你,我觉得这事情必须改变。您和宋总商量一下用什么办法更适合现在的公司状况吧!"秦阳听李康这样说,他心里已经做了决定,要马上着手安排做这件事。

生产车间管理法则归纳起来为对"人、机、料、境、法"五大要素的管理和规范。人,即对人的管理;机,即对机器设备的管理;料,即对物料的管理;境,即对环境的管理;法,即操作法和指导书。而其中的"境"即环境可直接影响到安全生产,也是创造优质产品的前提。秦阳曾经在BTT厦门公司待过一段时间,见识过那里的车间管理得井井有条,流水线布置、产品堆场极其合理、接线的品质也是一流的质量。他回想起BTT厦门公司的管理,清楚地记得他们是严格按照5S来管理的。这5S,也就是环境管理中的"整理、整顿、清扫、清洁、素养",对整个公司内严格执行过程管控、品质管控、缺陷管控。靠制度管理公司是他想做的事。对照自己公司的现状,巨大的差别令他感到责任重大。

秦阳把宋怀山叫来,告诉了他中海油客户提出的车间管理问题,并对他说:"中海油客户给我们上了一堂管理课。帕古电气公司应该尽快建立一种先进的生产管理制度,来提升公司内部的生产管理水平,改变现在无序的生产管理,提高产品的质量。你认为可行吗？"

车间管理是宋怀山的分内事,那天中海油客人来考察,他恰好不在,刚开始听到秦阳说的中海油客人考察时发现的问题时,觉得他们有点小题大做。他不以为然地说："不就是做做卫生,把环境搞得优美一些,这些事情太小儿科。那天他们来,我也没得到通知,早知道注意一下就行了,他们那是在有意挑刺、找茬。"他接着又说："这里的管理基础是在马来西亚人手里建立起来的,已经有了很深的印记了,要改过来有点难度。"

秦阳见他无动于衷,于是说："中海油客人的挑剔是一件好事,这说明我们的管理确实有问题,这里的管理水平离现代管理的目标很远,我们努力一下,争取创建一种新型的管理模式。其实马来西亚人在的时候也有他们很合理的车间管理流程,这是他们留下的车间管理手册,你以后也可以参考。如果当初他们也像现在这样管理是不可能实现年产值2亿元销售额的辉煌成绩的！那背后一定有严格的管理做后盾！"

宋怀山自视对生产管理很熟悉,他说："这要看什么管理模式,原来那些生产管理模式现在不一定适合这里,因为这里的工人基础比较差,跟原来工人素质不好比的。"

"5S管理模式你们以前用过吗？"秦阳问他。

宋怀山摇摇头说："我只是听说过这个管理模式,但是没有接触过。"秦阳见他没有5S管理经验,就告诉他："这种5S管理很神奇,5S是指5个以日语单词的罗马注音'S'为开头的词汇,分别是：清理、整顿、清扫、整洁、素养。这5个词,以及所表达的意思听上去非常简单,真的好像你说的环境管理,但却会对公司的车间管理文化产生深远的影响。"

说到这里,他看看宋怀山继续说："我不知道你以前用什么管理方法,但是我是看到过在BTT厦门厂内部使用5S管理带来的极大好处的。如果我们也使用了5S管理,我们的生产管理可以提升一个档次。"

"我也感到很惭愧,来了这么久也没有想到很好的办法去改变这种现状。5S管理具体怎么操作呢?您给我一点提示,我去安排。"宋怀山说。

"你去找一家5S培训机构,请他们给我们先做个方案,来公司帮工人做全面培训,只要坚持几次培训,几个月后我们就可以用5S进行管理了。"

宋怀山也明白事情的重要性,不敢怠慢。他很快找到了一家培训机构——一个颇有名气的西部培训公司,他首先通知西部培训公司对车间主任、班组长等人先期进行了5S学习培训。

刚开始培训的时候,大家都很不以为然,上课时也没当回事。几天后,西部培训公司老师指导参加5S培训人员,通过实地调查,用大量现场照片和调查材料,让公司的领导和员工受到了一次强烈的震撼。他们把推进5S的工作分为两大步骤,首先是推进前三个"S",即清理、整顿、清洁。清理,就是要明确每个人、每个生产现场,如工位、机器、场所、墙面、储物架等场地,每张办公桌、每台电脑,哪些东西是有用的,哪些是没用的、很少用的,或已经损坏的。清理就是把混在好材料、好工具、好配件、好文件中间的残次品、非必需品挑选出来,该处理的就地处理,该舍弃的毫不吝惜,特别是各种垃圾。培训老师告诫管理人员:"这些残次品及非必需品可以让你的工作效率大打折扣;而工作时间玩游戏是公司规章制度不允许的,会因此被开除的违规行为。整顿,就是要对每个清理出来的有用的物品、工具、材料、电子文件,有序地进行标识和区分,按照工作空间的合理布局,以及工作的实际需要,摆放在'伸手可及''醒目'的地方,以保证'随用随取'。"听上去"整顿"很简单,其实是很仔细的工作。电脑文件目录,就是最好的例子。一般来说,时间、版本、工作性质、文件所有者,都可以成为文件分类的关键因素。培训师结合自己的体会,向大家详细介绍了什么是电子化的办公。对一个逐步使用电脑、网络进行生产过程管理和日常事务处理的公司而言,如何处理好纸质文件和电子文件的关系,是养成良好的电子化办公习惯的重要内容。电子化的过程中,如果把手工作业环境里的"脏、乱、差"的恶习带进来,危害是巨大的。清扫,简单说就是做彻底的大扫除。发现问题,就及时纠正。但是,"清扫"与过去习惯说的"大扫除"还有一些不同。大扫除只是就事论事地解决环境卫生的问题,而清扫的落脚点在于发现垃圾的源头。就是在进行清洁工作的同时进行检查、检点、检视。随着3S(清理、整顿、清洁)的逐步深入,车间和办公室的窗户擦干净了,卫生死角也清理出来了,库房、文件柜、电脑硬盘上的文件目录、各种表单台账等重点整治对象,也有了全新的面貌。

直到这时,包括宋怀山在内的所有人,虽然都没有觉得引进的5S是什么灵丹妙药,有什么特别之处,不过,也不得不承认,这些日子每天早晨走进车间大家的精神面貌还是有了一些微妙的变化:人们的心情似乎比过去好多了,一些不拘小节的人、习惯散漫的人,多少也有了收敛;报送上来的统计数据,不再是过去那种经不住问的糊涂账;工作台面和办公环境,的确整洁、干净多了;工作服的问题也在人事部的监督下全部得到解决。

宋怀山明白这当然不是5S管理的全部。接下来培训师结合前一阶段整治的成果,向宋总进言:"5S管理的要点,或者说难点,并非仅仅是纠正某处错误,或者打扫某处垃圾。5S管理的核心是要通过持续有效的改善活动,塑造一丝不苟的敬业精神,培养勤奋、节俭、务实、守纪的职业素养。"

按培训师的建议,公司开始了推进5S管理的第二步:推行后两个"S",一个是整洁(Seiketsu),另一个是素养(Shitsuke)。整洁的基本含义是保持清洁状态,也就是坚持下去,使清洁、有序的工作现场成为日常行为规范的标准;素养的基本含义是陶冶情操,提高修养,也就是说,自觉自愿地在日常工作中贯彻这些非常基本的准则和规范,约束自己的行为,并形成一种风尚。培训师进一步说明,后两个"S"其实是公司文化的集中体现。很难想象,客户会对一个到处是垃圾、灰尘的公司产生信任感;也很难想象,员工会在一个纪律松弛、环境不佳、浪费现象随处可见的工作环境中,产生巨大的责任心并确保生产。

经过了严格的培训,5S 基本建立起来了。宋怀山知道这是一个需要经过长期努力才能维持下去的漫长道路!

而宋怀山通过 5S 管理培训也懂得了作为一名生产车间的管理者,应结合 5S 管理思想,以现场管理为出发点,通过开展自查与互查的方式,结合车间实际制定相应细则。车间各种用品、工具的摆放应当规范,并成为一种习惯。而他作为一名生产车间管理者应鼓励员工积极参加"合理化建议"活动,发现、探索各类提高现场管理的有效建议,并对相关建议进行分析,完善,付诸实施,以达到不断改进的目的。

几个月后,当中海油客户第二次来公司进行设计确认时,秦阳、宋怀山、李康一起带他们参观了车间,秦阳谦虚地请他们给予工作指导。他们吃惊地在车间里看到了专门的 5S 管理小组制作管理标准卡、奖惩条例以及 5S 控制程序。还有正在积极推进 5S 管理的各种标示,提醒大家时刻注意实施 5S。在生产车间和办公室,他们看到了处处洁净明亮的环境,物品放置井然有序,标识、看板各归其位,通道畅通无阻。

看完车间及各个部门,回到秦阳办公室,中海油客户开心地对秦阳说:"今天看到的贵公司的管理和上次看到的,有一种脱胎换骨的感觉,让我们产生很大的震撼。在这样严格和有效的管理者面前,我们相信你们一定会生产出高质量的开关柜来。"

秦阳热情地对他们说:"谢谢你们对我们公司管理提了很多宝贵意见,促使我们下决心去改变公司的管理模式。经过严格的培训,很明显在这样的环境中工作,员工的生产情绪高涨,工作效率提高,作业内容清晰,物流传递顺畅,作业空间浪费没有了,还无形地减少了生产成本。希望今后可以更好地通力合作!为海油提供更多优质的产品和服务!"

21 团建活动

送走了中海油客户,秦阳接到了人事部通知,本周末去江苏天目湖二日游。

帕古电气的业务已顺利展开;公司对员工的工资做了相应的调整;经过5S的培训,生产管理体系正在逐步建立。但秦阳明白,各项规章制度的建立是公司管理走出的第一步,要使大家自觉遵守规章制度,是一个需要长期持续的工作。

看着公司各部门呈现出一派生气勃勃的景象,秦阳觉得很欣慰。

王雯玲打算利用周末,开展一次全公司团建活动,希望通过这种方式增进员工之间的了解,增强团队凝聚力,她把想法告诉了秦阳,得到了秦阳的赞同。

这天高晓芳因家中有事,请假未去。

阳光灿烂的周末。五辆金龙大巴满载着近200名员工,浩浩荡荡地朝着溧阳出发了。

天目湖地处江浙皖三省交界地的溧阳市境内,

依山傍水,相映成趣。

秦阳和老季、曹仁贵三人悠闲地走在队伍的最后。他们来到天目湖旁,近距离地观赏和感受了湖光山色的秀丽,呼吸着这里天然氧吧纯净的空气。

山水环抱的溧阳,空气中弥漫着雾气的清新。雾气遮蔽着蓝天白云,朦胧中的青山绿水,呈现出一派别样的田园景色。来天目湖的旅游团队和游客非常多。络绎不绝的人流,挤满了天目湖的各个角落。

游艇是唯一的交通工具。一声汽笛长鸣,乳白色的游艇载着游客,驶向天目湖。

秦阳走到游艇的甲板上,极目远眺,湖光山色尽收眼底。整个天目湖呈现在眼前的是山拱湖水,游船在湖面上行驶了20多分钟,便到达了第一个景区——龙兴岛。

龙兴岛是天目湖山水园景区的重要组成部分,也是最原生态的,集生态观光、山林活动、健身休闲于一体的新型旅游区。

秦阳和老季、曹仁贵三人,穿越树林,走在用木板铺成的弯弯曲曲的小径,仿佛置身于清新自然的大自然的山水画卷中。

岛上气温很低,太阳躲进了云层,天空中飘起了雾一般的雨丝。他们游览了半月潭,大家无不为之而惊叹:一弯碧波似月,潭水清澈见底,潭中鱼翔浅底,两边山峦叠嶂,一股瀑布沿山泄流而下,飞金溅玉,好一个胜景仙境啊!

中午,大家一起来到了御水温泉饭店就餐。

这是一家旅游定点的餐厅,店里等待就餐的游客很多。导游提前预订了饭菜,没多久,饭菜就摆满了桌子。酒足饭饱后,大家开始了下一程的游玩。

这次旅游最有意义的事,正是从晚餐间的游戏开始。

晚上为了放松心情,秦阳给大家点酒加菜,美美地吃上了一顿,解除了白天游玩的疲劳。和秦阳同桌的是公司的中层干部:宋怀山、李康、王雯玲、曹仁贵、老季、王丽丽、莫丹先。席间,宋怀山提议玩游戏罚酒。他拿了一把调羹放在桌上,对大家说:"我来转动调羹,调羹停下时指向谁,谁就罚酒。然后由罚酒的人继续转动调羹,游戏继续。"

不会喝酒的王丽丽,不同意宋怀山的提议,她说:"我建议转到谁,谁就讲一个小故事,最后由大家评选出最优胜者给予奖励!"

秦阳表示赞同。大家齐声附和。

宋怀山用力转动调羹,调羹停下时,恰好指向了自己。大家一阵哄笑,叫嚷:"宋总讲故事!"

宋怀山想了片刻说:"我就讲讲儿子吧。去年,儿子 18 岁生日,他提出希望有一个有意义的成人礼仪式。在我的建议下,我们全家一起参加了义务献血。现在我们把全家的献血证明,放在一起,由他保管、留念。这算不算是个正能量的故事?"

秦阳点评说:"宋总这事做的有意义,一举两得! 是给孩子最好的 18 岁成人礼物,用行动帮助了需要帮助的人。我们大家一起鼓掌,谢谢宋总讲的好故事。"哗! 掌声一片。

宋怀山第二次转动调羹,这次调羹指向了王雯玲。

王雯玲很爽快地讲了这样一个故事:"有次在回家的路上,见一位大妈躺倒在地上,路过的人都远远地绕着走,我便走了过去,发现她好像昏迷了。我没有丝毫犹豫,就拦下一辆出租车,把她送进了第六人民医院,并请来了我的同学——主任医生为她医治。经过抢救她终于苏醒过来,原来她患有先天性心脏病,若再晚几分钟送来抢救就会有生命危险。见老人一时无法说话,我就去为她垫付了住院费,并联系上了她家属,然后悄悄离开了。"

大家听着故事,放下了手中的筷子,停止了咀嚼。听完她的讲述,纷纷议论起来:现在没人敢做这样的好事,就是怕被老人讹诈上无法脱身嘛!

秦阳看大家议论差不多了,才说:"这社会是有许多泯灭良心、不知感恩的人,但这毕竟是少数人,绝大部分人都是好人,我们不能因为这些道德焦虑而放弃了良知。王经理的故事也给我们大家上了一课,我们大家要向王经理学习,助人为乐!"掌声再次响起。

下一轮,调羹指向了李康。李康点起了一支烟,说出了这样一件事:"半年前,我到山西吕梁地区出差。那天在饭店吃饭时,看见有位穿着打了补丁的衣服、脸色苍白的大嫂,举了一块牌子,上面写着大意是丈夫过世,她身患重病,家中有两个不满10岁的孩子需要抚养,恳请好心人捐助善款帮助渡过困难。我上前问她需要多少钱可以渡过目前的困难。她说需要300元,支付小孩的学杂费。我当时选择了相信,掏出300元给了她,随后互相留下了地址。几个星期后,我收到了她的感谢信,信里附上小孩背着书包上学的照片。以后我打算承担小孩的学费,捐助他到毕业。"

"李总,怎么从没听你说起过?做好事不留名,佩服!"王丽丽很感动地说。

秦阳也被他的行为感动:"李总的行为告诉我们,我们身边有很多不为人知的善举,做好事不求出名。每人付出的关爱好比一滴水,聚在一起才能汇成江河,我们借鉴李总的善举,由公司出面,捐助公司的贫困户,让社会充满美好!"

调羹转到王丽丽时,她给大家讲了这样的故事:"有一次在外面吃完饭,刚走出饭店,迎面过来一对大学生模样的男女青年,女生开口问我要20元钱,说皮夹被偷了,没钱买车票。看他们衣服打扮入时,不像是乞丐,就问他们是干什么的,两人异口同声告诉我,他们是某某学校的大三学生,男生还给我看了学生证。尽管我半信半疑,但看到学生证后,我还是拿出20元钱给了他们。当时女生要了我的电话号码。两天后,我收到了女孩谢谢我的短信,说因为我的帮助,他们及时赶回了学校而免受学校处分。她给了我微信号,把钱还给了我。这件小事让我体会到了赠人玫瑰、手留余香的好处。"

王丽丽的故事很常见,10元、20元钱虽然不多,但由于大家已经被骗怕了,很少有人愿意借钱给陌生人,可她却做了,事实证明人与人之间还是需要建立信任感的。

轮到秦阳讲故事:一次下班回家路上,车开到一个拐弯处,突然听到"哐当"一声,下车一看,撞倒了一辆自行车。骑车人是个40岁左右的农民工,他坐在地上,手扶着脚,呻吟着。我赶紧上前询问他。突然间几个农民工模样的人聚拢起哄,我心想一定是遇到"碰瓷"了,为了减少麻烦,我毫不犹豫地拨打了110。片刻,一名警察骑着摩托车赶了过来。他先查看了现场,后又询问了我和骑车人。正在准备开单处理这次事故时,那一群农民工不知何时围了上来,他们拥着民警,推推搡搡地把他逼到了马路对面。不知道他们对警察说了什么。过了会儿,警察走过来对我说:"这事故很清楚,你是驾车转弯,没有避让直行的骑车人,驾车人要负全责。你们商量一下,私了吧!"他直接待一边去了!我顿时懵了,打110就是要避免这种情况出现,怎么会不按理办事!

这时天色已黑,路上的行人渐稀。那群农民工开始围攻我。一个人高马大的民工指着坐在地上受伤的民工说:"人都被你撞成这样了,你还不给点医药费意思意思啊!""是啊是啊。都不能动了,伤得不轻呢!"边上的人跟着一起起哄。

"我先送你到医院去检查一下吧?"我对坐在地上的民工说。"你给钱,我自己去看病。"他说。

我想向警察求援,可警察居然抽着烟,若无其事,根本不理会我。看来只能花钱消灾了。经过和农民工们的讨价还价,最后当着警察的面,给了骑车民工1500元。钱刚到手,大个子民工就一把从他手里抢过钱,仅留了200元给那个受伤的民工,然后一群人呼啦一下散了。

秦阳说到这里,宋怀山叫了起来:"你这不是正能量的故事,是反映社会阴暗面。"

"别急,我还没有说完呢,"秦阳接着说:"那群民工走了以后,我看见坐在地上的民工站了起来,准备离开。我对他说,我带你去医院检查一下吧,他摇手表示没事。但是我看着他困难地走了几步后,还是不由分说把他拉进车里,带他到医院,帮他挂号,替他付了检查和拍片的钱,幸好片子显示没有什么问题,只是一点皮外伤,简单处理一下就可以出院了。我问他干这事多久了,他告诉我这是第一次,是被逼着干的。我劝他以后找份自食其力的正当工作,不要干这种损人不利己的事了。他连连称是。"

秦阳接着说:"我说这件事的目的想通过碰瓷事件,说明一个观点:教育和拯救一个人比惩罚他们来得更重要。"

宋怀山感慨地说:"帮助一个人,就等于减少了一份社会不安定因素,这确实是正能量的故事。"

轮到莫丹先,他说了上次举报偷铜排的事。秦阳表扬了他的这个举动,保护了工厂的利益就是保护职工的利益。

老季分享了上次十几台开关柜接线返工的故事,既避免产品出厂后因质量问题被退回来的风险,也为公司的规范操作带了好头。

最后轮到了曹仁贵。他的故事很有代表性:"从原来的开关厂下岗之后,我看到很多下岗工人,没有渠道和能力再去找新的工作,尤其是四十几岁的女工,她们上有老下有小,失去工作对她们意味着失去生活来源。为了帮助她们,我把她们编成接线、装配和检验等几个小组,介绍她们组团打工。她们原本就是技术工人,这种组团接活的方法,的确帮她们解决了眼前的困难。但有一次却遇到了麻烦。我负责设计的一个变电站项目,由于温州老板选用劣质产品代替进口开关,造成变电站烧毁。肇事的温州老板被抓后,工人们几个月的工资都没着落,她们申诉无门,生活困难。我和太太商量,从家里拿出几万元,先垫付了她们的工资。还不知道何时能讨回这些钱……"

听完各自的故事,大家陷入了沉思,这次的交流,令大家感动,加深了彼此之间的互相了解。

最后大家一致认为,李康和曹仁贵的故事最出彩!

这是一次很有收获的晚餐,也是一次有意义的聚会。

天目湖的另一个重要景点是乡村田园岛。这个安静的农家小院,石磨、石臼、木杵和犁耙安放整齐,秦阳想象着坐在竹椅上小憩的惬意,享受着农家生活悠闲自在的乐趣,那是与城市生活完全不同的另一番风情。

见农田耕作浇灌用的水车在灌水,年轻人孩童般的跃跃欲试。看似简单,不用巧力还真是驱动不了它,老季在边上示范性地指挥,当一股清泉从脚下涌出时,大家欢呼雀跃,那真是开心一刻!

第二天,大家游览了著名的南山竹海。一望无际的毛竹倚山抱石,千姿百态,形声雄浑,情趣别致;千年参天古株,高耸挺拔,增加了南山竹海的神秘。山水相映,风光旖旎,景色迷人,大家流连忘返。

短短的两天,天目湖的美景让大家赞叹不已。返程的路上,大家兴奋地议论着发生的趣事、分享着手机里的合影,车载着意犹未尽的大家飞驰在回家的路上,撒下一路欢笑!

22 猎头猎物

自从秦阳到帕古电气出任总经理，BTT 低压部的沈伟已经打了好几次电话给秦阳，要请他吃饭。但秦阳一直推脱说忙没有时间。

今天他又接到沈伟打来的电话，秦阳实在不好意思拒绝就同意了，推脱已久的饭局终于兑现了，此时离沈伟第一次说要请他吃饭已经三个月有余，秦阳到帕古电气也已经六个多月。秦阳把沈伟约到了帕古公司，他们闲聊了一会，看着到了午饭时间，秦阳驾车把沈伟带到位于剑川路上宝龙广场的哈努曼印度餐厅。宝龙广场是个大型餐饮聚集地，里面有各种风味的餐馆，装潢、味道和服务都不错，广场里的其他几家本帮菜、川菜他都已经吃腻了，但对这家情有独钟。当然之所以带沈伟来印度餐馆，其实他不说沈伟也猜得到，秦阳是希望有点新意，而且因为他经常在这里请客还可以享受 VIP 待遇。

哈努曼餐厅服务员都身着印度服装。女服务员穿着还可以接受，男服务员看着就有点，不伦不类！

两人刚一落座,身穿纱丽的女服务员就满脸笑容地端上一盘薄饼,薄饼在印度食品里是最基础的主食,它分 naan,roti,papandum,使用的面粉及厚薄有些不同。比较适合中国人口味的似乎是 roti,它可以用来蘸各式酱料吃也可以做卷饼卷其他东西。沈伟对秦阳调侃地说:"大忙人啊,请了几个月了,今日总算请到您了,好饭不怕晚,这家馆子不错,印度的薄饼很好吃。"

秦阳没有翻看菜单就轻车熟路地点了经典的几道特色菜,咖喱鱼头、烤鸡、印度香饭,沈伟:"印度素菜也不错,还有拉茶,拉茶!"秦阳说:"这么巧啊,这地方你也来过?"

"不瞒你说,上海我没吃过的馆子还真少!"沈伟笑着说:"这好像是上海最早的印度菜馆吧,来过不止一次。"

沈伟端详秦阳一番,颇为关切地说:"你好像瘦了。"

秦阳揶揄道:"如今无论对方是男是女,最流行的恭维话就是'你瘦了',说的时候还要带着几分惊讶几分同情,最好再隐隐地透着一丝羡慕一丝嫉妒。你也真够俗的,不过你火候不到,没露出那一点羡慕的意思。"

"我本来也不羡慕你呀,我是说真的,你真瘦了,忙的吧?"

"你真是越来越俗了,现在的男人就怕别人说他不忙。对,我是忙瘦了,你想啊,我是冲锋陷阵,生活在斗争最前线了,能不忙嘛。"

"你不要打肿脸充胖子了,就你这脾气啊,估计你在和自己的虚荣心作斗争,我知道你日子不好过。"

秦阳依旧不承认:"这你可就说错了,现在没有人为了当胖子把脸抽肿,倒是有不少为了当瘦子把脸抽瘪,抽掉点脂肪、削掉点骨头……"

"行啦行啦,"沈伟不满地打断说:"你别扯远了。我是认真的,你在帕古电气是不是干得挺艰难的?"

秦阳觉得沈伟的目光就像是一架深夜里的探照灯一样,照得他一清二楚。又像是一位大人在和一个少不更事的小孩说话。秦阳向来最无法忍受的就是来自他人的同情,而在眼下的境况里,他更是将别人的关心视为怜悯加以排斥,将别人的帮助视为施舍加以回绝。秦阳避开沈伟的注视,瞥向墙边摆放的一尊印度神像,不以为然地回答:"我什么时候干得容易过?这年头,不管是谁,不管在哪儿干,都是一个字,难!"

"我听说你打官司输掉了,又被人举报了。你的那个老头老板到底对你有几分信任啊?"

秦阳见他这么说只得告诉他:"看样子你是已经了解过我现在的处境了。前段时间我确实打输了一个员工仲裁的官司也接到过招投标举报,可这些事情对一个现代企业来说也是正常的,只是我的运气不好,一上任就碰到这些事情。但是不会对我有什么影响,我还会继续做下去。"

"秦阳,人挪活树挪死,你要不找找外面的机会?你经历这么好,何必受那份气,考虑一下要不要来猎头公司试试,我们可是专做高层管理人员职位的!"

"现在还没有想法,我在帕古电气待的时间太短,还不到一年呢,先扛着吧。"

"那你也总得想办法找到转机啊,老这么扛着也太被动了,那个老女人要是总和你对着干,你有天大的本事也很难干成事啊。她现在对你客气,主要是你在帕古电气还是干了几件漂亮的事。你要是年终完不成业绩,她不就名正言顺地把你挤走了嘛,所以还是趁早考虑一下。"

沈伟见秦阳一副无动于衷的样子不禁狐疑:"你这家伙真是琢磨不透。但不可能没打算的,你肯定已经有主意了,快,透露透露,你准备怎么咸鱼翻身啊?你放心,我的嘴很严的。"

秦阳忽然笑了,而这时服务员也恰好把盛在考究的铜盘铜碗里的菜端了上来,他兴致极高地抄起刀叉,对沈伟说:"哎,你还记得《阿飞正传》这部电影吧?"

"当然啦,看过啊,是王家卫导演的片子。不过已经很久了,你有盘吗?我也很喜欢这部片子,这种片子会有DVD吧?"

秦阳说:"我至少比你多看过一次,记得很清楚电影里讲到过这世界上有一种鸟是没有脚的,它只能一直飞呀飞呀,飞累了就在风里面睡觉,这种鸟一辈子只能下地一次,唯一一次就是它死亡的时候。那种鸟是存在于神话传说里的荆棘鸟,这样说的意思就是一辈子都在寻找自己想得到的东西,譬如电影里的主角。当他一旦停下了脚步,因为无所依靠,便犹如死亡。"说着,秦阳举起了叉子……

看到秦阳如此,沈伟立刻兴奋得挥舞着手里的刀叉,和着秦阳的节奏齐声说:"飞呀飞呀飞!"两人说完又一同开心地大笑起来。

秦阳先收住笑,随即有些怅惘地说:"好久没这么笑过了。"他一边拨弄着盘里的咖喱鱼,一边说:"我现在要做的,就是活着,比比看谁的气长,胜负与成败都是暂时的,无所谓,谁活到最后才真正见分晓。"

沈伟仍想不出秦阳日后在民营企业的转机在哪里,但见秦阳如此,也不多问,话题一转说:"我说了你可别不高兴啊,你现在是不太顺利,我最近倒真是很顺利,各方面情况都不错。自从我离开BTT加入了猎头公司,我前前后后帮BTT的兄弟们介绍成功了四个公司总监以上的职位,包括那个老是找你麻烦的讨厌女人肖珍,我都给她找到了一个西门子公司的工作。你们帕古电气……"沈伟忽然刹住,觉得自己未免有些幸灾乐祸的嫌疑,他偷瞟了一眼秦阳却见秦阳很大方地丝毫未予理会,正专注地撕开薄饼往嘴里塞,便又接着说:"就是有一个情况让我觉得有点奇怪,他们告诉我你现在的处境,我怎么也没有想到你老兄会在帕古电气混,而且还碰到了这么多的奇葩的事情。"

秦阳听了沈伟的介绍,对他现在的猎头工作倒是非常感兴趣,他对沈伟说:"我还不知道你去了猎头公司呢,讲讲你们猎头公司的新鲜事吧。"为了转移一下对自己的顾虑,他希望听听沈伟的猎头故事。

沈伟见秦阳问他猎头的事,立马来了劲头:"我到这家猎头公司有半年了。猎头的生意真的很好,他们的收入和我们传统意义上的薪水概念完全不同。最近我又接到一个单子,180万元的年薪寻一个企业高管,能接到这样的单子我运气很好,爽死了,一般一个月就可以搞定,事成之后就可以拿到他们年薪的30%,就是54万。而我在BTT做死做活一年也拿不到这么多呢。"他看秦阳很认真地听着,继续说道:"我现在想自己开一家猎头公司,假设一个公司10个员工总的开支包含office的租金电话费也就10万元,按每月平均可以完成6~8个case,当然一般都是60万~100万元的,收费按30%就有108万~240万元左右的收入。你看好不好?虽然我也知道开公司会有风险,但是猎头公司风险是可控的。何况做什么事都是有风险的,你看你现在做得多憋屈呢。"

秦阳对沈伟的看法还是停留在以前他在BTT的认知上。他是从农村出来的,经过自己的努力考上了国内的名牌大学。他在BTT一直不得志,郁郁寡欢。他问沈伟:"你怎么会想到去猎头公司做中介的呢?"

沈伟放下刀叉,注视了秦阳一会说:"很多人对猎头理解有误。猎头英文是headhunter,这里面有两方面的意思,一个是智慧,就是那些有才华的人,一个就是头目,一般都是经理、总裁级的人,所以大家会误会猎头公司只是高级中介,其实有点错误,猎头公司是'高级管理人员代理招募机构'的俗称。是组织搜寻高层管理人才和关键技术岗位人才的招募服务组织。我们的优点是能够提供专业性、针对性的服务,保密性高,节约时间,说白了猎头找的是那些永远不愁没有工作的人,而中介只是帮那些在找工作和找不到工作的人找工作。"

"猎头要经常去做发传单等事情吗?是不是像我这样在外资企业干过的人会是猎头公司的主要猎物?"秦阳一半打趣地问他。

沈伟见秦阳不太了解猎头公司业务,于是他说:"如果你在一个专业的猎头公司工作,你的经历你的职业性会让公司对你有信心,给你更多的单子,让你的candidate更愿意把自己托付给你。最后的discernment是出成果最重要的一环,你要对你推荐的candidate给出至少70%以上的判断,这方面每个人用的方法不同,有的喜欢打听candidate身边的人,有的喜欢用test,而我个人比较喜欢面试时的聊天。当然有些人很健谈,很会包装自己,不过猎头都比较喜欢没有包装的真实的你,就像你这样的人。其实这样对公司也是对个人负责,因为工作是长期的,所以我一般都会选择长期跟踪那些高层,例如你。还有我特别讨厌的是频繁跳槽的人,昨天我推给公司的两个人都是因为每年跳一次槽的原因被公司退了回来,越到高层对频繁跳槽越敏感。"

秦阳听了却暗自觉得蹊跷,他知道猎头公司是个需要去了解人、企业和进行职位分析的行业,按理决不会像沈伟说的如此简单而又有诱惑,他好奇地问:"你真打算放弃你的专业在猎头公司一直干下去?"

"我刚入这行,而且才发现的金矿还没有挖到呢!我起码会在猎头公司干一段时间。赚点钱再说。"沈伟很自信,他接着又问秦阳:"你知道吗?贺来娣在外面说,她要到你们公司来当法人代表兼董事长,你知道这事吗?"

秦阳听到这个消息感到很突兀,他说:"我没有听到有人跟我说过,是谁告诉你的?"

"是BTT低压部的魏经理告诉我的,他的消息一般不会有错的。"沈伟说着又补充了一句:"如果她真的来当了董事长,你怎么打算?"

秦阳对这个突然出现的问题还没有考虑过,他也不想过早地在沈伟面前暴露自己的真实想法,他如实地说:"这个问题我还没有想过,到时候走一步算一步了。"他对这个消息很敏感,这确实关系到今后自己的出路问题。不过,他不想在这个问题上和沈伟讨论。于是他又说:"你现在做猎头,我要请你帮我个忙了,我们公司目前有几个部门很缺人,尤其是技术部门,另外我还想成立一个工艺部门,需要找几个有经验的人过来帮忙,你能帮我看看有合适的人选吗?"

沈伟乍一听秦阳要他帮忙找人有点吃惊,猎头公司要找的都是高层管理人员和高级技术人才,但是他还是对秦阳说:"虽然你们要找的人估计工资也不会高到哪里去,猎头公司的收益也不会太多,但是作为朋友我可以帮你的忙。"说完沈伟还特地加了一句说:"这仅仅是帮你的忙哦。"

正在这时,穿着纱丽的女服务员过来给他们添酒,酒瓶一个没拿稳不小心把酒撒到了秦阳身上。服务员还没来得及道歉,沈伟就生气地说:"你是新来的吧,毛手毛脚的,真不知道你们酒店怎么培训的。"

服务员一脸紧张不停道歉,可沈伟不依不饶地继续说:"赶紧把你们经理叫来,否则这事没完。"

面对这种情况,秦阳说:"没什么要紧的,不过是沾了一点酒,她也不是故意的,我看还是算了吧。"

沈伟仍然生气地对服务员说:"看在秦总的面子上,马上给我出去,换个懂服务的人来。"

这名服务员一听,匆忙退了出去,沈伟还在那里吧啦吧啦的说个没完,说对这种人就要狠一点,让她们知道厉害,保证下次再也不敢了。

秦阳说:"其实真没什么的,不过是一件小事,再说对方也不是故意的,你就没必要为这事情生气了。"

秦阳见他对待一个服务员是如此态度,顿时感到这顿饭吃得索然无味,因为他从来没有想到沈伟会变成这样一个心胸狭隘的人。他认为一个高层次的人和自己的善良是成正比的,遇到事情,他们会传递自己的善心,这些并不是他们刻意去做的,而是内心最真实的选择。他记得不知是哪位名人说过的话:善良的心,就是黄金。

沈伟和秦阳分手后回到公司已经很晚了。他打开电脑,进入自己猎头公司的人才储备数据库,他想先从公司的人才库中查找一下秦阳需要的工艺人才。他在电脑上打了四个字:开关工艺。电脑上马上跳出了一列名单。他浏览了一下这些人,基本上都是各类电气公司的管理人才。就在他要失望放弃的时候,他忽然在最后的几栏人名中看到了一个叫霍建新的工艺师,由于他的猎头工资比较低,所以猎头公司把他放在了很不显眼的地方了。沈伟查了一下他的履历,发现霍建新也是上海开关厂出来的,不过他离开开关厂后也一直在干着工艺的工作。看到这里,沈伟很开心,他觉得这个人会符合秦阳的需求,真是得来全不费工夫。他马上给秦阳打了个电话:"秦阳,有个你们开关厂的叫霍建新的你认识吗?"

"霍建新?"秦阳乍一听这个名字有点陌生,他对沈伟说:"我可能离开开关厂的时间长了,记不得了。他是什么时候离开开关厂的?"

沈伟查看了一下电脑,回答说:"他是2006年离开开关厂的,他是1981年进的厂,要不要我安排他到你公司来面试一下?"

"好啊,太谢谢你了!"

沈伟通知霍建新第二天就去帕古电气公司面试。秦阳把曹仁贵请来,两人一起对他进行了面试。面试前,秦阳问曹仁贵是否认识霍建新。曹仁贵竟然说和霍建新很熟悉,他告诉秦阳这个人无论人品和技术都不错,以前是开关厂工艺科的技术负责人,他对开关柜工艺尤其熟悉。

听曹仁贵这样介绍,秦阳也就心里有了底,他忽然想改变面试的程序,他想先请霍建新到车间去实地体验一下这里的工艺情况,然后再来对他面试。他对曹仁贵说:"这样吧,你既然跟他很熟,就先陪他去车间转转,请他看看我们这里的安装工艺情况,然后你再把他带过来我们一起和他谈谈。"

于是曹仁贵就先带着霍建新到车间去了。

在车间,他们看了开关安装和开关柜的装配和接线,霍建新向曹仁贵详细打听了产品的情况和他关心的其他信息。看完整个车间大约一小时以后,曹仁贵把霍建新带到了总经理办公室。

秦阳请霍建新坐下,给他倒了杯茶,他看看霍建新,还是感觉陌生,并不记得他。他对霍建新说:"我以前在开关厂时好像不认识你,你认识我吗?"

"我认识你的,你当时负责自动化产品设计,我在负责配套产品工艺,只是我们没有打过交道。"

"我们是老同事了,我也不和你客气了,看了我们车间的工艺,请帮我们提提改进意见好吗?"秦阳一方面想请他对公司现在的工艺做个评价,同时想了解一下他的能力到底如何。

"秦总,我和你不熟悉,但是和曹经理很熟,我也就不客气说说我的看法。我看了下面车间的开关柜的工艺,先提几个看法,如果说的不对就当我没说。"他看到秦阳对他点点头,于是说:"开关柜要求柜体内任意两个金属零部件通过螺钉连接时如有绝缘层均应采用相应规格的接地垫圈,并注意将垫圈齿面接触零件表面,以保证保护电路的连续性。但是我看到工人就直接用平垫圈在接接地线。另外,电缆与柜体金属有摩擦时,需加橡胶垫圈以保护电缆。电缆连接在面板和门板上时,需要加塑料管和安装线槽。但是我看到门板上的塑料套管没有安装线槽在门上晃来晃去这样很不安全。还有柜体出线部分为防止锋利的边缘割伤绝缘层,必须加塑料护套。我也没有看到有。当需要外部接线时,其接线端子及元件接点距结构底部距离不得小于200毫米,且应为连接电缆提供必要的空间,我看到最下面的接线位置不足100毫米。"说到这里,他看了看曹仁贵,似乎怕说的过头。

曹仁贵对他说:"你说的这些现象我也知道,也和车间提过,但是因为没有具体的工艺文件,工人们还是按照自己的经验和习惯在做。如果我们有自己的工艺文件就可以让他们严格执行,还可以要质量部严格把关了。"

霍建新对曹仁贵说:"工艺文件是一定要有的,不然说了也白说。我在其他公司经常看到较严重的问题还有电线的使用和安排。按规定,信号线最好只从一侧进入配电柜,信号电缆的屏蔽层双端接地。如果非必要,避免使用长电缆。控制电缆最好使用屏蔽电缆。模拟信号的传输线应使用双屏蔽的双绞线。低压数字信号线最好使用双屏蔽的双绞线,也可以使用单屏蔽的双绞线。模拟信号和数字信号的传输电缆应该分别屏蔽和走线。在屏蔽电缆进入电柜的位置,其外部屏蔽部分与电柜都要接到一个大的金属台面上。我看到很多公司好像很随意,经常出事的。"

秦阳听霍建新说了这么多的问题,心里已经有了决定了。他要建立公司的工艺标准,规范车间的管理和确保出厂的产品质量,这个人是很合适的人选。于是他对霍建新说:"你提的这些问题很重要,这也是我急于想要去规范的地方,如果你愿意的话,就请你负责这项工作,你看如何?"

其实,霍建新一来到帕古电气见到曹仁贵、秦阳这些老同事,就感到亲切。又见秦阳是这里的总经理,他就已经决定留下来了,当听到秦阳这样问他,他毫不犹豫地就答应了。

为了尽快推进工艺改进,让车间的生产流程更加顺畅,也为了产品的质量安全,秦阳让王雯玲马上为霍建新办理了入职手续,暂时安排在质量部由老季分管。

霍建新来了以后,不负众望,花了近一个月时间,整理出了帕古电气的工艺文件,宋怀山安排他为车间班组长以上的车间负责人做了详细讲解,也开始要求工人们按照工艺文件严格操作了。

23 奖金风波

尽管面对许多困难和不顺利，但秦阳想在帕古电气继续干下去的决心还是大于猎头们的诱惑。在发工资前几天，王雯玲拿着工资、奖金表来请秦阳签字，每月 15 日是帕古电气公司发工资和奖金的日子。那天是 10 号。秦阳看到全公司人员社保和公积金缴纳情况还是按照原来的模式操作，尽管心里有万般无奈，也只能如此，他甚至没有抬头看王雯玲一眼，就用自己的万宝龙笔在工资部分匆匆签上了自己俊秀的名字。

看到奖金单子他停了下来，"本月奖金部分和上月有什么变化吗？"他问王雯玲。

"这个月车间工人的奖金部分有点变化。"王雯玲说着抽出几张单子说："这是金工车间和装配车间的工人奖金单子，宋总已经签过字了，我是按照这份单子做的奖金。"

秦阳接过王雯玲递来的单子仔细看着，越看越觉得不对。他发现装配车间的奖金是按照装配台数来计算奖金的。计算时将装配工人、接线工人还有铜排工人总工时平均分配每台的奖金。金工车间是计件来计算奖金的。仓库和车间其他部门都是按照以往的定值估算方法来计算奖金。奖金的发放没有一个统一的标准,最多的一个人的奖金已经超过他的工资两倍了,而且这次全公司的奖金要占工资总额的60%,这完全是随心所欲的计算。想到这里,他对王雯玲说道:"这份单子问题比较大,不能按照这份奖金单子发放,如果就这样发下去,会造成车间每个部门之间的严重不平衡。这样吧,你去把宋总和车间李主任请到我这里,我们四个人商量一下如何解决这个问题。"

不一会儿,宋怀山等人陆陆续续地来到了总经理办公室。

秦阳把想要讨论的事情交代了一下,然后对王雯玲说:"王经理,今天你来主持这个小会。"说完,秦阳不再去看王雯玲,顾自拿出笔记本,准备记录。他知道只要把事情交给王雯玲,以她的职业素养是会处理好这件事的。

王雯玲有点惊讶秦阳没和她打招呼就要她主持。但她很快就镇定下来,进入了角色,她说:"奖金的发放是为了激励员工更好地为公司创造价值,调动职工工作积极性,不断提高劳动生产率。所以要贯彻各尽所能、按劳分配、多劳多得的原则。现在我们公司的奖金发放原则基本上是各部门各显神通、各自为政、五花八门的,什么都有。公司现在需要制定一个统一合理的考核办法,它既不能让职工吃亏,也不能在操作上毫无原则可寻。"

宋怀山一边听着,一边心里嘀咕,这奖金的计算和发放原本是他负责的一亩三分地,看样子是没有达到秦阳的要求。秦阳今天安排讨论奖金发放制度,却没有让他来主持会议,明显是在责怪他没有把这事做好。经过前几次的事情他已经很佩服秦阳的为人了,秦阳今天这样做他明白也是希望集思广益,帮着他把这一部分尽快规范。想到这里,一时间红了脸但碍于面子他还是说:"现在出现的问题是我们没有实行全员劳动定额管理，没有考核也没有记录，更没有完整的制度。各自搞一套方法。这样就很难管理。"

王雯玲冰雪聪明，听宋怀山这么说，看似轻描淡写，实际上是在推卸他的责任，把事情往人事制度上引。她也不露声色地说："劳动定额是编制计划、组织生产、定员、开展经济核算、实行计件工资和奖励，以及衡量劳动效率的基础依据。这个工作需要生产部门和相关车间针对自己的工种来确定定额，只有在确定了自己的工种定额后才能在这个基础上制定出公司的定额管理制度。"

毋庸置疑，每个岗位的工作内容都是不同的，只有在确定了工作内容后才能汇总出整个公司的定额管理制度，而定额的确定是生产部门的事。皮球又巧妙地踢给了宋怀山。宋怀山在企业干了这么多年，老江湖了，他很快就又为自己找到了理由："确定岗位定额管理，首先需要有专门负责的定额管理人员来计算和核对岗位的工时定额，现在仅靠车间现有的人员来操作，很难完成庞大的工作量。在实行定额管理的企业都会设置专门的定额员，没有专职的人是行不通的。"

秦阳静静地听着他俩你来我往的对话，没有去阻止他们各抒己见，他知道只有在保护他们自己利益的时候，他们才会把自己对这个问题的想法表述清楚，不过现在谁也没有办法说服对方。看到李主任一直安静地听他们说话，没有插嘴。秦阳问他："李主任，现在车间里能抽出人员来做定额管理工作吗？"

见秦阳点名问他，李主任回答说："现在车间每个人都是定岗定编的，没有多余的人员，不过要是暂时没有招到专职人员的话，我可以想想办法请个人兼职做一下。"对于奖金的发放是他最近颇为头痛的事，车间有活干了，工作忙起来了，随之而来的问题就是每到临近发奖金的日子，工人们都来找他算奖金。工人们的心情可以理解，毕竟辛辛苦苦一个月为的就是可以有满意的回报。但每个人的工作量和岗位都不同,计算方法也不相同,他现在也是凭经验、拍脑袋,如果公司能够推出统一的定额管理方法,他也会省心很多。

秦阳知道李主任是个老实人,但他今天的话既不得罪宋怀山,又没有冲撞王雯玲,而是站在宋的下属的位置上主动承担了原本就应该他们部门负责的工作。秦阳知道这是他该表态的时候了。他说:"公司经过前段时间的努力,现在各项工作已然开始走上正轨,但是我们还发现有很多地方需要我们合力去完善和细化管理。生产部门需要制定劳动定额,产量定额或工时定额,实行有定额的劳动。不能实行劳动定额的,要本着有利生产、提高效率、节约用人的原则,确定岗位额,只有这样我们才能既不让职工们吃亏,更凸显公司的管理水平。"

说到这里,他特意停顿了一下,注视每个人的反应,宋怀山一边抽烟,一边不断地点头,显得很谦恭地听着。王雯玲在笔记本上记着关键的部分。李主任注视着秦阳,认真地听着,脸上的表情似乎在告诉秦阳我们都会听你的。秦阳接着说道:"劳动定额的管理有两个方面:一是公司定额管理。负责各生产单位间具有共同性的、生产条件基本相同的项目的劳动定额编制和修订;负责平衡各生产单位的劳动定额水平;负责公司劳动定额汇总、实耗工时的统计和分析;负责整理和积累定额资料,研制劳动定额标准;负责对生产单位劳动定额管理工作的监督管理以及对外相关报表的提供和分析工作。二是生产单位定额管理。生产车间主要负责劳动定额的贯彻及内部劳动定额的管理,掌握和平衡各工种、各班组、各工序的定额水平;组织内部写实、测时及对工序劳动,保证劳动定额的先进性与合理性。这些工作我们要在最短的时间内完成它。"

王雯玲关心的是眼前的奖金如何发放的事。她抬起头望向秦阳,有些急切地说:"定额员我会去招聘,定额管理制度我们也需要时间去研究。但是,现在我们当务之急是当月的奖金如何发放。"

宋怀山深吸了一口烟后说:"定额管理人员设置要根据实际情况明确1~2名专(或兼)职,而且定额员要求要由具有一定的工艺和管理基础,熟悉本单位的劳动组织和生产情况的人来担任。另外,王经理刚说的奖金的事我说一种方法大家看看是否合理。非定额人员按照平均奖的方法发放到部门,由部门领导机动调整本部门的奖金分配。车间有定额的工人按照实际完成的工作先统计出工作量,然后根据工作量来制定每人的奖金。具体的计算方法可以根据公司总的生产进度量来决定。假设公司安排的指标为分母的话,分子就是每个人的工作量。"

"宋总,是不是可以具体讲一下其中的操作细节。"李主任似乎不明白如何操作,他问道。

宋怀山慢慢地又点燃一支烟,他打开了自己的笔记本后说:"好!我具体讲一下操作细节,关于工时考核及管理办法。(1)平均月奖600元,其中基本奖为400元,200元作为工时奖。个人最高工时奖为350元,但由于工作需要导致个人本月工时特别多的,单位根据实际情况给予适当加奖。(2)工作基本按照轮流原则进行安排,但上月月奖低于平均奖和本月在同工种中工时最低组员,可以要求优先安排。(3)工时表上墙,做到当天记录统计。对于临时安排的工作下班前相关技术人员必须开好工时单。(4)年休假及公出人员的工时核算,按照本工种月底日平均工时作为补偿工时。如:钳工月底共600工时,本月实际工作日为22天,那么日平均工时为:$600 \div 6 \div 22 = 4.5$ 工时/日。(5)上班时间除单位安排的培训、学习计算入工时外,另外如个人技能鉴定培训等无工时,原则上应在业余时间上课。节假日享受3倍工资的工作,不计入工时。(6)在工作中出现故意拖延时间或者检修质量差返工等情况,不体现工时,同时奖金考核按相关规定执行。(7)如对技术人员开出工时有异议,可在开出工时一周内要求相关技术人员重新评估工时,工时开出一周后不允许重新评估工时,为了对所有组员公平,工时结算的最后两个工作日禁止对工时的重新评估。(8)对单位加班的组员,加奖20元/次,加班8小时内算8工,8~16小时内按16工计算。这些内容是我已经在考虑的定额工时的管理方法,还不很成熟,我抛砖引玉,请各位参考一下。"

王雯玲对宋怀山介绍的定额管理办法很不以为然,她心里清楚他的方法来自他此前任职的公司,但她也不愿意当面揭穿他,她只是抛出她的问题:"宋总,你这个方法考虑得很详细了,但是需要对基本工时做每天的统计工作,远水不解近渴。我们现在需要一揽子解决本月的奖金发放问题。我的看法是可以在你介绍的办法的基础上做一些改进,来解决目前的问题。具体就是:先确定公司总的奖金数和总的工时数。然后由班组长确定每个员工的具体工时数,比方说公司总奖金和总工时数的比为100%的话,个人的工时数除以总的工时数就是他的奖金数字。如公司的奖金是1000万元,总工时数为1000000小时,那么个人如果工时数是600的话,扣除基本工时550的话就是50/1000000,就是百分之0.005%。1000万元的0.005就是500元。"

"现在首先要考虑一下非定额人员和定额人员的奖金比例额,这样就比较容易去确定工时定额的基数。我们也可以用最快的时间统计出每个人的工时数了。"李主任很赞成王雯玲的说法,他对着王雯玲点着头。

"秦总,非定额部分的奖金会考虑到整个公司的所有部门,包括财务、行政和司机等部门,所以我们要划分出一个比例额。李主任,你大概需要多少时间可以完成每个人的工时统计工作?"王雯玲问他。她其实很急,她知道要不了多久财务部王丽丽就会来问她要工资、奖金发放的表格。

秦阳不想插手这些具体的事项，他自己要考虑的事情很多。宋怀山是集团为自己派的助手，他也不想让他太难堪，于是，就对宋怀山说："宋总，你刚才的方案很具体，也很有可操作性。现在你和王经理一起确定一下到底多少部门属于非定额管理部门。再确定一下定额和非定额两个部分的奖金分配基数。最后我和你一起确认最终标准。这个工作你来牵头，争取后天完成，你看如何？"

宋怀山见秦阳很重视他的观点，又把这项工作的最后定夺权交给了他，他心里很感激秦阳的信任，顿时提起了精神，说："李主任，我们除了要确定奖金的具体分配以外，还要有业绩考核办法。我想可以按工作量、工时多少及工作质量和劳动纪律遵守情况来评定组员的业绩分数。如果有违反劳动纪律、迟到、早退的业绩考核按相应规定执行。请假应该每月不得超过三次，若超出三次，将按每次20元进行扣罚。上午请假不得超过1小时。对拒不执行工作任务，或讨价还价的扣当月奖50元/次，第二次将不再分配工作。"

王雯玲见秦阳先肯定了宋怀山的方案，然后这样安排宋怀山的工作，不但让宋怀山自尊心得到了满足，还激发了他的积极性，也使他拿出了他的方案，她很佩服秦阳的用人之道。于是她也对宋怀山说："宋总，这事你要多费心了，需要我配合的地方尽管开口，你只要把方案拿出来，最后形成文字和形成公司的定额管理制度由我们行政部门来具体落实。"

李主任见他俩已经化干戈为玉帛了，他心里很清楚他们这是在秦阳协调下作出的互相让步，于是也就顺着王雯玲的话说："我今天回去后就马上把班组长召集起来要他们连夜把每个人的工时数统计出来，明天我就争取交给宋总。"说完，他还特地看了秦阳一眼，又补充说："制定工时定额时还要考虑一些特殊的情况，凡新开发或引进的产品，在生产试制期，各生产单位要建立产品试制劳动定额,试制定额水平可适当降低,但应把工时定额完成率控制在150%以内;试制产品转产定型后以及其他各类成型产品,其工时定额完成率应严格控制在80%～130%之间。"

宋怀山对于他的这个直接下属的意见感到很惊奇,他知道李主任平时不善言辞,也不会多发表意见,今天他的话明显多于平时了。他点点头说:"这个我会考虑进去的,你考虑得很周全。"

两天后,随着工资的发放,奖金也一起发放了。这次奖金的发放是公司在满负荷运转下的第一次发放。大部分的部门员工都拿到了颇为可观的奖金数。见到大家脸上心满意足的表情,秦阳的心情也随着明亮和舒畅起来。

他知道现在整个公司的运作和管理才刚起步,离现代化企业的管理差距很大,就是跟好一点的电气制造企业的管理水平也无法相比。想到当年这个仅次于BTT、西门子、施华罗的电气公司今日竟然落到如此田地,秦阳心里也不无惋惜。尽管面对重重阻力,他还是想尽自己最大努力把这个企业引导到一个现代化管理方向上,秦阳想如果可以做一些横向的比较的话差距就会立马显现出来了。想到这里,秦阳想起上次李康给他的那份保存完整的原帕古公司车间管理条例,他马上拿出来翻看了起来,里面的确有许多关于工人奖金分配模式的规则,很详细、科学但大多不再适应现在的环境。秦阳又是一声叹息!他快速在脑海里搜索了一下高规格的知名电气制造企业,BTT、施华罗、西门子,当西门子的名字跳入他脑海时,他马上想到了老季,老季在西门子工作了15年,他肯定对西门子了如指掌。他发了个微信:"过来一下。"接到微信不久老季就来到秦阳办公室。秦阳把现在公司讨论工时定额的事告诉了他,并问道:"西门子电气公司的工时定额管理方法你清楚吗?"

老季眨巴着眼睛,没有想到秦阳问他这个问题,他坦白地说:"你要我简单地介绍一下可以的,但是要我详细说出具体的定额管理方法就为难我了。"

秦阳了解老季是个有十分说十分的人,他既然这么说了,就说明他不是很了解这方面情况,于是就放弃了请他拿出西门子管理办法的打算,转而对他说:"我想安排公司管理人员去参观一下西门子电气工厂,你看看是否可以安排一下?"

老季听秦阳要他安排参观西门子公司,他当场爽快地答应了:"好啊,这个没问题,我马上就去联系一下西门子的老同事,请他们安排一下。西门子电气公司就在虹中区,离我们这里很近。"

在老季的安排下,由宋怀山带队,帕古电气公司相关的管理人员应邀都去参观了西门子电气公司。老季毕竟在西门子工作了15年,他带去的人员得到了西门子公司的高度重视,公司总经理出面接待了他们,生产副总经理将西门子的定额工时管理方法做了很详细的介绍,又带他们去车间看了定额展板。这次参观对宋怀山触动很大,他发现自己以前的那一套管理方法都过时了。他表示要与时俱进,回去后认真完善这项工作。

经过几次反复讨论,帕古电气最新的工时定额管理制度终于出台了,王雯玲也已经招聘了两名定额管理人员,这项工作如秦阳预料的走入了有序化管理。

秦阳在有意淡出公司的基本管理事务,他不想把自己的时间捆绑在公司内部的管理上。他清醒地认识到,公司管理只是一种自然形成的文化,这种企业文化是有跟随性的,他随着企业第一把手的离去会发生很大改变。他现在要思考的是企业的发展和业务的模式。按照目前电气制造行业的平均水平,就算你业务饱满的话,到了年终结算,扣除运营成本后也就 3~5 个点的利润。就算你完成一个亿的销售额,也就只有 300 万~500 万元的利润,要是稍有不慎,就会出现亏损。身处民营企业,盈利了自然没有生存问题,万一亏损了,对一把手来说那就只有一个结果,就是直接走人。

秦阳现在已经在未雨绸缪,他知道尽管自己在这个企业很辛苦,也做出了一些成绩,但是出路是没有的,更不要去谈上升空间了。他想到现在当务之急是需要找人解决公司下一步业务的发展。

他对BTT在中国的发展记忆犹新,他希望和BTT的同事聊聊,希望从他们身上得到一些启发。

他来到了位于来福士广场的BTT上海公司。但他这次到访,结果使他很失望,BBT上海分公司的同事都很热情地与秦阳寒暄,但是没人可以谈得出秦阳关心的话题,稍微聊了会儿,他就离开了。

24 银行授信

作为一个总经理,秦阳明白对财务方面的了解越多越好。而秦阳长期从事技术和营销管理,他知道自己对财务知识的了解只是皮毛,他仅有的财务知识还是当年在BTT参加的财务培训中得到的。但最近几年,在公司管理的实战中,他也逐渐总结出了一些简单易行的分析方法。其中,他最喜欢使用的是一种很简单的比率分析方法,就是把财务报表里的所有数字都除以销售收入。在利润表上,就可以看出每卖出100万元的产品时,所需成本是多少及各种费用总计多少,最终能盈利多少,这样可以很快发现利润被哪种费用消耗掉了;如果把资产负债表上的所有数字都除以销售收入,可以看出每卖出100万元的产品时,有多少资产比,如应收款或存货被利用了,或者多少借款被占用了。

最近,秦阳通过对车间正在生产的两个订单——中海油和地铁项目的利润分析,发现虽然单从项目金额上看总值不低,但如果按上面的方法计算,实际利润却很低,其中占成本比例最大的是资金占有成本。秦阳明白一个企业要想得到健康良好的发展,关键还是要解决资金流的问题。能不能拿到,能拿到多少银行的低息贷款,决定了企业有多大的发展潜力。

就在秦阳为企业贷款发愁的时候,工商银行分行的方行长和招商银行分行的陈行长也在为争取得到帕古电气的存款暗中较劲。现如今银行吸储也是有指标的,为了完成指标他们两人都在积极地做王丽丽的工作。这一天,他们不约而同地先后来到了帕古电气,登门拜访了王丽丽。王丽丽在充分了解了两家银行各自优势后,把两家银行的情况向秦阳作了详细汇报,她需要秦阳给她一个选择意见。秦阳沉思了一下,对王丽丽说:"王经理,我在想,有没有这种可能,在我们决定谁来做存款的同时,还可以得到银行的贷款,存款是我们的筹码,我想试试用这个筹码交换贷款,你安排把他们两家银行行长一起请到我这里来,我想和他们谈谈贷款授信的事。"

王丽丽是财务经理,她当然明白秦阳的用意。但是,她还是有点犹豫地对秦阳说:"把两位行长放在一起谈是不是有点不太合适?"

"我要的就是他们彼此明白、互相竞争,让他们放在一起谈,使他们相互顾忌,以致产生危机感,这样我们也许就可以顺便提出我们的贷款申请了。"秦阳很自信地说。

王丽丽听秦阳说得如此自信,也不再犹豫了,她马上安排把两位行长同时带到了总经理办公室。

招商银行分行的陈行长是位不到40岁的女士,一头干练而时髦的短发,目光明亮、犀利,说话速度很快,看起来做事风格泼辣、雷厉风行,如此年轻可以做到行长的位置大概跟她的风格不无关系!秦阳心下思量。而工行的方行长则是位近6旬的老行长,微微发福的身材,略微有些谢顶,说起话来轻声细语,行事作风儒雅。

秦阳在跟他们交换了名片后,秘书晓燕也进来为两位行长各泡了一杯上好的浙江雨前龙井。

可以同时在自己的办公室见到两位行长,秦阳不无感触地对他们说:"以前到银行办事还要排队等候,现在两位行长亲自上门服务,我们真的荣幸之至!有劳你们两位了。"

见秦阳如此直截了当,陈行长急性子,她也不客套,很坦率地说:"现在我们银行的日子也不好过,你知道,我们这个银行主要业务是居民存款,而这个地区居民很少,所以我们都把注意力集中到仅有的几家公司存款上了。"说完,她看看边上的方行长,又补充一句说:"方行长,你说是吗?"

方行长被她看得不好意思,他带点歉意地说:"陈行长说的很对,但我不是来和你陈行长争存款的,因为帕古电气原来就在我们银行开户,所以我是来提供服务的。"他转身对秦阳说:"秦总,请对我们现在的服务多提意见,也可以帮助我们改变一下原来银行业高高在上的感觉。"

秦阳听了他们两位的对话,就知道陈行长明显少些城府,但他很欣赏陈行长的先入为主,快人快语。于是,秦阳抛砖引玉地对他们说:"陈行长,我们的基本账户是开在工商银行,现在我们还需要再开一个往来账款的户头,但是我们要看看你们能提供给我们什么特殊待遇,现在每个企业融资也是个问题,你们是不是也可以提供些便利?"

"你们如果可以在我行做结构性存款的话,因为有往来账款,我可以为你们申请一定额度的授信。"陈行长见秦阳这样说,很爽快地给出了一个方案。

见贷款的事有争取的希望,秦阳转移话题,他说:"记得清末怪杰辜鸿铭说过,银行家其实就是这样的人,在天气晴朗的时候,他硬要把雨伞借给你,可是当阴雨天来临的时候呢,他就又想把雨伞收回来。实际情况是不是如此,我想你们可能都有自己的体验,但是对于大多数渴望贷款的企业来说,其实从内心来讲,我们非常希望银行是这样的一把既能够挡风遮雨又能让我们顺利渡过难关的晴雨伞。那么站在银行的角度来说,你们是不是会在这样的境况出现的时候,都能够及时地为我们送上这把伞呢?"

秦阳话音刚落,陈行长马上接上话说:"秦总,我们现在的服务方式已经发生了许多改变了,不然我们也不会出现在您这里了。当然银行基于对风险的考虑,目前只能做到锦上添花,还不能做到雪中送炭,但是对于一些很有发展前途和潜力的企业,只要他们的基本经营情况良好,我们也没有理由不给予贷款的呀。秦总您看,如果您能为我们介绍一下你们的业务情况,我们就可以当场做个判断。"

秦阳很喜欢陈行长的简单直接,于是开始介绍:"我们上海帕古电气设备有限公司主要从事中高低压开关设备,目前我们已经承接了中海油和地铁两个大项目,加上近阶段承接的其他项目,合计有超过一个亿的合同额,我们现在希望申请5000万元的贷款额度,期限两年。不知道两位行长可否给予我们支持?"

"如果没有在我们银行开户而需要我们提供贷款的话,按照我们银行的规定,贷款客户准入门槛比较高,贷款的平均额度很高,有500万元以上。如果你们已经在我行开户,有了往来账款进出的话,贷款要求就很简单了。"陈行长如是说。

"我想知道的是,你们公司的产品跟别家公司的产品相比,有什么样的优势?"坐在一旁一直没插上话的方行长对贷款问题比较慎重,他开始提问。

"我们帕古电气的产品都是自主品牌,自己生产的,是引进国外的技术和进口国外的核心部件断路器生产的。目前在国内生产企业里我们没有竞争对手,我们的对手是BTT和西门子这样的跨国公司。"秦阳很自信地说。

"那么你们这个产品最终销往哪些地方?你的客户群组成如何?"方行长接着问。

"我们在中国的客户主要是国家电网、央企如中石化中海油等大型国企,还有些是国家的大型基础建设公司如地铁公司和一些知名房地产公司。"

"我想问你一个比较敏感的问题,你们这个产品中进口断路器以后到底会扩大多少的产能?它每年会带来多少的利润?"方行长似乎进入了专业拷问阶段了。

这些问题对秦阳来说驾轻就熟,他答道:"预计年增加产值在2000万元,估计毛利润在25%左右。也就是每年500万元左右利润。"

秦阳娴熟地报出了方行长想要的数字。但他对方行长问的这个问题似乎有点迷惑,公司有上亿元的销售额,但方行长却单对进口部分的产值和利润感兴趣。他把目光移向坐在他身边的王丽丽,希望她能帮他答疑解惑。

聪颖的王丽丽立马领悟了秦阳的目光,她顺着秦阳的话说:"两千万进口断路器的利润是基本保证的,而国内业务中的利润空间,相信方行长也明白一般不会有这么高不说,它的业务随机性也很大。因此你们银行对有稳定利润来源的业务会更看重它,尤其是在审核申请贷款企业的资质时。相信这是很重要的数据。"

"方行长您刚才问了很多的问题都是和产品相关的,包括产品的生产、销售的范围等等,甚至细致到进口的断路器,问这么多和产品相关的问题,难道都和贷款有关系?"王丽丽谦逊地请教着。

"根据我们这么多年的实践经验,企业的产品必须能够适应市场的需求,销的出去,才能真正实现从商品转化为资本,也就是货币,那么它的还款能力才会有真正的保障,这也就是说实现了既得利润。"方行长说。

"你如果到我们银行去申请贷款,希望用自己的产品来打动银行给你放贷的时候,银行都会问你同样的问题,这是银行的基本要求。"陈行长也插话说。

"我还有个问题,你们凭什么有把握说你们的产品在国内没有竞争对手,只有国外的对手?"陈行长继续发问。

秦阳说:"我们电力行业的大部分用户,还是比较相信外国品牌,基于产品的稳定性和口碑吧!虽然现在我们国人制造出来的产品在使用性能上也不差许多,价格也比国外的产品有优势,但究竟差距始终还是存在的,所以一般预算允许的话用户都会首选进口产品,而你们也看到我们的客户群都是央企、国企等不差钱的用户。"

"方行长,你觉得到底产品在我们申请贷款的过程当中可以扮演什么角色?"王丽丽还是有点不解地问。

"在看到企业家拿出这样的进口产品,我觉得从我们支持的成功的案例来看,他们的产品应该更能够克服盈利不稳定的因素。当然给企业贷款更重要的是看企业产品的科技含量。进口产品恰恰可以弥补这方面的短板。另外再看它的订单,只有这两样加起来才会产生现金流,它的产品才能够真正变成资本或者货币,银行只有明确了企业的现金流状况才能掌控风险。"方行长确实很有经验,他说的话非常专业。

方行长见大家都在认真地聆听他讲话,接着又说:"我们曾经给过生产起重机的一家企业贷款,因为他们出口订单占比很大,订单额也很稳定,所以即便在没有固定资产抵押的情况下,也批了五百万的贷款。"

"帕古电气公司现在承接的项目大部分也属于技术含量较高

的,尤其是这些配电柜如果是用在中海油平台上的产品,是容不得一点细微错误的,因为这种平台平时都是实行无人值班的,全部自动化操作。但由于我们公司前段时间众所周知的原因,尽管现在恢复正常运作了,但现金流仍然不足,要启动生产,还需要五千万资金,我们现在采取的是借款操作,成本太高了。我希望可以得到银行信用授权,这样可以一劳永逸地解决我们的问题。"

秦阳有点无奈地又说:"我们找过两家银行,但是按银行的有关规定,尽管是科技型企业,但因为近几年没有良好的生产、销售业绩,如果公司没有抵押物,也是不符合贷款规定的。"

陈行长说:"根据刚才秦总您的介绍,以帕古电气公司现在生产的产品情况,我倒是认为你们的这个产品在市场上具有很大的发展前景,我们可以考虑继续深入地进行商谈。"

"和大型企业相比,中小型企业经营的连续性和稳定性相对较差,中国的中小型企业的平均寿命在三到五年之间。这样短的一个企业生存周期,主要是由企业的产品生命周期决定的,企业产品生命周期短,企业的生存周期也就短,自然要获得银行贷款也就很难。提高产品的生命力,延长产品的生命周期,这是企业经营过程当中的一个核心内容。"方行长有点语重心长了。

陈行长接着他的话说:"中小型企业的生命周期大概跟它的产品的生命周期是息息相关的,但是这个产品到底有多长的生命周期,把这样一个很专业的问题交给银行,我想这可能对银行来说也是一个难题和负担。"

"我要请教一下两位,你们有没有什么样的技术手段或者方法,可以帮助银行在放贷的过程当中,首先考察这个企业产品的生命周期?还有到底产品生命周期要多久才符合放贷要求呢?"秦阳问。

方行长听到这个问题有点严肃地说:"选择什么样的产品给予

这个生产企业信贷对银行来讲至关重要,因为我们银行的贷款是依据产品销售回笼款来实现贷款回收的,如果说没有产品的销售款回笼,银行贷款肯定是有去无回。所谓隔行如隔山,银行是搞金融的,每天面对着形形色色的产品。所以怎么样把人们习惯于说的'养在深闺人不识'的这些新产品、高科技产品,把它展现到市场上来,这就需要有一个金融和产业技术的结合。而且从银监会的角度来讲,目前正在推的就是与科技部共同制定了一个政策,就是请科技专家参与信贷评审。这样就把我们银行这个掌控现金但对企业产品优劣及生命周期判断的外行与科技专家结合在一起,使我们共同去面对林林总总的企业贷款需求。"

通过和两位银行行长的交流,秦阳得到了一个很重要的信息,就是中小企业的产品决定了企业的生命周期,企业产品是否具备竞争能力是取得银行信贷支持的重要因素。所以如何提高产品的生命力,延长产品的生命周期,是企业经营过程中需要思考的核心内容。而这次面谈交流对于帕古电气公司能否如愿从银行获得五千万的贷款,也是银行考核的关键所在。

秦阳明白了这个关键所在,接着问道:"前面我们交流了很多信息,你们也谈了银行的要求,关于我们的产品和项目特征,下一步银行方面有没有打算进一步做一些相关的调查,再来做决定?"

方行长说:"是的,作为我们商业银行来说一定要坚持眼见为实、现场调查,而且还有一个四眼原则。"

"什么是四眼原则?"王丽丽问道。

"就是强调有两只眼睛来自于市场系统,另两只眼睛来自于风险控制系统,这个就是四眼原则。"方行长介绍说。

"我们在做调查时是在不知会你们公司领导的情况下安排的。这样出来的调查结果会比较真实可靠。"方行长补充说。

果然,过了几天,招商银行派人来调查了。他们直接找到了王丽丽,问她:"现在你们工资发放正常吗?"

"我们发工资很正常的。"

"大概每个月几号发工资?"

"每个月10号准时发工资。"

在问完王丽丽工资发放情况后,他们又去了车间调查了生产线运作情况,随后来到了销售部了解产品销售和进口情况,并且要求进入销售系统查看客户情况。而在随后的财务调查中,信贷员察看的内容却大大出人意料,他们并没有察看公司的报表,而是详细地察看了公司近一年来的电费与税费的缴费清单。

"这是你们4月份的电费单是吧?"来人问王丽丽,

"是的,"王丽丽有点疑惑,她问他们:"水费要不要看?"

对方的信贷调查员说:"水费也让我们看一下。"

"这4月份大概是用了82786度电是吧?74896块钱。水费上个月用了1900多块钱。"

王丽丽告诉他们水费不多,这边生产上电力消耗的比较多。

经过两个小时的现场调查后,信贷员返回银行调取资料,来核实帕古电气的相关数据,并查看了公司的现金流情况。他最后告诉王丽丽:"这个账户就是帕古电气在我们行的主要账户,从这个账户我们查询了从今年1月1号开始到现在8月30号为止,他整体的一个区间的基数状况,日均是有43万元。"

信贷调查员还告诉王丽丽:"从我们调查的数据中可以看到贵公司在今年前几个月生产不是很景气,销售遇到了一些困难,工资发放不及时,也表明这个企业的现金流量可能是非常的紧张。刚才我和销售经理和销售人员进行面对面的沟通,也查看了企业的销售系统,了解了这个产品最终是销售给了谁,客户是不是很集中。相对来说,过于集中的客户风险就会比较大一些,客户比较分散的话,销售量维持会更加稳健一些。我们看了您提供给我们的财务资料,我们知道企业财务报表审计的费用是非常高的,一般的小企业也承受不起,所以我们银行现在观察企业景气程度,用水表、电表的使用量这两个数据。像帕古电气这类制造企业,你们的生产运作主要靠机器,所以电表计费在企业里面的作用就非常的明显。而且取得电费这个数据非常容易,每月有一张电费单,我们用今年上半年的用电量和去年同期的用电去进行比较,发觉用电量相差不多,我们得出的结论是今年上半年你们的销售情况应该和去年差不多。但是下半年的用电量明显增加,可以说明你们的销售订单数据有了明显的改观,这大概主要是你们有了几个大的订单的原因。"

王丽丽又问他:"从你们的工作经验来判断,你刚才提到的水表、电表,或者包括海关的报表,所谓的'三表',它的准确性和真实情况到底是一个什么样的状况?"

"从我们银行的角度来说,我们更相信水表、电表。因为水表、电表两个数据,像你们这类企业,主要是设备生产,电表在企业里面的作用就非常的明显。而且取得水、电这两个数据简单便捷,可靠性比较强,每月供电及供水部门都会有一张电表和水表清单,方便我们进行横向比较。"

王丽丽追问道:"那你们现在得出的结论是可以贷款还是不可以贷款?"

"我们的结论是可以给你们贷款,但是贷款的时间要压缩到一年一次。一年到期必须还清贷款本金后才能再续贷款。"

王丽丽心中暗喜,她马上把这个消息告诉了秦阳,秦阳听到这个消息同样心情大爽。他要求王丽丽尽快启动和银行对接,争取以最快速度拿到银行贷款来降低企业的运作成本。

25 因小失大

销售部近来开始忙碌起来,大家受到公司大环境影响,原本懈怠的干劲又重新被激活了。只有秦阳从 BTT 挖来的销售高手张良,近来一直很苦恼,因为他到帕古电气已有近半年了竟然还没有签到任何合同。这真对不起他销售高手的美誉,近来他也感觉越来越不对劲。半年里他按照原来在 BTT 的工作思路去寻找客户,做客户工作,发现根本不是原来那么回事。失去了 BTT 的光环,他有点手足无措了。他带着诸多疑问来找秦阳。

"同样的客户,做同样的工作,奇怪了,现在就是拿不到订单了,这是怎么回事呢?"他满脸苦恼地问秦阳。

秦阳知道他问出这个问题,是没有调整好自己的心态。于是对他说:"现在你已经换了一个公司,而且我们现在又是民营企业,原来的光环已经没有了,你要找到新的有效的办法才能搞定客户。原来的客户有些是看中 BTT 的品牌和相信它的产品,但当中也有些是看中你的为人和服务的,你可以试着从这方面去寻找。"

张良木木地看着秦阳,听他说的颇有道理,刚想再问些具体问题时,突然想到了一件事,于是他开口说:"我在苏州有个化工厂的客户需要 20 台 10KV 的箱式变电站,估计有 600 万元的合同额,我们公司只生产箱变内部的开关柜,不生产箱式变电站,有什么好办法可以拿下这个项目吗?"

"有啊,我和曹仁贵原来工作的开关厂就生产箱式变电站,他们可以生产 10KV 到 35KV 的箱式变电站,我们可以让他们做成套,里面的设备由我们提供。"秦阳骨子里的恋旧情结一直让他很想在情况允许下帮帮老单位,尽管他知道现在那个工厂的经营状况不佳,但是生产箱式变电站应该绰绰有余。

"那好,你请他们和我一起去一下苏州的化工厂,和化工厂的领导当面详细交流一下。越快越好!"

秦阳心里很高兴,他直接打了个电话给开关厂黄厂长,请他带人跟张良一起去趟苏州。黄厂长一听有项目做,马上答应了下来。

于是,张良带着黄厂长来到了苏州的化工厂。

当张良他们来到的时候,化工厂谢总已经等候多时了。见面后,化工厂谢总亲自带着他们到了还在建设中的生产车间,他们看到了新建工厂已经盖得差不多了,变电站土建施工也已经完成了,工人们正在做着内部粉刷。现在就等变电站内部的箱式变压器供电了。

站在空旷的变电站里,谢总明确向黄厂长说:"过两个月我们这个工程就要完工投产了,现在这里其他设备都已经到场了,就等变电站供电了。"说完他寓意深刻地补充了一句:"黄厂长,想到我们这里来做变电站供货的厂家很多哦,有些厂家的实力还很强呢!要不是张良经理的关系,我们是不会让你来供货的,你要珍惜这次机会好好准备!"

黄厂长一听,忙不迭地点头说道:"谢谢! 谢谢谢总给我这个机会,我一定不辜负你们的希望,认真做好准备,确保产品质量。"同时心中窃喜:看来张良和谢总的关系很铁,要不然自己根本不可能作为供货厂商站在这里,这单生意看样子是十拿九稳的了。

黄厂长说话时表现出平时少有的谦卑和诚恳。

谢总向黄厂长他们仔细交代了供电局外线10KV进线的地方,以及20台箱式变电站的位置,还提到了供电的特别要求:"由于我们这里是重点工程,所有设备中配备的元器件都要求进口的,箱式变电站的变压器要求全铜做的,不能用铝制的或铝合金的,附件中的开关都要求进口的。"

对于这些要求,黄厂长认为不是问题。他满口应允了下来:"请谢总放心,我们一定按照您的要求去生产,我们现在生产的变压器都用的是国标的铜线,配套设备的厂家就是帕古电气。"

张良此时也在边上为黄厂长加码:"产品质量上,黄厂长那里是没有问题的,不然我也不敢请他来做这个业务,至于变电站内部的电气设备都是由我们帕古电气供货,所以质量就更没有问题了。"

见双方交流沟通非常顺畅,张良又对谢总说:"等黄厂长开始箱式变电站设计图纸时,请谢总带着相关技术人员到黄厂长的工厂和帕古电气来技术交底,并就箱变生产的技术要求再次详谈。"

谢总答应了张良的邀请:"由于工程工期紧张,我们一定尽快前去考察你们工厂。"

时间不觉到了中午吃饭的时候,谢总专门驱车十几公里带着张良和黄厂长到了东山一个很偏僻的农家小院。令张良吃惊的是这个地方外面看起来残破不堪,进到里面,豁然出现在他眼前的这个山庄,令他眼前一亮,小桥流水,亭台楼阁,小院建筑沿袭江南的灰瓦白墙,燕尾屋顶。张良恍惚间好像来到了一个缩小版的苏州网狮园!

作为东道主,谢总拿起菜单晃了晃说:"我请你们到这里来吃饭,有个说法,菜谱上的所有荤素餐都依时令而定!全部食材都是自家庄园提供,所以这里不但食材新鲜,还极具养生之道。"说完他熟练地点了几道菜:豆汁九头鲍鱼、清蒸鲥鱼、红烧河豚鱼……

看到谢总点的菜都是名贵的食材,黄厂长赶忙连声说:"谢总,不要点太多,吃饭随意点。"

结账前,张良借口上洗手间来到了账台前,他特意瞄了一眼账单:哇,价格不菲啊!将近1.2万元!张良心里咯噔了一下,他感觉有点压力了。不过也就犹豫了几秒钟,他拿出信用卡把钱付了,又悄悄地回到了包间。

看看吃的差不多了,谢总对门外侍候的服务员说了声:"买单。"

穿着黄色旗袍、身材颀长的女服务员走进来,对谢总说:"刚才这位先生已经买过单了。"

谢总看向张良,歉意地说:"你也不说一声就去买单,我是东道主,怎么能让你上门请客呢?"

张良摆了摆手:"小事小事。"

黄厂长吃得心满意足,如此高规格的招待于他很是难得!在回去的路上,他志得意满地与张良絮絮叨叨说了很多和秦阳在一起工作的事情。之后他又谈天论地,品古论今,张良心中偷笑:看起来他对这个项目信心很足!

一周之后张良接到谢总通知要来参观工厂,顺便做技术交底。张良通知了黄厂长,并告诉他谢总要先考察开关厂。黄厂长接到通知后立即着手安排了这次见面,他让会议室里摆满了样品和资料,还安排了技术部三个负责人等候。只等谢总他们到来,谈判可以立即进行。

由于路上堵车,谢总到达时已经是中午11点多了,在简单的寒暄之后,黄厂长打开了工厂介绍的视频,说:"谢总,欢迎各位领导光临我厂指导工作,我们先看一段工厂视频,然后我们再做交流。"

谢总回答有点勉强:"抓紧时间吧,今天要去两个地方,时间很紧的。"

看完视频,谢总没等黄厂长发言就开门见山地说:"黄厂长,请先把设计方案拿出来我们交流一下!"

"好好。"黄厂长请坐在他身旁戴眼镜的技术负责人说:"郑科长,你先介绍一下。"

郑科长拿出小笔记本,翻到其中密密麻麻写着很多字的一页,推了推眼镜说:"箱式变压器分成两个部分,即相变外壳和变压器部分由我司完成制作,高低压电气配套部分由帕古电气公司负责设计制作。变压器一部分的选材是选用上海最著名的南桥电缆厂的产品,变压器的冷却方式有这样几种:自冷、风冷、强迫循环风冷、强迫油循环自冷……"

谢总听着介绍,有点心不在焉,他面露愧色地说:"我们要不先吃饭吧,今天一早赶路,有人连早饭都没吃。这样,我们简单吃点东西,中午不休息接着谈,黄厂长您看怎么样?"

黄厂长听后赶忙点头说:"也好,那我们中午就简单吃些,然后再谈吧。"

听到黄厂长的话,张良今天心里老大不愿意。吃饭是我们这次招待的重头戏,怎么黄厂长可以这样随便呢!他到底懂还是不懂呢?什么技术方案交底?这不过是谢总的官方托词而已。

按张良的想法,谢总他们到了后,就应该先吃饭,午餐要丰盛和豪华,一定要让谢总一行人吃得满意,酒足饭饱后让他们休息休息再开始谈判,毕竟开车到这里有 200 多公里。如果可以主动把谈判的节奏控制一下,争取到晚饭前有个大致结论就行。晚饭再安排到上海著名的金茂大厦 88 层的饭馆去吃饭,饭后就近在陆家嘴安排一些活动,这样对双方后期的合作更有好处。

张良直截了当地把他的想法告诉了黄厂长:"黄厂长,这次谢总的副总和助手们都来了,这些人掌管着公司的各个关键部门,以后更多的是和助手和副总们打交道,所以需要借着这个机会表示下,有利于今后的项目执行,中午我建议要找一个档次高的饭店请谢总吃饭。"

黄厂长却一口否决张良的建议:"像谢总这样级别的人,还会在意吃吗?虽说上次他带我们去了很好的地方吃饭,但那是你买的单,也算我们请的客。我们是国企,花不起这个钱!我看,还是争取下午早点谈好,这样他们可以早点回家,苏州到上海也不是很远,也不用安排他们住宿了。他们来了这么多人,开宾馆至少要每个人一间房间,要花不少钱!"

"这怎么可以呢?吃饭是很重要的一环,千万不能马虎的,如果你担心钱的话,我来买单好了。"面对黄厂长的小算盘,连住宿招待这种事情都斤斤计较,甚至在项目合作仍在谈判,还未敲定的关键时期。张良有点忍不住了,不管得罪不得罪黄厂长,脱口而出。

黄厂长没有搭理张良,坚持把午饭安排在了工厂隔壁的小餐厅,张良发现这里只是个吃便饭的地方,餐厅的菜都是很便宜的家常菜。

看到这个安排张良连门都不愿意进,他慢腾腾地拖在后面。

黄厂长让服务员找了间包间。谢总等人勉强落座后,一位年龄约有 50 岁的大妈服务员漫不经心地摆放着餐具,随口问到:"需要什么酒水饮料吗?"

还没等客人开口,黄厂长就马上说:"我们就喝免费茶。"接着他又说:"我们点菜。"

服务员拿着笔和纸走到黄厂长身边。

黄厂长开始点菜:"清蒸鳊鱼,干煸豆角,土豆茄子,鱼香肉丝……"

黄厂长点了7个菜,没有点酒水,服务员可能觉得少了,再三问:"你们这么多人这些菜少了,还要加点什么吗?"

黄厂长有点不耐烦:"我们不需要了,只是便餐,赶时间呢!"

"你把菜单给我,我来再加两个菜。"张良说着从服务员手里拿过了菜单,也不顾黄厂长的反应。

"东新斑1条,基围虾2斤。"张良顾自点菜,点完把菜谱还给了服务员。

张良关注了一下谢总的表情,见他脸上保持着职业的微笑,而且也跟着一起打圆场,连声说:"张经理,不要点了,多吃青菜好,多吃素食对身体有利。"

张良再把目光看向谢总的随行人员,他们都跟在谢总后面,附和着说:"吃素的好,吃素的好!"但他们脸上已经露出了不屑的神色。

吃饭时,黄厂长表现得很是热情,不断地用自己的筷子给谢总和他的助手们夹菜,有几次筷子上还明显地夹带了自己吃饭时的菜花和饭粒,张良看到了真想阻止他这样做,但是碍于他的面子,没有出手阻止。只好招呼服务员过来:"请给我们拿几把公筷和勺子!"

服务员拿来了筷子和勺子,张良赶紧把它放到了每个菜碟上,同时,意味深长地对谢总说:"黄厂长对客人就像对自己家里人一样热情随意,我比较懒,只能请大家自己动手了。"

谢总很聪敏,他看到张良这样做,知道是给黄厂长面子,于是附和着说:"不要客气!我们自己来,自己来。"

接下来,最尴尬的沉闷场面出现了。饭后一结账,总共255元,黄厂长还对服务员说:"你们还能不能打折?"服务员的回答也斩钉截铁:"先生,我们这里明码消费,一分钱都不优惠!""那请你把这几条毛巾收回去,减掉它。"

黄厂长是当着客人的面结的账,他说的话,谢总他们全听到了。张良只想快点离开这里,逃离这个让他难堪的地方!张良真想不通,作为堂堂一个国企厂长,招待客人一顿饭只花了255元,到底懂不懂啊,这是你在求别人办事!

张良心说,早知道黄厂长是这样的人,打死他也不会听秦阳的话,把这个项目给黄厂长做。现在他真是后悔极了!自己用了多少心思,花了多少工夫,才好不容易争取到了这个机会,把它介绍给你黄厂长,完全是为你的企业,不是为我自己!张良的心里明白,对于这个订单已经不抱任何希望了。

回办公室的路上,张良忙赶到谢总身旁,轻声说:"谢总,您没有吃好吧?这样,晚上我来安排。"

谢总没有什么强烈反应,只是轻描淡写地说了一句:"吃饭小事一桩,何足挂齿!"

下午的技术交流继续进行。

谢总首先发言:"这个项目的所有土建施工全部完成了,就等电气设备供电了,希望今天的技术交流完成后,可以帮助我们做出供货商的最后选择。张良为我们这个项目提出了很多好的建议,他是我的好朋友,更是我们集团公司的好朋友。不然我们也不可能和你们这样规模的企业来谈合作。我们今天是带着诚意的,我把公司各个相关部门的负责人都带来了,所以我还想先听听他们的意见,你们几个也谈谈吧。"

谢总说完朝着坐在他身边的徐经理看看,徐经理会意地对谢总点了下头:"今天上午的交流中,我听到了你们对冷却方式还在做着设计选型,这样的速度是不符合我们项目的进度的,我想我们需要的是实力雄厚的供货商。因为这个项目周期长、投入大、风险不确定,我想我们双方还是要务实,就以后是否能够合作还要重新考虑一下,千万不能盲目上马。"

听到徐经理的话,黄厂长张开了口就没有再闭上,刘经理也紧跟着说:"黄厂长这里可以生产很多产品,应该说有一定的规模,但是并不符合我们的需要,价格又偏高,我想还是要再看看其他厂家的箱变的质量和价格再说。"

张良注意到黄厂长在惊讶之余,多少也意识到了什么。而张良心中暗想:谁叫你去省那顿午饭的呢!现在看到了吧!

会议还是按照原定的计划进行,谢总他们尽管已经很不耐烦,但也考虑到了张良的面子,还是坐在那里有一句没一句地谈着。看看也确实没什么可交流的了,张良就对谢总说:"谢总,今天先到这里吧。"

谢总配合着张良说:"黄厂长,谢谢热情招待,我们有事先告辞了。"说完,他不等黄厂长再说什么,就站了起来,之后带着他的人迅速地离开了办公室。把黄厂长他们晾在了原地发呆。

张良见状,赶忙追了出去,看见张良跟过来,谢总握着张良的手说:"对了张经理,晚上就麻烦你在附近帮我们找个最高档的酒楼订个包间,档次一定要高,我晚上请你吃饭吧。"

张良也双手握住他的手说:"谢总,对不起,我没有安排好,晚上我单独再安排吧,您可别往心里去。"

谢总打断了他的话:"别多想,也别说了,不然让人听见对你不好。我知道你已经尽力了,你和我们之间的合作还会继续下去,你记住,至于其他人,就不必多说了。"

张良只好对谢总说:"酒店我已经安排好了,你们先去休息,晚上我定了个包间,我请我们秦总过来陪你们吧。"

张良还想说什么,谢总拍拍他的后背说:"好吧,下午联系。"

张良告别了谢总后,他没有再去理会黄厂长,拖着沉重的步伐回到了帕古电气。他把所有的不愉快都告诉了秦阳后说:"黄厂长好像不食人间烟火的,他这样招待谢总他们,会把我们的事也坏掉的。"

秦阳对今天发生的事也很无奈,但他似乎还想为黄厂长他们争取:"张良,谢总的态度是有些变化,但是应该还没有到取消合作的地步吧?能不能再去做点工作?"

张良没吭声。秦阳接着问:"是不是中午招待得简单了些,他们就不高兴啦?应该不会吧?"

张良想了想,过了好久,才一字一句地对他说:"秦总,您是不是还想帮他们?"

对于张良的回答,秦阳没有直接回答,他带着一种感情色彩对张良说:"黄厂长和我是老朋友,他也不容易,负担很重,我们尽量帮他一下。这个项目做成了我们公司也有钱赚,你再去做点工作,尽量不要让对方取消合作。"

张良想了一想,征求秦阳的意见:"要不我去和谢总谈谈,干脆我们接下这个项目,再分包给黄厂长做,这样的话也不要黄厂长出面了,这位老兄待人接物实在不行。"

"你这样临时改变成套厂家,可是兵家之大忌,谢总不会同意的,他回去也没有办法交代,你还是要坚持用开关厂。"说完这些,秦阳接着又说:"晚上我和你一起去,我们一起去说服谢总,再争取一下。"

张良在气头上,没把这个问题想得太深。可以说,他是看在秦阳的面子上才把黄厂长带进这个项目。他已经花了那么多心思和工夫去做谢总的工作,对方才愿意出来见面商谈。说实话,谢总可以找到100个比他这样的工厂好的合作伙伴。见秦阳分析得也有道理,他还是老大不愿意地说:"我听你的,你说这样就这样。"

说完后张良起身,扭头走出了秦阳办公室,此时此刻,他已经不在乎谢总怎么看他了!他还要争取说服谢总选用黄厂长的产品。

张良一分钟也不想耽误,他要赶去他预定的豪华的海鲜大酒楼,晚上秦阳要在这里招待谢总一行客人。

此时,张良事先安排的礼物也已经送到了谢总一行住的宾馆——进口咖啡礼盒,包括和谢总参加晚宴的人人有份。

张良没有上楼,他坐在酒楼大堂的沙发上想:自从来到帕古电气后跟踪了好几个项目,这个项目是自己最有把握的,不管做出多少努力,也要把这个项目拿下来。

晚宴刚开始,张良就接到了黄厂长打来的一个电话:"你是不是和谢总他们在一起?"

张良也没想瞒他:"是啊,我们就在海鲜大酒楼吃饭呢。"

黄厂长停顿了一下说道:"我想了一下午,可能是我中午的安排的确有问题,你和谢总说说,看能不能让我过去,当面向他解释下?"

张良琢磨了一下,想着就算自己说不行,也难保他不会找秦阳去说,只怕到时候大家更尴尬,于是他对黄厂长说:"您稍等一下,我问问他们的意见。"说完,他转身对秦阳说:"黄厂长来电话要过来向谢总表示一下,我看还是让他过来吧。"秦阳点点头答应了。

张良赶紧拉住秦阳:"秦总,我中午和黄厂长有点不愉快,我想呢,如果我打电话给黄厂长说可不可以来之类的不合适,我觉得你打这个电话是不是好些,毕竟黄厂长也是你的朋友。你来打个电话给黄厂长。"

"好吧,我来打!"秦阳和黄厂长交往,互相没有这么多的繁文缛节,他很痛快地接过了张良手中的电话。

"喂,黄厂长吗?我是秦阳啊,我们正好在某某海鲜大酒楼,你过来喝杯酒啊。"秦阳放下电话,赶紧回去招呼客人了。

过了不久,黄厂长真的来了,但让张良想不到的是,他居然是空着手来的!而谢总已经没有了之前的客气,只是头抬了下,连站都没站起来。秦阳赶紧指着紧挨着自己的一个空位,对着黄厂长说:"坐吧。"

黄厂长却没坐下,而是讪讪地对大家说:"上午不好意思,是我们招待不周,请各位海涵!我这个人是个实在人,不懂得那么多人情世故,不周的地方你们见谅啊。我不会喝酒,今天我破例敬各位一杯酒。"

还没等谢总反应,秦阳赶紧帮黄厂长开脱:"黄厂长,不客气,也用不着客套。谢总他们都是为了项目来的,不会介意吃什么,喝什么。项目嘛,谢总他们今天来看了以后还要回去商量后才能决定。你有优势,他们就和你合作,你没优势,他们也不会和你合作。既然来了,现在开始,我们不谈工作,喝酒吧,别那么累。"

谢总也拿起酒杯对秦阳说:"秦总说得对,现在开始,我们不谈工作,喝酒,喝酒!来干一杯!"

整个酒席过程中,黄厂长尴尬地坐在那里,他不再去敬别人酒,也没有人过来敬他酒,因为大家都知道他从来不喝酒。除了秦阳端起酒杯对他意思了一下,其他的人没有再去理会他。

酒席结束后,秦阳有事先告辞了。张良带谢总他们出去娱乐了,把黄厂长一个人孤零零地留在了酒楼。

事后,谢总直截了当地告诉张良,这个项目不采用黄厂长工厂生产的箱变产品,他推荐了一家苏州的工厂做箱变项目集成,而其中的配套电气部分则还是考虑选用帕古电气的产品。

黄厂长得知这个消息后给谢总打电话,对方客气两句就直接挂断了。

张良把最后的结果告诉了秦阳,秦阳叹了口气说:"我们已经尽力了。没有想到现在的黄厂长变成这样了,我想帮他,可他自己却不争气,眼界如此,这点小钱都不愿意花,哪里还有业务给他做呢?他自己做不成也就算了,还差点连累了我们公司也做不成这单生意。"

经此事后,秦阳明白,今后再有这样的机会,他是不会再去考虑黄厂长了。

26 经营异常

秦阳的秘书晓燕又怀了二胎,现在肚子明显突了起来,走路也略显困难了。王雯玲正在和秦阳商量是否给她换一个轻松的工作,另外安排一个人来代替晓燕的秘书工作。

这时李康来找秦阳,一进门他就很生气地对秦阳说:"秦总,有个事情您知道吗?销售员小裴在参与一个项目投标时被招标方告知,上海帕古电气公司由于没有按时提交公司年度报表,已经被工商监管部门列入经营异常名录了。由于这个原因,我们被取消了这个项目的投标资格,现在不但这个项目前期大量的工作都浪费了,而且还不知道对其他项目有多大的影响呢!秦总这个问题必须马上解决一下!"

听到这个消息,秦阳很惊讶,他不明白,明明记得帕古电气是提交了公司年报去年审的,还是自己亲自签字后交出去的,怎么会被拉黑了呢?他疑惑地问李康:"李总,是我亲自签字后提交了年报的呀,怎么会这样呢？你确定我们公司被工商部门列入经营异常名录了吗？"

李康见秦阳如此肯定，他也疑惑不解到底是什么原因会出现这种情况。他略一思索对秦阳说："这事具体应该是财务部负责操作的，王丽丽应该会知道来龙去脉。不如把她请来问一下？"

秦阳于是马上吩咐秘书晓燕，把王丽丽请到了办公室。

年近40岁的王丽丽今天穿了一身浅绿色的职业套装，脚蹬一双淡绿色的中跟绣花皮鞋，头上还用两条粉绿色的发带把头发绑了两股发辫，发辫上各打了个蝴蝶结。这一身打扮，秦阳看了虽说不出哪里不对，但总觉得有点不对味道。他嘴里却说了句："王经理，今天你打扮得很年轻哦。"王丽丽一听脸一阵绯红，抬眼羞涩地望了秦阳一眼。

李康和王丽丽是老同事，他说话可没秦阳那么含蓄："她哪里只打扮得年轻，她是已经恢复了少女之身了，朝气蓬勃，好像早晨八九点钟的太阳呢。"他一边打趣着一边对秦阳挤了挤眼睛。

"你神经病啊，我哪里招你惹你了？你这样说我。"王丽丽的声音本就尖利，现在被李康一说，更加分贝高八度毫不客气地发泄自己对李康的打趣，说完转过身来微红着脸对秦阳说："秦总，找我有什么事吗？"

没等秦阳开口，李康着急地抢着说："由于你们财务部没有提交公司年度报表，公司现在已经被工商局监管部门列入经营异常名录了，而我们在投标时因此被取消了投标资格。后续的业务工作怎么开展还未可知呢！"

王丽丽对本职工作还是很在意的，听到这个消息，她惊愕地张开了嘴，瞪大了眼睛，她不敢相信地对李康说："你有没有搞错啊，我们可是交了年报的。"一着急她的脸上就飞满了红晕。

秦阳见她如此惊讶，便知道她不知道此事，他转而问王丽丽：

"是你亲自去交的还是其他人去交的?"

"不是我自己去的,是我叫公司出纳交的,回单我还保留着呢。"

"企业如果被列入经营异常名录,这是一件大事,会对企业的经营造成很大的影响。这样,你亲自去工商局问一下,到底是什么原因!如果确认是我们自己的问题的话,看看有没有办法解决。"秦阳对王丽丽说。

王丽丽知道事情的严重性,她一刻也不敢怠慢,马上来到了区工商局。

由于事情太出乎王丽丽意料,急脾气的她站在工商局监管科长办公室门口就对着里面的工作人员大声叫嚷起来:"你们科长呢,哪一位是你们科长?"见此情景,一位办公室文员模样的姑娘立即上前询问情况:"请问您有什么事情?"

"我姓王,是帕古公司的财务负责人,我们企业一直都是合法经营、按时纳税,为什么信用会有问题? 你们怎么可以把我们归入经营异常名录呢? 现在导致我们无法参与项目投标,这个责任谁来负?"王丽丽声音尖锐地大声质问。

姑娘将王丽丽请进办公室坐下,看着她绯红的脸都急出汗了,就安慰她不要着急,有什么事慢慢说。"你把公司的营业执照给我看一下,我来帮您查一下,看看是什么原因。"姑娘耐心地说。

姑娘进入国家企业信用信息公示系统查看了一会儿对王丽丽说:"系统显示你们公司因为没有及时报送年度报表,被工商局监管部门列入经营异常名录了。"

"年报? 我们每年都正常填报了呀! 怎么可能没有报送呢? 是不是你们搞错了呀?"王丽丽耐不住急急地问。

"您别急,我再看看,哦! 系统还显示,你们公司年度报表是隔年7月20日填报的。"姑娘说。

"我说我们公司报了年报吧,那就是你们弄错了!"还没等姑娘说完,王丽丽抢着说。

姑娘耐心解释:"根据《企业信息公示暂行条例》的规定,企业应当于每年1月1日至6月30日,通过企业信用信息公示系统向工商行政管理部门报送上一年度年报,并向社会公示。若未在规定的期限公示年报,将被列入经营异常名录。你们公司是报年度报表了,但并不是在隔年的1月1日至6月30日之间报的,申报时你们公司已经在经营异常名录里面了,属于补报性质。"

"就是补报,也早该移出经营异常名录了啊,怎么到现在还在经营异常名录里呢?"王丽丽问。

"要移出经营异常名录,是有规定的,企业需要先登录国家企业信用信息公示系统补报未报的年度年报,同时在公示系统下载打印移出经营异常名录申请表,然后再到我们科提交申请移出资料和申请表,经工作人员受理、审核符合移出要求后,我们才能作出移出经营异常名录决定。"姑娘解释道。

"移出时间大概需要多久啊,能不能快一点呢?现在这个经营异常名录对我们公司的影响太大了!"王丽丽焦急地说。

"这要看你们何时把申请表交上来了。"姑娘说着,一并将企业需要提交的移出申请资料详细目录交给了王丽丽。王丽丽拿着资料赶紧回到了公司。

一回到财务室,王丽丽的急脾气就发作了,她也不再顾及出纳的面子,当着大家的面对出纳发起火了。

"小沈,你知道吗?由于这次你的疏忽,造成了我们公司被列入了经营异常名录,导致销售部投标被取消了。"王丽丽站在出纳的身边,用手指着出纳,涨红了脸,越说越来气:"刚刚我在总经理办公室,李康把它们销售部被取消投标资格的责任全部怪罪到我们财务部了。这个责任很大谁背得起!"

出纳小沈35岁左右,是个本分的当地姑娘,留着齐肩直发,王丽丽原本在财务部就是说一不二的主,小沈知道自己这次闯祸了,只顾低着头,不敢看王丽丽,毫无目的地随意地看着电脑,不敢发一语。

一旁的财务小金看到王丽丽如此激动,感觉今天王丽丽有点反常,她有点为小沈抱不平,她说:"王经理,小沈年报提交时工商局也没有说什么呀,列入经营异常名录这么大的事,怎么会在不知会企业领导的情况下,就把我们公司列入了经营异常名录呢?"

王丽丽原本就一肚子气听到小金这样说话,知道她这是在为小沈开脱,一股无名火气从心底而起,她气咻咻地大声说:"你们送报表前有没有看过规定啊?工商局给了企业6个月的时间上报上年年报,我也在几个月前就告诉小沈你了,你呢,拖来拖去一直拖到了7月初才去上报,这怎么能怪工商局呢?"

王丽丽越说越气,越生气她的脸就越发红了。她接着说:"这事可大可小,说大了会影响整个公司的业务开展,往小里说也会造成公司声誉受到损失,实际的后果谁也无法预计。现在看得见的损失就是已经造成公司投标被取消了,接下来还会有什么影响谁都不知道!"

小沈低着头怯怯地说:"我虽然晚交了几天,但是我也提交了呀!大不了再去工商局提交申请资料,请他们把我们公司移出经营异常名录。可以哇?"

"你说移出就可以移出?工商局是你家开的啊?"王丽丽拍着桌子几乎快要咆哮起来了。她想到李康责怪她时的不屑语气,还有秦阳不太明朗的态度,以及她心里吃不准能不能快速将公司从经营异常名录移出,现在再看看手下几个人不知此事轻重,还在轻描淡写地应付自己,她很是伤心,委屈得忍不住眼泪哗啦啦地流了出来,边哭着还边数落小沈:"你平时做事情就没有责任心,我早就提醒过你，你一直也没有引起重视，这次连带我也受到牵连，一起被人指责。"

小金平时天天和小沈同进同出，她们俩的感情情同姐妹，她对王丽丽的话很反感，她皱了一下眉头，为小沈申辩："小沈是不知道有六月底截止提交资料的说法，要知道的话她也不会有意去晚交的呀。"

"小金你不要捣糨糊了，小沈不知道她不会问，不会查啊！这些都是你们分内之事。"王丽丽用手指着小金说。

王丽丽10月底出生，是天蝎座。大部分天蝎座的人很不喜欢和稀泥，如果你想做中间人，她们可能会马上迁怒于你，发泄她的怒气。此时的王丽丽就开始把气撒向了小金。

天蝎座的人还有一个特点，就是他们一旦定了目标，就会不达目标誓不罢休，永不退缩的！王丽丽对着小金说："你们平时在一起除了谈吃谈喝，就不想想怎么提高业务能力，要是多学习多请教会出现这种事吗？"王丽丽连带着小金一起责怪起来。

小金见王丽丽把矛头转向了她，她可不像小沈那么内向，她说："我们在一起也经常讨论工作的好哇，你刚才去工商局，我们就在讨论，你出马，一定会成功移出经营异常名录的呢！"

王丽丽本来就很敏感，也很聪明，而且天蝎座的本性就是不会说谎，因为天蝎爱憎分明，谎还没说，他们的策略就是干脆一走了之，先消失了再说。不过，天蝎座有天生的敏锐，最能洞悉别人的谎言，而一旦发现你在说谎，他眼中那冷冷鄙夷，绝对令你不寒而栗。王丽丽也是如此。她听小金这样说，立马对小金说："我出马只是去要求给我们个机会去准备移出资料，移出经营异常名录的事情现在就交给你小金，你明天必须完成资料整理并交给工商局。我等着你给我带来移出经营异常名录的好消息！"

小金没有想到，自己帮小沈说了几句话，却招来了一个不可能完成的任务,她哭丧着脸说:"王经理,你关系多,又对工商局熟门熟路,还是你去办比我快,要是我先熟悉再去办的话,万一耽误了时间,公司不是损失更大吗?"

王丽丽白了她一眼,说:"你又办不了,还在这里唧唧歪歪,嘴吧,以后在多嘴前先想清楚。"

财务部几个人争吵的声音很大。很快,他们争吵的消息也传到了秦阳的耳朵里。下班前,秦阳把王丽丽叫到办公室来,秦阳最看不得女人哭,看到王丽丽泛红的脸上泪光盈盈,他对她说:"今晚我要到浦东金桥去请一个朋友吃饭,顺路带你回家吧。"秦阳知道王丽丽平时是要换乘两部地铁回家的,他想乘去浦东的时候,在车上和她好好谈谈。

王丽丽原以为秦阳会责怪她在财务部争吵的事。没有想到秦阳不但没有责怪她的意思,而且还要送她回家,她不好意思地说:"怎么可以让你送我回家,我自己走吧!"

"我是要和你谈点事,趁回家的路上可以不受干扰地多谈谈。"

王丽丽见秦阳说得很真诚,她也就不再推辞,爽快地答应了。

下班后,秦阳驾驶着那辆深蓝色凯美瑞,带着王丽丽一头闯进了由熙熙攘攘的车辆组成的洪流中。

王丽丽坐在副驾驶位子上,她已经重新梳洗打扮了一番,很矜持地保持了她一贯的标准笑容,不见了刚才的怒气和泪光。

秦阳看了看坐在边上的王丽丽,说:"王经理,今天怎么啦,生这么大的气。我难得见你发这么大的脾气!"

"她们做错了事还不承认错误,我也就说她们几句,还和我顶嘴,气死我了!"王丽丽似乎对刚才的争吵还有点余怒未消。

"明天要交的材料都准备好了吗? 一天有把握移出经营异常名录吗?"

"材料是都准备好了,就是不知道要多少天才能恢复正常状况。明天我会尽力去争取的。"王丽丽说。

"明天叫司机老张和你一起去工商局吧,他有个亲戚在工商局任职,万一不行可以请他帮忙一下。"秦阳很关切地说。说到这里,秦阳话锋一转说:"今天你何必在财务部和她们争吵?这样对你的影响很不好,她们都是你的下属,根本就不用吵的,有什么事情关起门来说,给双方都留个面子,也便于控制局面,你说呢?"秦阳用深邃的目光看了她一眼,他想看看王丽丽对这事的理解。

王丽丽有点不明白秦阳的意思,说是责怪吧,不像;肯定吧,绝对不是。她按照自己的思路说:"我不骂她们行吗?做事做成这样还敢互相推脱责任。"

"我告诉你,以后遇到类似的事情,你可以不用这样大发雷霆地去当面争吵,你必须先要完善财务规章制度,在制度中对各项工作的内容描述要清晰,奖罚分明,对做错事给公司带来损失的要按照制度来执行纪律,你也不必辛苦烦恼,更不用出面去吵架,到时候只要按规章执行就可以了。"

王丽丽没有想到秦阳是在教她如何处理事情,但她一时无法认同秦阳的说法,她说:"公司财务制度是有的,但是我们很少严格用制度来执行奖罚的,有事就当面说一下,大家接受了就可以了。何况她们都是我招聘进来的,我不相信她们敢不听我的话。"

秦阳见她还是按照自己的思路来考虑问题,一时很难说服她接受自己的意见。他知道对于她这样一个天蝎座性格的女人来说,她认定的事很难被别人说服。于是他很婉转地说:"你们部门的事情我相信你有能力搞定,以后碰到类似的事情的话,要多注意点策略,还要注意影响。明天你去工商局,如果有需要帮助时,请及时告诉我,我们一定要在最短的时间内移出经营异常名录,不然的话,我们在经营上会遇到很多困难,那时,我们整个公司会寸步难行的。"

王丽丽明白,尽管秦阳说话很客气,但是她依然感到一股无形的压力向她压来。

秦阳一直把王丽丽送到家门口,他也不想再多说什么。

第二天一早,王丽丽叫上司机老张,带着整理好的资料,再次驱车来到了区工商局。

在昨天那位姑娘的帮助下,王丽丽顺利地提交了移出经营异常名录资料,在工商局,姑娘还给王丽丽讲了很多有关企业信息公示的相关规定,她告诉王丽丽,工商行政管理部门将有经营异常情形的企业列入经营异常名录,通过企业信用信息公示系统公示,提醒其履行公示义务。同时公开信息后也可以请各个企业互相监督,相互了解,这也是对信用企业的一种保护。

王丽丽现在最关心的是在提交资料后,多久可以移出经营异常名录。她问姑娘道:"我们已经提交了年报,今天又提交了移出资料申请,你们处理我们的申请要多久才能给我们答复?"

"五天内就可以给到你们回复,但是……"姑娘欲言又止,没有把后半句话说出来。

"但是什么?请你快告诉我。"

"按照工商局规定,曾经被列入企业经营异常名录的记录是永远消除不了了,会伴随企业终身,不但企业经营处处受限,企业负责人个人信用也会受到约束,你们要引以为戒。"

王丽丽惊愕得下巴都要掉下来了,那我们可怎么办啊?这样对公司后期运作影响太大了,这个责任我可怎么承担啊!想到还要影响到秦阳的个人信用,王丽丽更是不知该如何是好!

姑娘很肯定地点点头说:"企业不办理年报提交的后果其实是很严重的,只是现在很多企业管理人员都不是很重视这个规定,只有在受到损失时才重视起来。"

"有没有什么办法让我们既可以快速移出又没有记录呢?"王

丽丽似乎不是个轻易放弃的人,她还在寻求意外的发生。

"工商局有一条规定,"姑娘看着王丽丽焦急无奈的神情,悄悄地对她说:"企业未依照《企业信息公示暂行条例》第十条规定履行公示义务的,工商行政管理部门应当书面责令其在10日内履行公示义务。企业未在责令的期限内公示信息的,工商行政管理部门应当在责令的期限届满之日起10个工作日内作出将其列入经营异常名录的决定,并予以公示。你们可以以没有收到书面通知为由来做书面复议,如果确认属实的话,你们可以被当场移出经营异常名录的。"

王丽丽是何等聪敏,她一听马上明白了姑娘的用意,说道:"我马上去准备书面复议。"

王丽丽飞快地赶回公司立即安排准备了书面复议材料,又再次来到了工商局。

当她把复议材料交给那位姑娘时,姑娘对王丽丽雷厉风行的办事风格很是佩服,她说:"请稍等,我马上去和相关领导沟通你们的复议事情。"

过了一会,她面带笑容地回来对王丽丽说:"依照规定被列入经营异常名录的企业,可以在补报未报年份的年度报告并公示后,申请移出经营异常名录,工商行政管理部门应当自收到申请之日起5个工作日内作出移出决定。你们是已经补报了年报,又交了行政复议书面材料,经审核,现在我局已经对帕古电气公司作出了移出经营异常名录的决定,并向社会公示。"

不但在当天就成功地移出了经营异常名录,而且还没有留下任何记录!完美完成任务!王丽丽兴奋地又涨红了脸,握着姑娘的手开心地不停地谢着。

不到五天,帕古电气就收到了工商局通知,帕古电气已经被工商局移除经营异常名录了。

秦阳心里的一块石头终于落地了。

王丽丽精心准备了一面锦旗，上面写着："为企业所想，急企业所急，解企业困难，为企业解忧——人民公仆"几个大字，再次来到了区工商局，对姑娘表示了感谢。

姑娘没有想到王丽丽会送来锦旗。她很真诚地对王丽丽说："列入经营异常名录后，企业会有很多麻烦，记录将伴随企业终生，政府部门实施信用联合惩戒，凡被列入经营异常名录的企业，在申请办理各类登记备案事项、行政许可审批事项和资质审核、从业任职资格等有关事项时，行政管理部门将予以审慎审查；不但日常经营活动受限，信用受到质疑，很可能引起交易相对方拒绝合作；载入经营异常名录满三年的，就会被列入严重违法失信企业名单；企业负责人任职将受限。请你们以后一定要注意按时做年报，不然对企业的影响很严重。"姑娘很认真地对王丽丽说。

王丽丽不住地点头说："以后我们一定按时做年报，也要重视公司的信息公示工作，这关系到我们公司的信用问题，信用有污点的公司，参加一个投标都难啊！"

回公司路上，王丽丽回想起秦阳曾说过建立财务规章制度的话，她若有所思起来……

27 打工"游击队"

　　帕古电气终于被移出了经营异常名录,可以正常经营了。但是,令秦阳百思不得其解的是,为什么公司有很多事非要到火烧眉毛了才知道要去救火?这次要不是碰到那位好心姑娘的提醒,被列入经营异常名录这个污点恐怕是难以去除了。事情虽然解决了,但运气成分很高,以后再出现类似问题会不会还有这种运气呢?这些全是未知数了!

　　秦阳左思右想,发现目前帕古电气最根本的问题还是出在企业文化上,一个没有企业文化的企业是不可能有可持续发展的。

　　秦阳知道,企业文化根植于人们内心深处的一个常年养成的习惯,其不可能在一次会议、一场活动中就可以形成。如何营造良好的企业文化环境,让大家在有约束的环境中工作,还是要通过企业的宣传来实现。

　　要通过宣传部门以适当的方式,及时、准确地将企业领导的要求,传达到企业内部,把文字转变成思想,促使企业内部达成共识。通过宣传,将企业经营状况、发展动态、先进人物及有关职工切身利益的热点、难点问题及时公开,唤起职工对企业的认同感和责任感,推动企业健康发展。

同时企业通过宣传,还可以将职工的思想动态、意见和建议,反馈给企业的决策者,利于决策层改进工作方式,调整发展策略,使经营管理更具实效性和针对性。因此,通过上情下达、下情上传,形成双向互动,为企业发展营造良好的环境。

那么,如何在帕古电气公司里建立起一套独具风格的企业文化呢?秦阳这里正思考着如何提高员工的素养,建立企业文化的事,宋怀山却在为生产开关柜的人手问题发愁。

中海油和地铁公司两个大项目前期的设计交接、设备招标和开关柜柜体外包都已经顺利完成,整个工程已经进展到了最后的装配接线阶段了。现在,车间里到处摆满了各种型号的开关柜元器件,工人们因为实行了新的奖金分配制度也干劲十足,热情高涨,车间里一片热火朝天的工作景象。

工程越接近尾声,宋怀山越是发愁。将近1000台的高低压开关柜,需要在两个月内完成安装、接线和调试工作。他仔细算了一下,如果车间工人加班,几十个工人加上车间领导一起上,完成所有开关柜的电气设备安装工作应该问题不大。问题是现在车间仅有十来个接线工人,要她们在短期内完成1000台开关柜的接线工作,就算她们每天24小时加班也肯定无法完成。还有调试工作,如果按照以往的惯例,等到所有的接线完成后移交给质量部进行调试的话,就凭仅有的两个调试员,光查线和调试就要一个月时间。

他思来想去,还是决定召开一个生产会议,提前把这些问题交给大家来讨论,一来可以听听大家的建议,集思广益,二来也可以减轻一点自己的压力。

秦阳把召开生产会议的想法告诉了宋怀山,宋怀山立即召集了一个生产扩大会议。

会议在公司二楼的大会议室召开。参加会议的有销售部、生产部、质量部、技术部、商务部、财务部、仓库的部门经理和主管,还邀请了人事部经理王雯玲参加。

会议由宋怀山主持,他首先介绍了公司目前生产的情况:"中海油项目的高压柜部分的安装,经过车间工人的日夜努力,现在已经基本接近尾声了,现在就等开关和手车部分完成后就可以提交调试了。中海油项目的低压柜部分的柜体是上海的外包厂家生产的,经过质量部外包检查后都已经交付我们了,现在正在车间里安装电气设备。目前已经有几台低压柜安装完毕交付接线了。但是大家都知道的,地铁公司的项目主要是低压柜,数量很大,有700多台柜子。由于外包的厂家在浙江,现在已经到货的柜子在300台左右,最近两周内会陆陆续续全部到厂。现在整个工程都已经进入到了最后的冲刺阶段了。我们要在短短的两个月左右的时间内,完成全部项目的生产。要如期完成任务,我们现在面临几个问题,我现在提出来请大家一起讨论一下,看看如何解决,如果大家还有别的问题的话可以再补充。第一个问题是接线工人的问题。我们现在仅有十来个接线工人,要是去掉负责套管打字员的话,十个工人都不到,要她们在这么短的时间内完成1000台开关柜的接线工作,即便每天加班,也是一个无法完成的任务。第二个问题是调试,按照以往的流程,等到所有接线完工后再移交给质量部调试的话,要在两个月内完成调试是不可能的。第三个问题是质量检查,如果按照质量部文件规定的质量检查要求,所有的工序必须经过过程检查才能进到下一步,这样就要多花费很多时间,有没有好办法缩短过程检查的时间或者取消过程检查?"

宋怀山说完,他朝秦阳看去,他看到秦阳只是低着头,很认真地在做着记录,并没有注意到自己看他。

宋怀山问车间的李主任:"李主任,你有没有算过,就凭现在车间的接线工人去完成所有接线工作,需要多久才能完成?"

李主任看起来有点木讷,他在开会时一般不会主动发言,见宋怀山问他,他有点紧张地说:"就凭我们现在的人手要完成这么大的工作量的话,最起码要三四个月时间才能完成。"

这时候莫丹先插话说:"一般接线需要两个人一组,就算一天完成一台柜体的接线的话,十个人一天只能完成5台柜子,一个月不休息也只能完成150台柜子的接线,两个月最多也就只能完成300台柜子的接线了,我们现在要完成700多台柜子的接线,差距很大呢。"

宋怀山对莫丹先的算法有点不耐烦,他说:"现在的问题,我们大家都很清楚,仅凭我们车间的力量肯定不行,我们今天召开这个会议的目的就是要让大家一起讨论一下这个问题,看怎么解决。"

莫丹先行事粗线条,说话也口无遮拦,愣头青一个,他没有听出宋怀山的话外之音,接着宋怀山的话说:"那就让她们一个人做一台柜子,日夜加班,再加上奖金翻倍,也许可以完成的。"

李主任知道莫丹先在出难题给他,他不同意莫丹先的提议:"要他们在两个月中日夜加班去完成,这肯定行不通,不但质量无法保证,到时候如果要返工更加无法控制时间,再说她们还都有各自家庭,都是家庭主妇。我们还是考虑一下别的办法吧。"

"养兵千日用兵一时嘛,老李,现在是用人之际,你平日里对她们也不薄,现在应该是她们出力的时候了。"莫丹先可不买李主任的账,继续说道。

李主任反应慢,一时还没想好如何反驳莫丹先,曹仁贵这时接上了话:"我们现在人手不够,我倒是有个提议,我们是不是可以多招聘几个接线工人进来,反正以后都要用的,不如干脆招聘十个二十个人,一劳永逸!"

"招聘接线工人是完全可以的,不过,招聘工人要有时间的,最快也要一到两周时间,另外招聘来的人,还要对他们进行培训让他们熟悉公司的流程和图纸。就怕远水不解近渴。"王雯玲刚才也想到了招聘人员,但是她没有把她的想法说出来。她很清楚,如果现在她提出去招聘,万一招聘不到员工或者招聘的员工一时满足不了要求,因此耽误了工期的话,所有的责任就都是她的了,她可担待不起!

曹仁贵执拗得有点拎不清,他还是按他的思路说:"王经理,我建议我们可以去招聘一些熟练的接线工来,现在外面有很多熟练的接线工人还待岗在家没有工作呢。"曹仁贵其实心里惦记的是他原来开关厂的那些老同事。

王丽丽接过曹仁贵的话说:"曹经理,按你的建议,如果我们再招聘20个接线工人的话,就会增加大约每月10万元左右的支出,加上我们现有的接线工人一共有三十几个人,你有没有想过,如果平时我们没有这么大量的接线工作的话,他们的工作如何安排?他们不是就要闲置了?这对企业来说也是个负担呢!"王丽丽从成本角度分析,为了一段时间的项目需求贸然增加这么多固定员工,对公司绝对不利。

"我建议去找一些临时工,就是'打工游击队'来帮我们做,一来不需要招聘人员,二来可以快速解决这个问题。以前我们公司遇到这类问题也请过外面的接线工人。"李主任慢腾腾地说。

"要找临时工'游击队'来公司,我没有意见,但是也必须要有劳务合同,不然出了意外事故我们要全部负责的,还有如果没有劳务合同,他们的工作质量如何保证?万一做到一半走人了呢?"王雯玲提醒道。

李主任听王雯玲这么说,他感觉有点失望:"现在的'游击队'

都是没有劳务合同的,他们都是草台班子,临时凑成的人员,不过他们的能力是绝对可以胜任的,她们都是为了赚钱,哪里钱多去哪里。"

"不签劳务合同绝对不可以,这是没有商量余地的,要不然出了事我们公司可得全兜底,这个风险一定要把控好的。"王雯玲坚持着她的底线。

"还有,如果真打算请外包工,请把最后核算的人员成本告知商务部,这关系到最后的成本核算!"高晓芳这时插了一句。

李康听高晓芳这样说,马上跟了一句:"高经理,这个投标时应该有过考虑吧?"他知道成本的增加会影响他最后的提成。"我们考虑的是常规人员成本,现在需要外包和加班还有外聘人员的过程控制,可能会有些不同,还是搞清楚的为好。"见高晓芳说的也不无道理,李康也不做声了。李康当然更关心的是他的合同可以顺利交货!"这个可以。"王雯玲回答说。

"王经理,签订劳务合同这个问题不大,我们可以要求'游击队员'们都去劳务公司签一下合同,我们支付给劳务公司一点合同签订费用而已。"宋怀山接过王雯玲的话,说着又问李主任:"现在你能请到多少接线游击队员来我们公司接线?"

"请到十个人没有问题。"李主任很有信心地说。

"十个人肯定不够,我们起码要请到二十个人才能满足我们的要求。"宋怀山心里清楚,就是请来二十个人,这些工人还必须是熟练工才能如期完成工作。

"我负责去请另外的十个人,我保证他们都是老师傅级别的熟练工。"曹仁贵原来工作的开关厂现在已经歇业停工很久了,很多工人都待业在家,他很有把握可以请他们过来。

"好,那就请李主任和曹经理费心了,由你们两个各负责去请十个接线工人来,而且越快越好。"宋怀山见人员的事情落实的这么快,自己一直头痛的事解决了,他很开心,他从烟盒里拿出一支烟扔给坐在对面的李康,自顾自点起了一支烟,开始放松地吞云吐雾起来。

王丽丽正好坐在他边上,一阵烟雾飘了过来,她马上用双手夸张地扇着烟雾,发出她标志性的声音道:"你注意点好吗?现在大家都在开会,这里严禁吸烟。"

宋怀山无奈用手掐灭了烟头,对王丽丽说:"就你矫情,别人都没说什么,就你反对。"说完,他转向大家说:"其实还有几个问题也想请大家集思广益,找出解决办法。"

"我说几句。"老季这时把手从笔记本拿开说:"刚才听宋总说要取消过程检查,我想说,这样做可能会影响产品质量。过程控制好坏直接影响开关柜后续的安装和调试,过程控制不但不会增加时间,相反还可以大大缩短调试时间,这个只要大家时间配合好,交叉进行,所以我提议不要取消过程检查这一关。至于如何加强检查,如何缩短检查时间,我的看法是可以按照工艺标准图纸来检查,大家都严格执行工艺标准,这样可以又快又好地完成任务。"老季当然不能让宋怀山取消过程检查,他知道,如果取消了过程控制,后续的检查和调试会出现很多难题,出厂产品质量将完全失控!

宋怀山似乎有点刚愎自用,他对老季说:"过程控制一般对流水线产品作用比较大,对我们这样的开关柜生产作用并不大。取消过程检查,你们照样可以在整机上检查,不会有什么问题吧?"

老季对标准的执行很固执,他不太会轻易放弃对产品质量有利的程序,他说:"过程控制是把事情控制在源头上,整机检查很难发现产品生产安装时发生的质量问题。比方说,安装位置反了不去要求纠正,就会对后续的接线和调试造成影响,一旦发生,再返工的工作量很大。"

宋怀山知道，老季的道理是对的，这时自己再坚持放弃过程检查会招来更多人的反对，后果他也不想承担。于是他转换话题，说道："只要过程检查不影响时间的话就继续保留，但是目前质量部检查人员太少，必须再招聘几个进来，就目前的人员，你要坚持过程检查，时间上是不是有问题？这样吧，季经理，你把招聘要求尽快提交给人事部，请王经理尽快安排招聘。"宋怀山把质量部和人事部都推到了前台，你老季要坚持过程检查，那你就去和人事部协调人员招聘，他明白，没有人员进来，过程检查一定会影响生产进度。

"好的，我今天就把人员招聘需求发给王经理，"老季是个直肠子，他没有听出宋怀山的话外之音。

见几件事情经过讨论，都有了落实，秦阳在会上没有发言，他知道，只要自己坐在那里，就算不发言，也会有一种威慑力，大家说话都会照顾他的感受，这个会议也就会正常进行。但此时秦阳想的是要规范这类会议，做到把问题处理在萌芽状态，让每个部门顺畅运转，会议沟通是一个良好的解决办法。这也是他正在思考的企业文化之一。如何把已经瘫痪的公司网站快速恢复，如何把公司新的气象推向市场，告诉我们的现有客户及潜在客户公司现在的生产能力，宣传公司的新产品……秦阳想得很多，现在需要找一个具体负责的人，秦阳想要找机会跟王雯玲落实一下。

生产会议进行得很顺利，宋怀山担心的问题都有了解决方案。

只过了一天，两波接线"游击队"就都来到了帕古电气。李主任带来的接线工人年龄都在30岁上下，而且都是女工，她们拿了李主任给的原理图纸，马上开始放线上岗了。

曹仁贵带来的下岗工人则年龄偏大，都在45岁到50岁之间，而且身型都普遍发福，有些还戴着老花眼镜。她们同样拿到了李主任给的原理图纸，却没有办法开始放线，而是你看我，我看你，无从下手。曹仁贵看着有点着急,过去询问了一位叫小琳的女工,小琳告诉曹仁贵,她们原来拿到的都是从原理图翻好的接线图,这是从开关厂一直沿用至今的习惯,她们看不懂原理图,所以她们无法接线。

曹仁贵一听有点发憷了,这些人都是自己请来的,而且自己已经给她们做了承诺,保证让她们有活干,有收入,而且还保证会有较长的时间可以工作。他想想这里除了自己会翻原理图外,没有别人可以帮忙了,但仅凭他一己之力,这也是不可能完成的事。他无计可施,只能带着这问题来找秦阳。

秦阳听了曹仁贵的介绍,知道曹仁贵来找他就是希望自己给他拿主意的。他想了想对曹仁贵说:"我们把老季请过来,请他帮忙翻图纸。他以前可是开关厂设计科号称快枪手呢。"

"老季?"曹仁贵对老季设计图纸似乎有些看法,他知道以老季的脾气是不会同意的。他就提醒秦阳说:"以我对他的了解,这事与他无关,他才不会愿意帮忙设计呢!"

"你别管,这事我来处理。"秦阳却显得很有把握,不由得让曹仁贵心生疑惑起来,他想看看秦阳到底用什么办法来调动老季。

秦阳打电话把老季请到了办公室,老季进门看到曹仁贵也在场,他以为找他谈什么产品质量问题呢。

"老季,当时我记得在开关厂时,你们设计组有个叫小吴的人设计图纸很快的,还有一个叫陈韦的也是设计快枪手,而且据说他们设计的图纸质量都比你好,是吗?"秦阳说完对曹仁贵眨了眨眼睛。

老季一听秦阳夸奖小吴和陈韦两人的设计能力强,马上很不屑地说:"他们两个设计能力都不行,他们设计的图纸比我设计的要差很多,当时我们设计组有难一点的图纸都是我做的设计,根本没有他俩的份。"

"我听说他们直到现在都还能设计图纸呢！你还能不能做设计呢?"秦阳一点一点在引诱老季进圈套。

"现在你拿图纸来给我设计的话,我不但可以设计,还一定比他们设计的好。"老季很自信。

"这么多年了,我不相信你现在还能画图?"秦阳用激将法逼老季上钩。

"不信你当场拿图纸来,我画给你看啊!"老季说话一急,脸就涨得通红。

"好！这可是你说的哦,不要反悔哦!"秦阳说完对曹仁贵说:"你去拿几张图纸来,请老季设计成接线图,明天交给我,我要证明他确实没有忘了看家本领。"

曹仁贵得令后,马上回到技术部,拿来了几张图纸交给秦阳,秦阳转手交给老季说:"这是几张中海油低压的图纸,你把它翻成接线图交给曹仁贵。你不要出错哦,这是要给车间接线工人用的图纸。"

老季拿过图纸看了一会儿,说道:"现在这里不用翻成接线图啊,都是直接用原理图接线的,为什么还要去翻图纸呢?"他似乎不明白秦阳为何要他做这件事。

秦阳知道现在到了把事情真相告诉他的时候,于是他把请开关厂接线工人来这里帮忙接线,她们只看得懂接线图的事原原本本告诉了他。

老季此时方才恍然大悟,他指着曹仁贵说:"这事不是他负责的吗？为什么还要我来做？我这不是多此一举吗?"

"现在整个公司可以翻接线图的只有曹仁贵一人,老曹请来的接线工有十个人,他一人很难应付十个人的需求,现在就是想请你帮帮忙,解决一下燃眉之急。"秦阳把话说得很清楚了。

老季见秦阳这么说,也就不好意思再推托,谁叫自己刚刚中了秦阳的圈套夸下海口的呢！但是他嘴上还是不依不饶："老曹，这次是看在秦总的面上，我帮你解决图纸的事，以后我有事你也要鼎力相助啊。"

曹仁贵也很诚恳地说："只要你老季一句话，我一定全力以赴。"

秦阳见事情解决了，也就很高兴地对他们说："我们现在都是捆在一条绳上的蚂蚱，大家只有齐心协力才能让公司顺利发展下去。"

两波接线工人都开始了接线，宋怀山有意把她们分成两排，一边是李主任带来的人，另一边是曹仁贵带来的人。一个星期下来，两边的接线速度已经有了很明显的距离。李主任带来的人已经干完了 30 台柜子的接线，然而曹仁贵带来的人只干完了 12 台柜子的接线。

据老季安排人员检查，曹仁贵带来的人接线错误率比李主任带来的人要高很多。为了纠正错误的接线，李主任只好安排公司自己的接线工人给她们返工，车间里对曹仁贵带来的接线工人一片嘘声。曹仁贵也颇受打击。

曹仁贵面露难色地对秦阳说："看来这些国有企业下岗的职工，她们实在不能适应现在的工作要求了，要不把她们换下来算了？"

秦阳不同意："她们都是下岗待业在家的职工，生活一定不会很好。再说这次是你去把她们请过来的，不能说来就来，说走就走，不然，以后你还如何在她们面前说上话呢？这次能有机会给她们工作，也是对她们的一点支持。我们也只能帮她们这点了，既然来了，就让她们干完，不对的地方请公司自己人给她们多提供帮助。"

帮助这些下岗工人是一方面，秦阳更看重的是自己的承诺和面子。经过这次,秦阳更加深刻地体会到,这些从国企下岗的职工,已经很长时间没有系统地工作学习和培训了。她们的技能还只是保持在十年前的开关厂时代,她们实际上已经被时代淘汰了,而他也已无能为力再帮她们了。

28 违章建筑

刚送走曹仁贵,秦阳收到集团公司发来通知:为了更好地完成全年经营目标,通知各个子公司派员参加在广东的年中生产进度会议,要求每个子公司副总经理以上级别管理人员参加会议。

会议的时间,刚巧和秦阳早已安排接待地铁公司客户的时间有冲突。于是他委派副总宋怀山去广东参加会议。

几天后,参加了会议的宋怀山回到了上海,向秦阳转达了会议精神:集团公司打算将位于华东区的货物,全部集中存放在帕古电气公司,这样公司必须配备一个5000平方米的物流中转仓库。

从车间划出5000平方米的仓库,才能满足集团公司的需求。这样一来,要压缩车间生产场地,势必缩小空间,妨碍生产、影响规模操作。听到这个消息,秦阳心中一阵阵发冷,他似乎隐隐约约感到了危机。

就目前帕古电气车间场地而言,空间本来就不宽裕,再划出5000平方米给物流中心,这对帕古电气今后的发展意味着什么,秦阳心知肚明。原本他打算让老杨协调一下,后来想想不妥。集团做出这样的决定,老杨应该已经知道了,但他并没有告知自己,也许他有难言之隐,莫不是他遇到了来自董事长的阻力。

尽管老杨曾承诺:任何事情可以找他帮忙,但此刻秦阳不想难为他,他想试着自己去解决这件棘手的事。

"什么时候要完成仓库改建?能不能等我们这批合同交货后,再开始改建?"他回过神后转问宋怀山。

"集团王总通知马上开始改建,改造好的物流仓库,由上海分公司的贺来娣负责。"宋怀山如实说。

又是贺来娣!空间如果被划掉一半,车间里满满的货柜怎么处理?很多没到货的货柜放哪里?

他的不悦并没有在宋怀山面前流露出来,因为宋怀山是集团派来的人,还是防着点为好。他对宋怀山说:"既然这样,只能完全服从,我们一起想想办法,如何不影响完成这批开关柜的安装和调试工作。"

"食堂对面的大草坪上,有一块闲置空地,面积不止5000平方米,可以考虑建仓库。"宋怀山突发奇想地说。

秦阳想了一下,觉得这个提议可行,他对宋怀山说:"这草地闲置已久,确实可以利用起来。你去和集团协调一下,征得他们同意后,我们就马上动工。"他觉得由宋怀山出面申请,若遇打"回票",在他这里能有个回旋余地。

宋怀山马上向集团的总裁王总汇报了建仓库的设想,事情出人意料的顺利:王总当即表示同意了,并让宋怀山按照正规流程办理手续。

宋怀山主动承揽了申办建设仓库的申请手续的事。他认为,如果把车间改成一半车间一半仓库的话,尚且不说不雅观,还影响车间的流水操作,所有工艺流程都得重新设置。而如果在空地上建成了新的仓库,那就不存在问题了。

宋怀山从资料室调出十年前建造帕古电气的文件仔细阅读起来,他发现原来公司在建设规划许可证上的申请厂房面积是 12000 平方米,而实际只建设了 8000 平方米,外加 2000 平方米不属于厂房申请范围的办公楼。这样计算下来,还有 4000 平方米的厂房建筑面积空置。能否利用这 4000 平方米面积在草地上建设仓库?虽然离要求少了 1000 平方米。

宋怀山像哥伦布发现新大陆似的高兴起来,马上将这个情况向秦阳汇报。秦阳鼓励他以多余的建筑面积,作为申请建设的理由,再去区规划办重新申请。

宋怀山心急火燎,来不及招呼司机,自己驾车直接来到了区综合办公大楼的规划办。

他把所有备齐的资料和申请报告递到了服务窗口。

接待他的是一位 40 多岁的中年妇女。她接过宋怀山递上的申请资料,仔细看了一下,对宋怀山说:"这个规划建设许可证是十年前办理的,你递交的仓库建设申请和施工许可证,与建设工程规划许可证不匹配。建设工程规划许可证有效期的规定是取得《建设工程规划许可证》1 年内未开工的建设项目,必须在期满前 1 个月内办理延期手续,延长期不得超过 6 个月。期满又不办理延期手续的,其《建设工程规划许可证》自行失效。你们的厂房已经建好,多余的没有建设的部分都已经过期,这份建设工程规划许可证早已经失效了。"

尽管宋怀山有点失望,但这是他意料之中的,他问她:"文件中规定的项目,是指建设工程规划许可证中报建的所有建筑物的集合,是一个整体,那么已经办理了施工许可证,现场已经动土,甚至建筑已经在建或是基础上到正负零以上,就算已经开工,建设工程规划许可证,就不存在过期的问题,我们只是延期建设而已,不算是失效吧。"宋怀山试图从许可证上再做些文章。

"你这个情况不一样,如果你们公司的建设是在六个月内的话,还可以考虑,你们的规划许可证是十年前办的,建筑建设也是十年前的了,你就不要再说了,现在开工肯定不行。"工作人员态度坚决,斩钉截铁地对宋怀山说。

"那您看还有没有别的办法,可以通融一下,使我们可以建设仓库呢?这块地皮已经空置十年了,不建设的话不是资源浪费吗?我们建一个仓库是用来扩大生产的。"宋怀山用期待的眼神看着她。

"如果你们原有工厂建设时手续齐全,去规划部门查一下这个项目所在地的控规,看看这块地的容积率是多少?这个指标是规划局定的,一般不能改动,容积率乘以建设用地指标,就是你这块地能建设的最大规模。我建议你们测量一下原有厂房的面积,如果还剩指标,这个指标就是你们能加建的最大规模,以上条件全满足,则可以去规划局申报规划意见书,参照扩建工程程序办理相应手续。"工作人员耐心详细地将要求告诉了宋怀山。

宋怀山连声道谢。

这是个综合办公楼,规划局的各个对外服务窗口都设在这里。在规划局窗口前,宋怀山进行了询问。

窗口的工作人员告诉宋怀山:规划局是否下发规划意见书,取决于以下几个因素:(1)拟建项目的各项申请指标是否与对应地块的控规指标相符;(2)拟建项目是否与国家大的建设政策相违背,是否属于限建或禁建范畴;(3)申报程序及建设主体资格是否正确;(4)申报材料是否齐全。

随后工作人员输入了帕古公司的地址,进入规划办的网站查询了详细资料后,告诉宋怀山:"你们公司的地块已经被规划为商用大飞机用地范围了,重新申请建设仓库,已经没有可能会被批准了,你们还是想想别的办法吧。"

垂头丧气的宋怀山驾车回到了公司。

走进办公室,他泡了一杯浓茶,点了一根玉溪牌香烟,一口进一口出地吸了起来。

最后的希望落空了,宋怀山沮丧极了。他去了秦阳办公室,将区规划局工作人员的话原原本本向秦阳描述了一遍,然后说了他的看法:"用先前的许可证去申请失败了,有一些有用的信息可以参考:我们工厂的地块已经被列入商用大飞机用地规划了。就是说,现在更应该把仓库建起来,既然商用大飞机用地把我们划入了规划红线范围内,就说明这块地皮很快就会增值。那么在最近几年内,周围的企业为了争取多得到征地赔款,就会争先恐后地想办法在自家企业范围内搭建一些简易厂房,我们也可以建个简易的物流仓库,到时区规划局执法大队,面对这么多企业的违规搭建行为,不了了之,法不责众嘛!一旦我们搭起来,既可以完成集团公司要求,又不影响生产车间的持续性,还可继续扩产。我这个说法有道理吗?"宋怀山有点激动地说。

听到被规划局否定的消息,秦阳并没有感到意外,本来就是死马当活马医。面对宋怀山的分析,他说:"说实话,我很赞同你的观点,认同你的分析。把待建仓库作为违章建筑来建设,做好预案和对策,我们需要做好充分思想准备,但是……"秦阳欲言又止。

"你是不是担心贺来娣会在集团老板那里搞事?"宋怀山问。

秦阳没有正面回答宋怀山,他说:"岂止这个担心,毕竟我们建设仓库需要近500万元的投资,使用的资金还需集团批准。不过,告诉集团公司:工厂土地已经被划做商用大飞机用地,土地即将增值,如果土地上面搭建建筑,将对后期拆迁赔款有利,也许这个理由,能得到他们的支持。"

"这容易,我去打个报告,要集团王总给个书面批示意见,作为我们应对的法宝,这不就成了嘛。"宋怀山自告奋勇地说。

"好!得到集团批准后,我们马上开始仓库建设工程施工招投标,以最快速度建起仓库。"秦阳催宋怀山抓紧去办。

宋怀山当即伏案起草了一份给集团的报告,秦阳在他的报告上修改了一下后,宋怀山以帕古公司的名义,立即发给了集团公司王总,并抄送给了集团老板。

王总当天晚上回复:同意!请按正常施工程序进行招投标流程操作!

宋怀山拿着王总的批复,一大早笑眯眯地来到了秦阳办公室,他说:"现在有了这把尚方宝剑,就不用担心小鬼闹事了!"

"建仓库的事,老宋你亲自挂帅,马上开始组织招投标!"秦阳把建设仓库的任务交给了他。

宋怀山去集团公司开会,得知集团对华东区的仓库建设催得急,如果不尽快建起仓库,势必影响帕古电气的工厂运作。他立即寻找了三家钢结构厂家,对他们发出邀请招标,经过反复考证,最后选定了由冯贵经理参与的宁波钢结构厂作为预中标单位,同时,他决定去宁波钢结构工厂考察。

为了避人耳目,避免引起不必要的麻烦,建设准备工作在悄悄中进行。宋怀山决定只身去宁波郊区的宁波钢结构厂考察一番。

宁波钢结构厂坐落在宁波江北区,这是个占地面积200亩,颇有规模的钢构厂,光厂房面积就有四万平方米,公司有一支大规模的钢结构技术团队,在装配式建筑、智能立体停车库设备、钢结构制造等领域拥有近300项专利,具备强大的技术研发和装备制造能力。先后获得国家住宅产业化基地、国家认定企业技术中心、中国驰名商标、国家高新技术企业、钢结构制造企业检测综合特级、浙江省行业技术中心、浙江省建筑产业化基地、浙江省两化融合企业等荣誉。

看完公司规模和公司资质,宋怀山对于选定这家公司作为仓库建设方有了底气,随后来到了冯贵的经理办公室。

50平方米的办公室看上去够宽敞。坐北朝南一张仿红木老板台,配一张高靠背老板椅。对面放置了一套黑色真皮三人沙发,沙发前一张越南花梨做成的茶桌上,放着一套绘有龙凤呈祥图案的功夫茶茶具,显示出主人不凡的品位。

宋怀山对冯贵说:"冯经理,你们公司规模真不小!我们这个小项目交给你们做,应该是小菜一碟。上次你们投标时,只提交了一份正本标书,还需要一套正本,你可以在副本上加盖公章作为正本,给我带回去。"说完他从包里拿出标书交给了冯贵。

冯贵接过标书走到桌前,这时,汪助理立即走过去,从边柜的抽屉里拿出一枚公章交给冯贵,冯贵盖完章递给了宋怀山。

宋怀山见到助理熟门熟路拿出公章这个小动作后,心生狐疑:冯贵可能不是这里的主人,是个挂着这个工厂牌子的冒牌货!心知肚明的宋怀山并没有揭穿。

下午参观工厂后,冯贵随宋怀山回上海。路上,宋怀山对冯贵说:"冯经理,我判断你不是这家公司的人!你和这家公司是什么样的关系?如果给你们中标,将会如何操作这个项目?在签订正式施工合同前,我必须了解事情的真相,不然这个项目的施工合同不能给你。"

冯贵见宋怀山揭穿了自己的真面目,瞒不过去了,就直言相告:"宋总,不瞒你说,我和钢结构厂总经理是好朋友,就是刚才冒充的助理!我搞钢结构施工已经二十多年了,但从没有去申请过资质,也没有自己的工厂,这次借他们厂的名义来参加投标,到时签合同由他们厂出面签。我交两个点的管理费给宁波钢结构厂。"

说完这些,他还加了句:"宋总,您放心好了,我是懂规矩的人,到时不会忘记您的。"

现在有很多小公司,都挂靠在大公司下来参与项目投标,中标后缴纳1%～3%不等的管理费。如果是要求不高的项目,小公司能拿下,如果是技术难度高的项目,是达不到要求的。现在这个项目,是建设一个钢结构仓库,属于技术难度很低的项目,宋怀山认为冯贵公司承接下来应该没有问题。想到这里,他对冯贵说:"这事只有天知地知,你知我知,就不要再多说了,我让你中标,但是你必须给我把控好质量,千万不能出差错。你必须给我补充一份关于后续服务条款的协议。"宋怀山想到自己从遥远的大西北来到上海打工,不就是为了多赚点钱。如果在彼此相对安全的情况下,何不妨为自己积累一些财富?明年如果公司效益好,他还想把老婆、孩子都接来上海呢。

冯贵对宋怀山说:"我施工的全套要求,都是按照国标规范进行的,如果有犯规,您随时叫停,售后服务的事,包在我身上,你不放心的话,我们就签个补充合同。"

宋怀山突然想到什么,他对冯贵说:"冯总,钢结构屋顶不用常规颜色,要用绿色的,这事一定要记得。"

"为什么要用绿色屋顶?这样的话,就必须定制草绿色的钢结构板子。"

"一定要定制草绿色的钢结构板子后再安装上去,不能倒过来做。一定要按照我说的做,不然算违约。"宋怀山一脸严肃。

"明白了,一定按您说的去做。"冯贵虽然还是不明白宋怀山的用意,但见他如此坚决,也就不再做声了。

两个月的施工接近尾声,5000平方米的钢结构仓库终于完工了。宋怀山请秦阳一起参加验收,秦阳问宋怀山:"为什么屋顶搞成绿色的?像戴了顶绿帽子一样。"

宋怀山神秘地笑着说:"为这事,我动足了脑筋。每年区里要对辖区的所有建筑物,进行一次航拍,发现有违章建筑,就要责令整改。我想出了应付航拍的绝招,原来这里是草地,我现在把屋顶漆成绿色的,就和原来的颜色没有多大区别,航拍时,就很难发现仓库了,我们不就少了很多麻烦嘛。"

果然,仓库盖好后,没有收到要求整改的通知。物流仓库全部搬进了新建的仓库,车间的生产没有受到影响。但是,秦阳心里清楚:这样的违章建筑,就像一颗定时炸弹,随时会爆炸。

29 参展

建好了仓库，也就保证了车间的正常使用。中海油和地铁的项目终于顺利出货了，但在这次引进接线工人的事件中，曹仁贵带来的工人接线速度明显比李主任找来的工人慢，而且接线质量又略显逊色，两波"游击队"的实力相差颇多。然而在最后付款时，公司不但没有给曹仁贵带来的"游击队员"打折扣，依然按照原来的合约规定支付了费用，为此，公司内部对秦阳的做法颇多微词，而秦阳则坚守着自己的原则。

一天午饭后，商务部高晓芳收到一份上海国际配电开关设备展览会的邀请函，她拿起这份印刷精美的邀请函仔细阅读着。

经理办公室的门没有关，她部门的几个技术和商务、报价员，以为她不在办公室内，正毫无顾忌地在议论着：

"听说这批人都是原开关厂下岗员工，其中有些人和曹经理原来还是一个车间的。"商务小葛一边吃着零食一边说。

"是啊,我还听说曹经理欠她们外出打工的钱还没有还清,为了弥补亏欠她们的薪水,就极力推荐她们过来打工,听说给这些游击队员的工资比我们厂固定工还高呢!结果呢,速度和质量都一塌糊涂!"报价员小崔神神秘秘地说。

外面的议论飘进了高晓芳耳朵里,她实在听不下去了,走出办公室,很严肃地对他们说:"你们哪里听来的小道消息?公司外聘人员都是按劳动法签了协议的,按协议支付工资是天经地义的,至于质量、速度如何,这不是你们需要考虑的问题,公司有公司的原则和处理方式。在我们这里,希望你们不要去传这些未经核实的消息,不利于团结。"

商务小葛没有想到高晓芳就在办公室里面,她对小崔吐了下舌头,低下头不做声了。

高晓芳见她们不再议论,她又补了一句:"你们自己做好自己的本职工作,当心不要出错。"说完,她拿了那份邀请函来找秦阳。

秦阳正在自己办公室的电脑上写月度报告,听见敲门声,他抬头看见高晓芳,便停下了手头的报告,请她坐在他办公桌对面。秦阳见她手里拿着那份展会邀请函,明白她来的用意,就问她:"你是想说这次展览会吗?你有没有了解过这次有多少单位参加展览?"

高晓芳坐在秦阳对面望着他,轻声细语地说:"我刚刚了解过,这次展会的规模很大,参展单位中几乎包罗了所有电气制造行业的巨头:有德国西门子、瑞士BTT、法国施华罗、法国阿尔斯通,和美国 GE 等,还有国内的行业佼佼者:大全集团、上海电气、平高集团、正泰集团、德力西集团等。我想征求一下您的意见,我们公司是否也应该去参加呢?"

"好啊!这可是个好机会,我们一定要参加这次展会,展览会是个低成本接触客户的好机会,据统计展览会接触客户的成本是其他方式的40%。而且我们要在展览会上展示我们的优势,让我们原来的客户对我们更有信心,同时可以让更多的潜在客户认识我们!"他又对高晓芳补充了一句:"你知道,我这段时间一直在考虑公司如何做宣传,如何把我们现在的成就和情况对外展示,展览会是一个最好的舞台,而且届时一定有新闻媒体报道,我们不是又打了个免费广告嘛!我们一定要去,还要做好充分准备去。"

"如果要去设展台参加展览会价格可是不便宜呢!倘若想选个好的位置不但要趁早,而且可能价格不菲!"高晓芳不无担心地说,一边递给秦阳一张展台收费表。

秦阳接过收费表看了一下说:"我们这次不但要设展台,还要找个显眼的地方设展台,参展的费用你不用担心,你只管去张罗。除却费用问题,参展的其他事由你全权负责,你先去了解一下情况,做一份参展的预算给我。"

得到秦阳的支持,高晓芳感觉心里很温暖。对于让她来操办展会的事,她知道,那是秦阳出于对她的信任。她思忖着如何才能操办好这次参展。

她记忆中操办过沈阳的展览会,还是五六年前黄先生在的时候。沈阳会展前两天,她接黄先生通知和小钱两人一同前往布展,匆忙地订好机票及酒店,旅行箱里塞满了各式样本和经理们的名片,直飞沈阳。当晚赶在展馆关门之前,请广告公司加急做了几块展板,匆匆布置了一下展位。等到晚上11点一切准备就绪,回到宾馆,两个人像散了架一样瘫在床上!其实那还不是一次真正意义上的展览会,后来知道因为主办方没有在开展前及时招到足够的参展商,在最后几天里以极低价格推出了剩余的一些展位。所以实际上,高晓芳并没有真正的参展经历,缺乏操办展会这方面的经验,她不无担心地对秦阳说:"我所知道的参展就是先出钱去订好展位,然后送参展产品,再就是派人接待和讲解。是不是这些内容呢?然后结束后负责撤展,其他的方面我就不太清楚了。"

秦阳听她这么说,知道她说的是实话,他想了一下对高晓芳说:"这样吧,我给你介绍一个BTT公司的展会专家龙先生,你可以向他请教一下参展的注意事项。"

高晓芳对秦阳投去感激的目光,望着秦阳说:"你有专家推荐给我最好了,我也可以跟他多学习学习,不至于犯不必要的错误,还可以事半功倍,太感谢了!"

秦阳随即拿起电话打给了BTT公司的好朋友龙泽。电话很快就接通了,秦阳把帕古电气要去参展的事简单地跟龙泽说了一下,并请他向高晓芳传授一些参展要求和秘籍。龙泽很爽快地一口答应了,并欢迎高晓芳随时前去咨询。

高晓芳当天下午便来到了位于市中心的BTT公司。

龙泽性格外向,是个很热情好客的人,他大约三十五六岁,消瘦的身材,深蓝色的西装,一条金黄色领带配浅蓝色衬衫,显得很是精干。见到高晓芳,他调侃说:"秦阳的运气不错嘛,商务部经理这么漂亮,难怪他乐不思蜀呢!"

初次见面,高晓芳被他说的很不好意思,她微红着脸轻声说:"哪里哪里!龙经理说笑话了。"尽管嘴里这么说着,但高晓芳对龙泽有了一个良好的印象。为了避免再次被龙泽借题发挥,高晓芳赶紧问道:"龙经理,恕我直言,我从来没有负责过展览会,也不知道应该注意些什么。这次秦总要我负责展会,我真的无从下手,今天来这里就是想请您多告诉我一些参展商要注意的事项和流程,先谢谢了!"

"高小姐你客气了!秦阳眼光多辣啊,他看中你负责展会,说明你一定是很有能力的,只是没有操作过展会而已。"龙泽恭维人很有一套。

"不过,参加展会对负责人来说,事无巨细,还是很烦很琐碎的。如果不事先规划好的话,随时可能出现各种意想不到的问题和突发事件,到时就会在展会上出洋相。"说到展会,龙泽开始认真起来。

"那你快跟我说说,怎么做才会避免这些问题和意外的发生呢?"高晓芳急切地想知道。

"首先,展台搭建是最重要的工作,千万不能疏忽。有一次,一家参展商委托了私人企业搭建展台,既没有合同约束,去搭建时他们也没有派人监督。为了赚取更多的利润,搭建方没有使用防火材料,结果因为使用电炉不当引起着火,把整个展台都烧光了,当时我也在现场,亲眼看到了那场火灾,结果这家参展商赔了展馆好多钱。"

高晓芳听到这个故事时,很是吃惊,她心有余悸地说:"这么可怕,看样子一定要规范操作。龙经理,麻烦你详细对我说一下注意的细节,我要好好记录下来。"说完她拿出了笔记本等着龙泽说。

龙泽见她这么认真,心想秦阳运气不错,手下还有如此认真行事又如此养眼的经理人。他也很认真地说:"我说几点重要的地方,给你作参考。首先是搭建展台。搭建是整个环节的重中之重,50%的展示效果需要依靠搭建和展品的展示取得。其次是展品,展品尺寸要提前提供给搭建公司,由他们考虑如何安排展品的布置。展品不宜过多,但要突出重点,展品占场地面积不可以超过50%,否则过于繁杂,不易于顾客在瞬间捕捉到重点!另外,核心产品以实物展示的为好,因为实物可以现场演示,这样让客户有深入的认知。展板高度要跟人的身高匹配,这样便于介绍!

还有资料,资料的准备也是关键之一。参加一个大型的国际专业展览会,展览的资料、宣传策划反映出一个企业的综合素质,资料里可以全面地介绍你所有的产品,但记得要把你主推的产品放在醒目的位置！另外，一定要准备充足的名片。参展人员名片应以中英文印制，数量以每日50~100张准备。还有要提前约定客户，最大限度地邀请符合产品定位的目标客户和潜在客户，为满载订单而埋下伏笔。同重要的客户约定见面时间，以加强业务联系，这也是展览会的重要工作之一。在实际操作中，很多参展商过分寄希望于主办方来邀请买家，其实这是很错误的，要做到参展前广泛地宣传和发邀请函给这些买家赴展会与我们见面。我提供一点我的秘籍给你，我每次都希望和客户在我们展台上拍合影照，等到下次需要找他时，我可以拿着照片去找他，这是一着很有效的联系客户的方法。"

龙泽一口气说了这么多，他看到高晓芳都认真地记在了笔记本上。

"要女模特和不要女模特会有很大区别吗？"高晓芳问。

"模特是很吸引人眼球的，但是仅仅吸引一些年轻人，而真正有身份地位的人是不会在乎有没有模特的。话说回来，像高小姐这样有魅力的女性本身就是一道亮丽的风景，有你在就不需要女模特了。"龙泽不太相信女模特的作用。

高晓芳又问了一些其他注意事项，看看快到下班时间了，高晓芳站起身准备告辞，龙泽邀请高晓芳共进晚餐，高晓芳礼貌地拒绝了。

根据从龙泽处取经来的经验，高晓芳设计了几项创意：第一，她要求设计单位把整个展台按帕古集团logo的颜色用灯光打造成蓝白相间的海洋与天空。第二，纺织学院挑的三个身高1.75米女模特全部换上帕古集团专门为她们定制的制服，经过2天的培训来当接待，而每人每天500元的价格，物有所值，高晓芳认为秦阳也可以接受。第三，她特意在展区搭建了一个房间，门楣上用LED显示器显示了几个字"欢迎业务交流，红包奖励！"第四，对等接待，她安排了几张桌子,将帕古电气的总经理、销售总监、业务经理和技术经理的台卡放在桌子上,让来客一目了然,对应交流。另外,她还设计了从钥匙圈到充电宝不同的大小礼品,并且特地定做了100个U盘,用来存放公司介绍资料,准备送重点客户,这样也免得重点客户大包小包地拎着沉重不堪的各家资料,回去随手一放就不知所终!

高晓芳充当了现场总协调,她主要负责管理所有现场接待人员,解决其所不能应付的问题。

另外,除了通知公司中、高层管理人员给出参加展会的时间表,公司其他参展的工作人员,都是高晓芳亲自选定参加的,她还定下了几个规矩:(1)参展人员应该统一着装,并佩戴公司专用胸牌。(2)见到客人前来观看产品,主动上前迎接并礼貌地打招呼。(3)在客人参观产品,以及跟客人交谈的过程当中,留意观察客人普遍关注的产品,记录下来,进行统计分析,这对今后给其他客人推荐产品的时候有帮助。(4)客人在索要catalog的时候,让他留下名片和微信号,方便以后联系,同时在catalog上附上自己的名片,方便客人联系,但是要谨防竞争对手。

一切设想完成,她把全部想法连同预算写了一个报告发给了秦阳,希望秦阳最后给她点意见。

秦阳参加过很多次设备展览会,对展会的布置和各类吸引客户的方法了然于心,看了高晓芳的方案,他很欣然,觉得没有选错人,尤其是关于业务洽谈室的创意。他回复了高晓芳:洽谈奖励,可以先要求对方加入微信群,再发红包,留下客户信息,事后联系。创意可嘉,祝你成功!

华东地区最大的"上海国际配电设备产品展览会"如期举行,开幕当天,帕古电气所有相关管理人员和业务员都到现场站台。

开幕当天三个盈盈可人的女模特站在业务洽谈室门口,按照高晓芳的要求,尽管身着帕古电气制服,但合体的裁剪,短裙下修长的美腿,脸上洋溢着的标志性魅惑的笑容,举手投足之间满满的女性魅力,吸引了很多人观看和各种长枪短炮的拍照。而一旁的高晓芳,只淡妆出席,一身黑白千鸟格的套装,配黑色镶钻半高皮鞋,依旧清新脱俗。

帕古电气在现场重点抛出了三个项目进行交流,10 kV 开关采购、端子排采购和工程项目调试。这三项业务在洽谈室的 LED 屏幕上滚动播出,当中还穿插一些公司以前成功案例的照片展示。

不到半小时,前来洽谈室要求洽谈业务的人已经有五个了,高晓芳只能请先登记的三个人进去洽谈,其他人由工作人员先做产品介绍和演示。当然高晓芳也没忘记准备美味小茶点招待这些潜在客户。

洽谈室内主谈的是李康、宋怀山和曹仁贵。经过几个回合的谈判,五个来洽谈的参观者中有两个人达成了购买断路器和端子排的采购意向,并当场签署合同意向书。工程项目调试还没有谈成。按高晓芳订的规矩,签订合同的买家要先加入高晓芳设的帕古电气交流微信群,根据业务大小发放红包,结果两个买家一个人得了 500 元、一个人得了 200 元。

这种新奇而时髦的做法,在项目洽谈成功后,迅速在展会传开了。到下午 2 点,陆陆续续已经有八家公司要求到帕古电气的洽谈室洽谈项目合作了。而这些业务在第一时间就转到了李康手里,有着十多年从业经验的李康是何等精明,只初步接触后就挑选了两家公司深入沟通,结果眼光犀利的他很快谈成了 230 万元进口中压开关柜业务意向,他也向对方发了 200 元红包。

秦阳整个上午也是马不停蹄地见了好多客户,临近下午 3 点钟,秦阳刚刚想歇一歇、喝口水、品一品高晓芳选的茶点时,却见高晓芳笑盈盈地又为他引来了两个重要客户,一个是广东城投公司的匡总,一个是贵州电气总包公司的叶总。匡总首先跟秦阳介绍他们将要新建的一个全自动化供水站,他们希望变电站全部采用进口的开关柜,联系了BTT和西门子公司,由于预算超标只好放弃。秦阳向匡总绍了帕古电气进口产品的情况,答应如果项目全部由帕古电气来承接就可以满足他们的预算要求。匡总很高兴地答应了由帕古电气供货的想法。双方当场签订了合作意向书。高晓芳也要求匡总加了她设立的微信交流群,秦阳向匡总发了500元红包。

作为广东人的匡总没有想到在内地也能得到这样的待遇,他对着高晓芳连连跷起大拇指表示了欣赏和赞扬。

贵州电气的叶总说起他们的项目,直摇头,一脸无奈地向秦阳大倒苦水。他们已经承接了一个2200万元的电气施工合同,但是业主方只答应支付10%的预付款,还要叶总开具10%的预付款保函,余款要等工程建设完以后三个月内支付,这样的操作,他们势必要先期垫1800万元左右的资金才能继续操作下去。可叶总没有这么多资金,他正在发愁呢。这次来展会就是希望找到可以垫付资金的供应商和单位,可他一路谈下来都没有结果,他对秦阳说:"也可以理解,现在每家企业资金都紧张,谁还愿意垫付资金呢?"

秦阳很同情叶总,他对叶总说:"是啊,我也曾经遇到过和你同样的遭遇,我们接了一个订单比你这个项目还要大,甚至没有预付款!我们花了九牛二虎之力才解决了资金问题。"秦阳见叶总急欲解决资金问题,他没有直接告诉他自己如何解决的,而只是告诉他自己最终解决了困难。他相信叶总会急着来问解决之道的。

果然不出所料,叶总急切地打听说:"秦总,太好了,您能告诉我,你们是怎么解决的吗?要是你们有解决办法,我们完全可以和你们合作。"

秦阳见叶总说出这样的话,知道火候到了,他也就显出一副很真诚的样子说:"叶总,坦白说做这个项目,你自己大概有多少资金可以调用?"

"我自己可以调用的资金最多也就是300万元到400万元了,再多我就没有了。"叶总很坦白地说。

"那么工程中需要采购的设备总量有多少?"秦阳希望了解更详细的内容。

"大约1600万元。"

"可以告诉我,你总包项目的业主方是谁吗?"秦阳问道。

"一个央企下属的贵州分公司。"

"这样您看可以吗?"秦阳把想好的思路开始全盘托出了:"我给您解决资金问题,不过我有个要求,您要选用我公司的中低压开关柜设备,其余设备部分的采购由我帮你解决资金问题。"

叶总一听到可以解决资金难题了,仿佛卸下一副沉重的担子,他也不管三七二十一,马上激动地拉着秦阳的手,感激又爽快地说:"好说,好说,只要有办法解决资金,你采购,我没有问题。"

"好的,不过我们还是会规规矩矩地签合同按合同执行的,过几天,您到我们公司来把合同签一下。"秦阳为了让叶总放心,还是摆出一副公事公办的样子。

见秦阳又成功地谈成了一笔生意,高晓芳由衷地为他高兴,照例请叶总也加了微信,秦阳给叶总发了500元红包。叶总收到红包后更加坚定了和秦阳合作的决心。

帕古电气在展会上的异军突起,吸引了很多客户前去交流。展会第二天上午,开馆后不久,就已经有人来排队要求交流信息了。当天,经高晓芳统计,总共接待了16个客户交流项目。帕古电气当天又签订了大小不同的三个项目意向书,同时,也为其他公司促成了近1500万元的生意意向。站得脚都快断了的高晓芳也因眼前的成绩,心里充满了欢欣!她由衷地希望秦阳可以顺利完成他的年度目标,在帕古公司大展宏图!

第三天上午,又有几个客户来交流项目。可以说,这次参展,帕古电气大获全胜,不仅赢得了合同,更赢得了同行的羡慕。

秦阳心里明白,这次参展,最大的功臣是高晓芳,由于她的创意,公司获得了几千万的合同意向,也结交了很多有实力的客户。

他要找个机会好好犒劳犒劳这位大功臣。

30 一把手

展会圆满结束，帕古电气不但获得了几千万元订单意向，还向同行展示了帕古电气全新的精神面貌。这次参展，对帕古电气而言，不仅展现了公司上下齐心协力、团结一致的协作精神，而且还体现了初创企业文化带来的巨大成功！

当然，高晓芳功不可没！

秦阳想要好好犒劳一下高晓芳，同时，他也想谢谢龙泽，没有龙泽的经验分享，这次参展不会如此顺利。他约了龙泽在展会结束后的第二天晚上聚餐，餐厅预定在位于南京东路附近的五星级古象大酒店。

他还邀请了BTT老同事王工一起参加。

秦阳把酒店定在古象大酒店二楼是有原因的，古象大酒店是秦阳以前经常宴请宾客的地方，他很喜欢这个地方，交通、位置、环境都属上乘，自助餐厅不是很大，也不算豪华。来这里就餐的人不多，大多是入住酒店的外国宾客。虽然自助餐的菜品也不是很多,但是从刺身到冷菜、热菜、点心、冰激凌都有。自助餐的价格含软饮料及一杯红葡萄酒。这里刺身的种类很多,三文鱼确保是新鲜的。还有秦阳十分喜欢的小青龙。

今天秦阳到古象大酒店来请客还有一个说法,他知道高晓芳喜欢吃蛋糕和冰激凌。古象的提拉米苏、芝士蛋糕是古象的招牌,冰激凌更是品种繁多,还有免费送的红酒,这样的安排,可以弥补上次在马来西亚谈判时还未喝到尽兴的红酒。

秦阳和高晓芳赶到古象大酒店时,王工和龙泽已经先到了。

见到高晓芳,龙泽毫不吝啬赞美之词地说:"高经理,没想到你还深藏不露呢!你可真是让我刮目相看,现在我要请你当我师傅了,我真的很惭愧还和你说了那么多什么秘籍!"说完,他赶紧走上去帮高晓芳拉出了椅子。

高晓芳坐下后赶紧对龙泽说:"龙经理太谦虚了,我这次的成绩还是要归功你这个师傅教得好,所以今天秦总特地带我来谢谢你呢!"高晓芳说的是真心话。

秦阳把高晓芳介绍给了王工,王工第一次见到高晓芳,她带点玩笑地对高晓芳说:"高经理,我在秦阳手下工作过,他可是个完美主义者,除了对自己要求高外,对别人要求也很高的,你要小心伺候他了!"

高晓芳想不到秦阳和以前的同事关系如此融洽,大家互相之间说话可以口无遮拦。她赶紧回答说:"还好!还好!至少到目前为止,比起他的几个前任,他还算很通情达理的人。"

听到高晓芳的回答,王工心里清楚,高晓芳在这种场合一定不会不维护秦阳面子的。于是对高晓芳说:"这里有好多美味佳肴,你们快去拿点吃的,我们等不及你们,都已经开吃了。"

高晓芳沿着摆放自助餐的桌子浏览了一遍后,径直走到放着提拉米苏的碟子那儿,挑了一块巧克力味道的蛋糕放到盘子里,又倒了一杯咖啡回到桌上。

秦阳去拿了几块西瓜和哈密瓜回来。

龙泽知道帕古电气在这次展会上,展台一直很火,但由于他刚好忙于应酬客户,没有时间去现场了解其中原委和细节,他还一直以为是自己教的结果呢!现在大家坐在一起,他想了解一下真相,他问高晓芳:"我听说你设计了一个业务交流送红包的创意是吗?"

"其实,我是听了您的建议,知名的参展商都会设置一间业务洽谈室方便和客户交流,所以我也设置了一间洽谈室。我只是发挥了一下,增加了模特表演和微信红包两项内容而已,还是您教的呀。"高晓芳没有抹杀龙泽的功劳。

"恰恰就你的这两个创意,成功地把帕古电气推向了市场,造就了辉煌。同时,你还把你师傅打败了。"秦阳在表扬高晓芳的同时,刺激了龙泽一下。

"这次你们在展会上取得的成绩,我是真服了。"龙泽真心地说。

"秦阳,你去帕古电气快一年了,你也不回来看看我们!"王工不满地对秦阳说,说完又面露疑惑地问道:"我一直不明白你怎么就会放弃BTT如此优秀的公司,你能说说为什么会放着终身制的铁饭碗不要,选择去了帕古电气?"

王工这个问题,秦阳其实思考过很长时间,他毫不犹豫地说了心里话:"一直以来,我有个心愿,希望在我的职业生涯中可以独当一面,通过独当一面给自己压力,当然也可以提升自己的能力。BTT的确是个很好的公司,我也为此奋斗了十几年时间,自从升到总监以后,我好像看到了头上的玻璃顶棚了,所以我要寻找更有挑战的公司。"他挑了一块哈密瓜放进嘴里接着又说:"这次有机会当帕古电气的总经理,对我来说既是机会也是挑战。总经理是公司的一把手,是一个团队的领头人。他的能力、水平和素质是企业成功的关键所在。要当好一把手不是容易的事,也是一门很深的学问。有能力的总经理能够将一个濒临倒闭的企业起死回生,并将它发展壮大,而一个没有能力的总经理即便交给他一个完整的企业结局也不乐观!"

"做了总经理这段时间的体会如何?是不是和你想象的不一样呢?"王工继续问。

"到目前为止,除了疲于应付各种事情以外,对我来说都是考验,基本上谈不上快乐。"秦阳说的是心里话。

龙泽听着秦阳的回答,想到自己在BTT也已经八年多了,最近经常有一些猎头公司来找他,给他推荐一些相对有诱惑力的职位,其中也有总经理岗位,他也有过动心,也有离开BTT的想法,但是,要去哪里,他还没有想好。对于秦阳的介绍他特别感兴趣,他想从秦阳那里多了解一点信息,于是问道:"刚到一个新企业时,你一定遇到过很多困难吧?"

"说起困难,真的一言难尽!"提到刚到帕古时的遭遇,秦阳偷偷瞄了一眼王工说:"王工当时劝我不要去帕古电气,我没有听王工的劝告,在没有对帕古电气做过多了解的情况下,凭一股热情和冲劲,也许还带有一点虚荣心吧,贸贸然去了帕古电气。由于我对那里的情况几乎一无所知,也没有充分的思想准备,匆忙上任,结果上任第一天就遇到了全公司工人请愿闹事,害得我差点下不来台,给我泼了一身冷水……"

王工这时插话说:"是啊!谁叫你不听我的劝,像我们国营企业出来的人去外资企业还可以。民营企业能随便去吗?"

"还有全公司工人闹事这事啊?还是你到任的第一天?那你怎么解决的呢?"龙泽似乎不太相信还有这种事情发生。

"真有这事!就像电影里看到的一样!"秦阳现在回想起当时的场景,还有点心有余悸。

"后来你怎么解决的呢?"

"我能怎么解决?我那时也是人生地不熟,又没有得到任何尚方宝剑,只能先安抚他们一下,把当时公司的情况如实地说了一下。我用我的真诚希望大家和我一起,通过共同努力来改变公司的现状,缓解劳资关系。"秦阳如是说。

王工指着秦阳盘子里还没有动过的水果说:"别光顾着说话,你快吃点东西吧。"

龙泽好像对秦阳做过的事情很感兴趣,他也不管秦阳吃没吃东西,继续打破砂锅问到底:"你去的这个公司有没有老板和董事长和你在一起办公?"龙泽还想知道秦阳是不是个独立的职业经理人。他知道,对没有老板的独立的职业经理人和有老板在身边的职业经理人的要求是不一样的。

"老板是有的,但是老板基本不在上海,他在广东,也不经常来。他把帕古电气交给我来打理。"秦阳说。

"他老板虽然不常来,但是老板有双眼睛天天在盯着秦阳。"王工想说贺来娣名字的,但她知道龙泽认识贺来娣,想了想还是没有说出来。

"这是民营企业的常态,他们做不到用人不疑!"龙泽好像很有感悟地说着,接着他又问道:"秦阳,你去了帕古电气已经一年了,说说你是怎么站稳脚跟,赢得老板赏识的?"

"秦总刚来到帕古电气,我们都认为他好景不长的,因为在他之前已经有个总经理只待了一个月就被干掉了,这个公司有它自身的问题在,不过……"高晓芳说到这里停顿了一下,低头顾自喝了一口咖啡说:"没有想到他克服了很多难以想象的困难,带领大家走出了困境,现在的帕古电气,无论业务还是员工精神面貌,都已经焕然一新,而他已经赢得了老板的信任了。"

秦阳对龙泽提出的问题思考了一下,说:"初入帕古电气,为了应付各种事情,的确有些焦头烂额,也没有去好好思考这个问题,"说到这里,他进入了回忆,少顷,他又缓缓地补充说:"刚到帕古电气时,我面临的情况是这样的:工人们已经好几个月没有领工资了;整个公司的业务订单一年只有几百万,很多人都在干私活;公司的管理层派系林立;公司还经常出现原材料被偷窃的事情;整个公司的账面上只有100万元的资金可以调用。面对公司这样的现状,我思前想后,只有一个办法,就是先抓订单,只有有了订单,工人有活干了,资金进入良性运转,才能盘活整个工厂!还算好,在全体同仁的共同努力和朋友们的帮助下,我们很快拿到了两个比较大的订单,解决了工人们没活干的问题。"

"我看秦阳说得很轻松,拿到订单,而且是两个大的订单,这可不是什么容易的事情吧?而且你那时又没了BTT的光环,这其中一定花了很多工夫,克服了难以想象的困难吧?"龙泽面向王工,不无感叹地说。他知道订单可不是这么容易可以拿到的,秦阳一定有什么过人之处,或许还有好办法。他开始刨根问底了。

高晓芳是秦阳来到帕古电气后的见证人,她见证了秦阳一路碰到的坎坎坷坷,也和秦阳一起经历了处理解决的过程。她带点唏嘘地说:"龙经理,你这话完全说对了,秦总来了后碰到的困难真的难以想象,就他前面提到的一个地铁和一个中海油两个订单的事,其实,这两个项目都是没有预付款的,一般单位都不愿意承接的业务,而秦总不但有胆量接下来了,还为它们找到了资金方。我真的很佩服他的智慧和宽广的人脉,要面对和解决这么多困难真的不易!"

"秦阳,没有预付款的项目你也敢接啊!"龙泽有点想不通了,这种项目BTT是绝对不会去做的。

"是的,没有一点预付款的项目我们都接了,而且现在生产已经完成,货物也顺利交付了,货款回收也不错。"秦阳心平气和地说。

　　高晓芳知道秦阳的不易,她也明白秦阳的心思,她知道再给机会让龙泽问下去,他一定会问怎么解决资金的问题,这可是很机密的操作方法,秦阳是不会告诉龙泽的,他也不希望龙泽问出口。为了避免尴尬,她聪明地赶紧插话道:"这不算什么!秦总来了后,还把公司很多年前的几笔烂账都成功地收回来了,其中有笔几千万的欠账都已经十几年了,没人觉得它有收回的可能性,可秦总做到了!收回那笔烂账才叫神奇呢!"高晓芳抬眼看了秦阳笑了一下,很为他自豪地说。

　　"是不是要打官司收回烂账的?"龙泽接着高晓芳的话直接问道。

　　"不是的,没有打官司。而且不但没有打官司就顺利收回烂账,还帮助对方解决了项目的融资和建设,现在秦总和对方还成了好朋友呢。"高晓芳对于这事依然记忆犹新。

　　"秦阳,你是不是早就有想法要去民营企业当总经理?"龙泽在听了高晓芳的介绍后,他怀疑秦阳在BTT时早就在做准备了,不然的话,他很难相信秦阳可以在帕古电气这种恶劣的环境下生存下来。

　　"关于是否早就有想法要去民营企业当总经理,说心里话,没有,但是我一直有想法要独当一面去工作。也许……"秦阳把自己面前几块哈密瓜解决了,又接着说:"也许,你到了我现在的年纪也会有这个想法的。"

　　"要是当时给你的机会是当副总经理二把手,你会去吗?"龙泽突然想起这个问题问秦阳。

　　"要是去当副总经理二把手,我就不会去了,我还不如就待在BTT了。"秦阳如实说。

　　"当副总经理二把手不是更好吗?你非但不用承担责任,直面困难,名气也好听,收入应该也不错啊!"

秦阳对这个问题是经过深思熟虑的,他说:"可能是我自己给自己的定位吧,收入是其次。所谓'二把手'就是一定不能越权当'一把手',最多就是高参、助手。拍板和露脸的事情不属于'二把手'。比如在陪'一把手'谈判时,不能喧宾夺主,哪怕'一把手'错了你也不能纠正,'一把手'没有示意,你坚决不能发言,得到'一把手'的授权后,说话前也先要把'一把手'的观点明确一下。另外,'二把手'没有自己的思想,做事情前要想一下'一把手'是怎么想的。"

秦阳稍微思考了一下后又说:"对'二把手'来说,忍耐力和抗压力是非常重要的,因为企业经营如果出现了什么不如意,总经理会向'二把手'发脾气,'二把手'除了要忍耐以外,往往要懂得揣摩'一把手'的心思。而我在揣摩人的心思这方面不擅长,所以我肯定当不了'二把手'。而我作为一个男人,我只想找到机会就干'一把手',我相信压力和成就是并存的,做了'一把手'后才知道辛苦!"

"你虽然是总经理,但是你又不是真正的老板,做起事情来是不是会束手束脚?你又是怎么平衡这层关系的呢?"龙泽问的问题也越来越尖锐。

"你怎么有这么多问题,还想不想让他吃饭啊?"王工听了有点不耐烦了,她开始嚷嚷起来。

秦阳很有风度地对王工摆摆手说:"没关系,龙泽问的问题很好,我也愿意回答他的问题。"说完,他转头对龙泽说:"你这个问题问的很好!这是我到现在还在权衡的事。我现在的做法是:如果遇到大一些的决定,我都会先发邮件给老板,向他阐明我这样做的理由和预计的结果,请他审核和征得他的同意。至于一些小事,我会在做以前先抄送一份邮件给老板,但是我不等他回复就先做了。

但事后会用邮件告诉他结果。"

经历了这许多事情，秦阳知道自己这样做，如果业绩可以，又不出现什么大问题的话，老板不管你如何操作也就睁一只眼闭一只眼了。但是一旦你的业绩不好，就会引起老板的不满。目前在国内还没有老板会真正放权给他的职业经理人。

见到高晓芳起身去拿菜了，秦阳也站起来追上了她，他对高晓芳说："这里的三文鱼很新鲜的，我去拿一点，你要吗？"

"我不吃生的三文鱼的，我只吃熟的三文鱼。"高晓芳轻轻地回答秦阳说。

"可惜了！这么好的三文鱼你不品尝品尝！"秦阳有点惋惜地说。

秦阳只拿了三块三文鱼，又取了一小勺芥末，淋了一点酱油，回到了桌位上。他已经养成了习惯，不管有多么喜欢吃的东西，也就点到为止，这也是一种自律。

"龙泽，你是不是也有计划像秦阳那样去民营企业当总经理啊？"见到龙泽问秦阳很多企业管理的问题，王工估计他也有想法，她试探地问龙泽。

"我现在的条件和经历还不够，我不像你们都在国企干过，有足够的资历，我现在开始还要多向秦阳他们这些有着各种企业经验的人学习取经，为以后做准备。"龙泽也很真诚地回答王工。

回答完王工，他又对秦阳说："秦阳，在帕古电气你认为对你来说最难的事是什么？是业务还是人的管理？"

秦阳几乎不假思索地回答说："我认为对我最难的事是无法改变帕古电气的企业文化，我在帕古花了很长时间，做了很多努力，希望建立一套高质量企业文化，但是我做不到。"顿了顿，他又说："这也许是我的短板，我很难把这个企业的文化引导到我希望的方向去，我再怎么努力也没有用，只要老板一句话，就可能全盘推翻我花很长时间建立起来的企业文化,所以,现在我还在考虑是否需要做另外的选择!"

王工这时代替龙泽问秦阳,说:"秦阳,你现在当总经理的瘾也已经满足了,难道你还想一直干下去吗?"

"现在我真的说不清楚,干过了总经理以后,真的发现总经理的工作不是人做的,他要承担的工作和背负的责任是常人难以想象的。"秦阳说这话时,发现自己有了真情流露,他突然刹车不说了。

高晓芳看在眼里没有说话。他发现,平时很自信的秦阳,在BTT老同事面前有点难以自持。她为了给秦阳解围,对王工说:"秦总还想着他的第二个五年计划呢,他当然要干下去了。"

到底要不要再干下去?到底要不要再坚持一段时间?这是秦阳最近一直在思考的问题,通过近一年的总经理岗位工作,他知道自己其实本质上不属于有号召力的人,不属于具备高瞻远瞩和有战略眼光的人,只是一个谨慎务实的人。自己只是擅长解决问题和陶醉于做事情的过程。

秦阳已经不想再和龙泽多说什么了。他匆匆告别了王工和龙泽,带着高晓芳离开了。